放課後はミステリーとともに

東川篤哉

Higashigawa Tokuya

実業之日本社

放課後はミステリーとともに　もくじ

装幀／高柳雅人
装画／カスヤナガト

放課後はミステリーとともに

＊本作品集は、ミステリーの仕掛けをご堪能いただくため、第１話「霧ケ峰涼の屈辱」からお読みいただくようお願いいたします。
（著者・編集部）

霧ケ峰涼の屈辱

一

国分寺《こくぶんじ》市の西、府中街道とＪＲ武蔵野線が併走する一帯はいわゆる閑静な住宅地である。近年では背の高いマンションの姿がめっきり増えたが、それでもいまなおそこかしこに昔ながらの武蔵野の面影を残すこの一帯は、古来より恋《こい》ケ窪《くぼ》という地名で呼ばれている。そのロマンティックな響きと特異な地理のお陰で、島田荘司氏の短編「ある騎士の物語」の舞台にもなっているから、ミステリマニアにはお馴染《なじ》みかもしれない。

僕の通う高校はそんな恋ケ窪の一角にある。正式な学校名は「私立鯉ケ窪学園高等部」という。「恋」が「鯉」に変じているのは、初代理事長が高校生の恋愛を認めていなかったからだとか、滝登りの鯉に理想の学生像を見いだしたからだとか、はたまた熱狂的カープファンだったからだとかいわれている。最後の説はいちばん馬鹿馬鹿しく響くが、実はいちばん信憑性《しんぴょうせい》が高い。初代理事長が広島人だったことは、知る人ぞ知る事実である。

広島カープといえば――いや、その前に自己紹介をしておこう。僕の名は霧《きり》ケ峰涼《みねりょう》。いまでこそ胸をはって名乗れるこの名前だが、僕はかつてこの自らの名前を疎《うと》ましいものとして恨みに思っていたことを、ここで告白しなければならない。

小学校時代のあだ名は「エアコン」だった。嫌だった。人間の身体と心を持ちながら、名字は家電製品並み。なおかつ「涼」という下の名前が完璧《かんぺき》なまでにダメを押している。親の無神経さが、余計に嫌だった。でも僕の意向などお構いなしに、夏と冬にはエアコンのＣＭがテレビで流れる。そして、現代の常識はたぶんCMが作りだすのだ。結果、仲のよい友達でさえ、僕のことを「コンちゃん」と呼ぶようになった。「エアコン」のコンだ。おとなしく返事をしていた当時の自分がいとおしいやら馬鹿らしいやら、だ。

でも、中学に入ってからの僕は多少変わった。当時、いくらかミステリに傾倒しつつあった僕に、ある先輩がひとつの福音を与えてくれたのだ。

彼曰《いわ》く、「広島カープのエースと名探偵の名前は漢字三文字がよろしい」のだそうだ。「長谷川、金田一《きんだいち》、安仁屋《あにや》、加賀美、外木場《そとこば》、十津川、北別府《きたべっぷ》、御手洗《みたらい》、佐々岡、二階堂――」

当時の僕には、どれが名投手でどれが名探偵なのか、よく判らなかった。けど、ただひとつだけ判ったことがある。霧ケ峰という名前はエアコンの商品名などではなくて、それは広島カープのエースか、もしくは名探偵にこそ相応《ふさわ》しい名前であるということだった。それ以来、僕はカープファンのミステリマニアになった。「コンちゃん」と呼ばれても返事をしなくなった。それはもう僕の名前ではなくなったからだ。

そして現在、高校二年生の僕は、鯉ケ窪学園の「探偵部」に所属している。

探偵部とはなにか。決して「探偵小説研究会」などといった軟弱な同好会ではない。それはまさしく、探偵活動をおこなうことを趣旨とした、探偵たちの集合体である。部員は僕を含めて三名から八名はいるだろう。誇り高き孤高の精鋭どもの数を正確に数えることは不可能だ。将来的に部員が増えて活動が軌道に乗れば、晴れて正式な部活動と認定されて部室と予算がつくのだが、いまのところはまだ規準を満たしていない。だいいち指導者たる顧問の先生が存在しない。いや、存在しえない。なぜなら探偵は指導されるものではなく、その能力は生まれながらにして備わっている類《たぐい》のものだからだ——そう思いたい。

そして僕、霧ケ峰涼は探偵部で副部長の大役を担っている。つまり逆立ちしたってカープのエースになれない僕は、この学園で自らが名探偵になることに決めたのである。

名探偵「霧ケ峰涼」。

いい名前だ。

私立鯉ケ窪学園探偵部副部長。

名刺も作った。

あとは事件を待つだけだ。

二

ところで話は変わるが、国分寺でなにが有名かといって、国分寺球場に勝るものはないだろう。あの《女性プロ野球選手第一号》水原勇気や《現役最年長投手》岩田鉄五郎などが活躍した東京メッツのフランチャイズである。だが、夢を壊すようで悪いが、東京メッツはもちろん、国分寺球場も（なんとなくありそうな名前だが）現実には存在しない。それらは水島新司氏描く「野球狂の詩」の中にのみ存在する架空の球団、架空の球場である。もし実在していたなら、僕ももうちょっと本気で野球選手を目指していたはずであり、その不在はかえすがえすも残念である。

しかし、その代わりといってはなんだが、その弱小ぶりでは東京メッツに引けをとらないひとつの球団が国分寺には実在する。我が鯉ケ窪学園野球部がそれだ。彼らの練習風景を眺めることは、この学園においては恰好《かっこう》の時間潰《つぶ》しである。

それは四月の終わりの、ある水曜日の放課後のこと。時刻は午後五時過ぎ。場所は夕日に照らされた野球部専用グラウンド。僕はまさしく《時間潰し》に夢中になっていた。

エース森中《もりなか》が渾身《こんしん》の力を振り絞って投げ込む時速百二十キロのヘナヘナの豪速球。眠れる主砲、四番桜井《さくらい》の豪快なフルスイングから生み出されるサードフライ。ショート岩崎《いわさき》の目にも止まらぬ悪送球などなど、見どころは尽きない。時間潰しのはずが、いつしか時間を忘れてしまうほどだ。

だが、グラウンドに夕闇が迫り、照明灯に明かりが灯った瞬間、

「う、しまった！　こんなことしてる場合じゃなかったんだ」

僕はすっかり忘れていた当初の目的を突然思い出し愕然《がくぜん》となった。

この日の放課後、部室を持たない探偵部の会合は夕焼け空の下にて騒々しく開かれた。そこでは、長年の懸案となっていたあるひとつの議題が論じられ、その結果として副部長である僕はあるひとつの特命を帯びて、学校に居残ったのである。野球部の珍プレーを眺めるためではなかったのだ。

探偵部副部長である僕が帯びた《ひとつの特命》というのは、例の指導教官についてのことである。長らく指導教官不在の我が部であるが、このままでは将来の発展が望めないという事実に、優秀な部員たちがウスウスながら気がつきはじめたのである。そこで問題が生じた。すでに説明したとおり、探偵は指導者を必要としない。だが探偵部には顧問の先生が必要だ。この二つの矛盾した要請に応《こた》えられる先生が果たしているものだろうか。

馬鹿な。そんな便利な先生などこの学園にいるわけが――石崎《いしざき》だあぁッ！　そうだ、石崎しか

いない！　部会は参加者の全員一致でそれを決定し、その橋渡し役として僕を指名したのだった。忘れていた。

「うわ、六時か。職員会議はとっくに終わっただろうから、石崎先生、もう帰っちゃったかも」

慌《あわ》ててグラウンドを離れた僕はその隣にのっぺりと建つ、平屋建ての建物にむかった。そこは理科教室や視聴覚資料室、美術室、講義室、抗議室（生徒指導室？）などが同居している建物で、一般に生徒たちはＥ館と呼んでいた。Ｅ館があるからといって、べつにＡ館～Ｄ館があるわけではない。Ｅ館のＥ館たる所以《ゆえん》は、その形状にある。真上から見てＥの字をしている。ただ、それだけのことである。そこにはなんのミステリも存在しない。

石崎先生は生物教師。したがって、僕が目指したのは生物教室である。だが、その前にＥ館の構造、特にその廊下について、具体的かつ的確に説明しておく必要がある。そのためには、まずＥの字というものを書いてもらわなくてはならない。よっぽどのひねくれ者でないかぎり、横、縦、横、横の順に棒を引いたはずである。

その書き順に従って、最初の横棒を①の廊下、次の縦棒を②の廊下、三つ目のやや短い廊下を③の廊下、そして四つ目の底辺にあたる廊下を④の廊下、としておこう。Ｅ館の廊下はまさしくＥの形状をしており、教室はその廊下に沿って並んでいる。平屋なので、もちろん階段はない。出入口は三本の横棒のそれぞれの先端に三箇所ある。この三箇所をそれぞれ廊下の呼び名に対応させる形で①の玄関、③の玄関、④の玄関、と名付ければ完璧だ。だが、さらに完璧を期するために完璧な図面を添付しておこう。

完璧な推理は、現場の状況を完璧に把握することから生まれるはずだ。

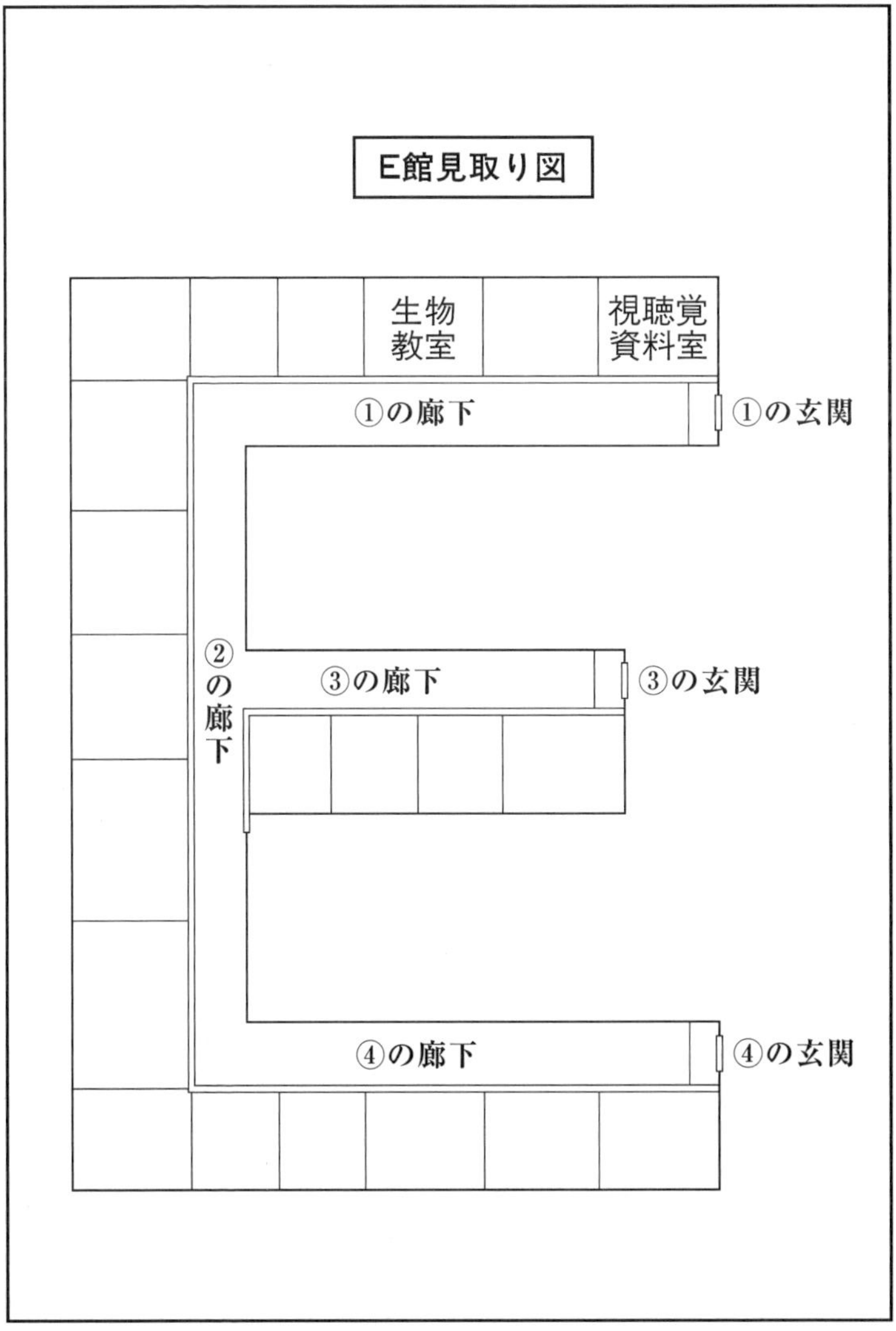
E館見取り図
生物
教室
視聴覚
資料室
①の廊下
①の玄関
②の廊下
③の廊下
③の玄関
④の廊下
④の玄関

さて、僕は④の玄関からE館内へと足を踏み入れた。館内は静まり返っている。④の廊下を奥へと進み、角を右に直角に折れると②の廊下。それを中間まで進むと、右手に③の廊下があるが、そちらには用はない。さらに直進し、突き当たりの角をまた右に折れる。そこは①の廊下である。そこを中程まで進んだところに目指す生物教室はあるのだが、

「要するに、僕はいちばん頭の悪い道順を通ったってわけだな」

早い話が遠回りである。生物教室は①の廊下沿いにあるのだから、①の玄関から入れば、すぐなのだ。いまごろ気づいても遅いが、名探偵の行動に若干の遠回りはつきものだ。

がっかりなことに、生物教室には明かりは灯っていなかった。もう時刻も時刻だから仕方がなかった。石崎先生は僕が弱小野球部に熱中している間に、もう帰宅してしまったらしい。いや、石崎先生ばかりではない。もう、この建物の中にいる人間といえば、自分くらいのものではないか。少なくともここにくるまで廊下に人の姿は見えなかった。

「トイレのハナコさんや理科室のマサト君に会わないうちに——」

僕は急いで外に出ることにした。今度は①の廊下を①の玄関に向けて歩いていった。

そのときだ。ふと見ると、薄暗い廊下の端に微《かす》かな明かりが見えた。明かりはある一室から漏《も》れている。視聴覚資料室だ。教材用のビデオやCDなどが保管されている、いわばAV倉庫である。こんな夕暮れどきにこんな場所で作業をしている人がいるのだろうか。

石崎先生かも。

いや、泥棒かも。

いやいや、石崎先生が泥棒してるのかも。

ともかく、そこに犯罪の匂《にお》いを感じた僕は、なにせ名探偵なものだからジッとしてはいられない。よせばいいのにこっそりと扉を開けて、中に入っていった。はじめて入る資料室の中は、背の高い棚が櫛《くし》状に並んでいて、小さな迷路を思わせた。

誰かいるんですか——そう問いかけようとした瞬間、

「どひゃーッ！」

僕は棚の陰から飛び出してきた何者かの猛烈なタックルを受けて、壁際まで吹っ飛ばされた。弾みで棚にあった何本かのビデオテープが床に落ちて盛大な音を立てた。

男は逃げた。たぶん男だったろう。扉を荒々しくいっぱいに開くと、一目散といった感じで飛び出していった。僕はもちろんその後を追わなければならない。それが名探偵の使命だ。いや、名探偵云々の問題ではない。この状況なら「サザエさん」だって裸足《はだし》で追いかけるに決まっている。しかし、悲しいかな僕の身体は激しいタックルのせいもあり、機敏には動かなかった。僕はふらつく足でヨタヨタと廊下に出た。

意外なことに、僕とほぼ同じようなタイミングで廊下に現れた人物がいた。詰め襟の学生服姿。彼はなぜか生物教室から飛び出して、あたりをキョロキョロと見回し、僕の姿を認めると、

「な——なんだ、なんだ！　なんかいま、凄《すご》い勢いで誰か走ってったぞ！」

彼は僕のほうに駆け寄る素振りを見せた。僕は手で彼を制して、

「追ってくださいッ！　泥棒ですッ！」

「い、いまのが？　よしッ、判った」

彼は①の廊下を素晴らしいスピードで駆けていった。もちろん、僕も痛がってばかりではいら

れない。彼の後を遅ればせながら追いかけた。彼は僕よりも先に突き当たりの角を左に折れて②の廊下へと姿を消していった。遅れて僕も②の廊下に入っていく。すると彼は②の廊下の中程、ちょうど③の廊下との合流点で、べつの男と一緒になっていた。遠目ではあるが学生服姿ではない。駆け寄って見て、はじめてそれが警備員だと判《わか》った。

「なんだ、君たち！　なにしてる、こんな時間に」

「泥棒ですッ」

学生服の彼が④の廊下のほうを指でさして、

「あっちですッ、あっちに逃げましたッ、早くッ」

「なにッ、泥棒ッ！」

警備員も事態の深刻さを呑み込んだ様子で、僕らと一緒に追跡劇に加わった。学生服の彼と警備員の二人は②の廊下を一緒になって駆けだしていき、突き当たりの角を左に折れて④の廊下へと消えていった。待ってくれよ、といいたいところだが、そうもいかない。僕はまた彼らから遅れをとる恰好で、それでも懸命に全力疾走でその後を追いかけた。なんとか角を曲がって④の廊下へ。もはや先行する二人の姿は廊下の突き当たり、④の玄関付近にまで差しかかりつつあった。僕は必死で廊下を駆け抜けて④の玄関にたどり着いた。

開きっぱなしになっている扉をくぐり抜ける。すると、意外にも先行した二人は扉を出てすぐ左のところに立ち止まっていた。怪しい賊の姿は見えない。逃げられたらしい。代わりといってはなんだが、玄関の左端には初老の用務員がいて、花壇の花を弄《いじ》っていた。

「藤田《ふじた》さん！」

警備員は用務員をそう呼んだ。

「誰かいまここを通っただろう。どっちにいった?」

藤田用務員は質問の意味を理解するのに若干の時間を要したが、やがてゆっくりと首を傾けながら、年齢のわりにカン高い声でいった。

「いいや、わしはさっきからずっとここにいるが、誰も通っていないな」

三

「そんな馬鹿な——そんなはずは」

僕は藤田という名の用務員に食ってかかろうとしたが、その前に警備員によって制止された。

「よしたまえ、君ッ」

そして警備員は扉を指さして、

「さあ中に入るんだ。詳しい事情を聞かせてもらおう」

警備員は僕と学生服の彼をE館の中に戻して扉を閉めた。なんだか僕らが悪い奴にされたみたいだ。僕は不愉快な思いで警備員を睨《にら》み付けた。それはよくよく見ればお馴染みの顔だった。名前は確か江川《えがわ》という。いつも正門前の詰所にいて遅刻者をチェックしている男だ。生徒を疑うことになんの疚《やま》しさも感じない男は、当然のように僕を疑った。

「本当に泥棒なんかいたのかね。大人をかついどるんじゃないだろうね」

「そんな馬鹿な真似《まね》するもんですか。本当にいたんですよ。信じてください」

「僕も見ましたよ。怪しい男の影を」

学生服の彼が横から口を挟んだ。

「もっとも、それが泥棒だったかどうだったかは、判りませんけどね」

「ふむ、ところで君の名前は？」

「斎藤健太《さいとうけんた》。三年二組です」

僕よりも一年上だった。斎藤先輩と呼ばねばなるまい。

「で、君のほうは？　名前と学年」

「霧ケ峰涼、二年一組です」

「霧ケ峰か――エアコンみたいな名前だな」

彼はいともアッサリ地雷を踏んだ。

「ぬわーんだとお！」僕は爆発し、江川警備員の喉《のど》に摑《つか》みかかった。「そっちのほうこそ《空白の一日》みたいな名前のくせにーッ！　世間が許しても僕は許さないからなーッ、あんなの絶対インチキだああッ！」

「おいッ、よせよ、霧ケ峰君ッ、冷静になれ、冷静に」

斎藤先輩が割って入ってその場は収まった。彼がいなかったなら、僕はきっと江川の右肩にあるといわれる《伝説のツボ》を押して、彼を《二度とボールを投げられない身体》にしていただろう。そして、江川は市民球場のマウンドに立ち、久々に快刀乱麻の投球を披露した後、九回ツーアウトランナー一塁から《永遠の未完の大器》小早川《こばやかわ》に痛烈な逆転サヨナラホームランを浴び、涙とともに引退を決意するのだ――どうだ、まいったか！

いや、冷静になろう。廊下で乱闘していてもはじまらない。

僕ら三人は、建物の中を後戻りしながら、教室のどこかに賊が身を隠していないかを入念に調べた。だが、それもアッサリ空振りに終わった。鍵のかかった教室は調べるまでもなかったし、鍵の開いている教室は数えるほどしかなかったからだ。もちろん、賊の姿は見当たらなかった。廊下に賊が身を隠せそうな場所などない。

「でも、本当に泥棒はいたんです。とにかく現場を見ればわかりますって」

僕は江川警備員と斎藤先輩を視聴覚資料室へと誘った。現場を見れば、そこに賊が入ったことは一目瞭然だった。まず、普段は滅多に開いていない扉の鍵が開いている。おまけに棚の一部分のビデオテープが五、六本抜き取られて、その側のキャビネットの上にばらばらに置かれている。普段から整理の行き届いている資料室ではありえないことだ。何者かがテープを物色中だったとみるしかない。

江川警備員はそのテープのラベルを確認すると、サッと顔色を変えた。彼は壁掛け式の電話を取り、誰かと連絡をとった。おそらくは警備室の上役を呼んだのだろう。

僕はキャビネットの上のテープを見つめながら、独り言のようにいった。

「犯人はビデオテープなんか盗んでどうする気だったんだろ」

すると、斎藤先輩が僕に耳打ちするようにいった。

「そういえば心当たりがある。最近、この学園の校内を撮影したビデオが、ネット上で高額で販売されているらしいんだ」

「へえ、誰が買うんです、そんなもの――制服マニアとか？」

「そんなんじゃない」斎藤先輩は眉《まゆ》を顰《ひそ》めた。「ほら、うちの学園にいるだろ。岡本しおりとか柴原麗菜《しばはられな》とか他にも芸能人の卵たちが」

「ああ、芸能クラスの人たちですね」

「そう。修学旅行や学園祭や体育祭の様子は学校としてもビデオに残す。それには当然、芸能クラスの連中の生の学園生活が映っている。それらはこの視聴覚資料室に結構無造作に保管されているわけだ。学校にしたら単なる学校行事の資料映像だからな」

「でも、ファンにとってはお宝映像ってわけですね。ふーん、なるほどねえ」

犯人は芸能人の熱狂的なファン、もしくはファン目当ての闇《やみ》商売で一稼ぎを狙《ねら》った人物なのだろう。そいつは、人けのなくなった校舎に忍び込み、視聴覚資料室でビデオ数本を物色中のところを、僕に見つかった。焦った犯人は僕を突き飛ばして逃げた。結局、犯人はなにも盗《と》らなかったのだろう。キャビネットの上に残されたテープは犯人が盗み損ねたお宝ビデオに違いない。

動機はよく判った。だが犯人が消えた謎は判らないままだ。

四

江川警備員の緊急通報によって駆けつけてきたのは、やはり彼の上役だった。城ノ内《じょうのうち》室長というその人物は、警備員の制服を律儀に着こなした四十がらみの真面目《まじめ》そうなおじさんだった。この城ノ内室長に舵取《かじと》りを任せる形で、僕らはお互いの体験したことを語り合うことになった。当事者である三人で好き勝手に主張しあうよりは、第三者的な人物を間にいれたほうが、話が明確になりやすいと思われたからである。

　僕らはいったん現場を離れて、鍵のかかっていない生物教室に移動した。城ノ内室長は黒板にE館の簡単な見取り図を書き、やはり書き順に沿って廊下と玄関に番号を振った。

「さて、最初に犯人を目撃したのは霧ケ峰君、君だね」

「そうです。生物教室の石崎先生に用があってきたんですけど、もう教室には明かりがなくて留守のようだったので、諦《あきら》めて帰ろうと思ったんです。すると、視聴覚資料室に小さな明かりが見えたんです。なんだろうと思って中に入ってみたら、いきなりドーンと」

「突き飛ばされたわけだね」

「ええ。相手は男だったと思います。よく見えなかったけど黒っぽい恰好をしてました。そいつは僕に体当たりした後、大慌てで扉から出ていきました」

「扉を出て右に折れたか、左に折れたか、正確に判るかね」

　僕は首を振るしかなかった。犯人がどの進路を取ったか、それを僕は自分の目で見たわけではない。

「どっちに逃げたか、そのときは判りませんでした。でも、廊下に出ると、ちょうど彼が——斎藤先輩が生物教室から飛び出してきたところでした。彼が怪しい人影が走り去るのを見たというので、それで犯人が②の廊下に逃げたのだと知りました」

「なるほど。では斎藤君に聞こう。君はなぜ事件のとき生物教室にいたのかね。しかも電気もつけていなかったそうだけど」

「はあ、日頃の睡眠不足の解消に勤《いそ》しんでいまして——要するに鍵の開いた教室に入って居眠りしてたわけです。そしたら、ドシーンっていう音がして、それから廊下を走っていく男の姿が教室の入口のガラス窓からチラッと見えたんです。それで、なにがあったんだろうと思って廊下に出てみたら――」

「ちょうど視聴覚資料室から霧ケ峰君が現れたところだったわけだね」

「そうです。それでいまの人影が泥棒だということが判って、僕は②の廊下に向かって追いかけたんです。泥棒がそっちに逃げたのを、僕はこの目で見てましたからね」

「追いついたかね」

「いいえ。①の廊下を渡りきり、角を曲がって②の廊下にたどり着いたときには、賊の姿はもう見えなくなっていました。追い始めが遅かったですからね。それでもまだ諦めずに僕は②の廊下を走りました。すると、③の廊下を走ってきた警備員さんと鉢合わせしたんです。ね、警備員さん」

　話をいきなり振られて、江川警備員が慌てて背筋を伸ばした。

「そうです。わたしは③の廊下にいて教室を施錠して回っている最中《さいちゅう》でした。やはりドシーンというような鈍い音が遠くでするのを感じ、不審に思っていましたところ、続いて尋常ではない激しい靴音が響きましたので、様子を見るべくわたしは③の廊下から②の廊下へと移動したところ、彼らと出くわしたのです」

「斎藤君と霧ケ峰君だね」

「そうです。最初に斎藤君、それからちょっと遅れて霧ケ峰君の順でした。わたしが斎藤君に『なにがあったのか』と尋ねると、彼は『泥棒だ』と答えました。そして彼は④の廊下のほうを指で示して『あっちだ』と。それで私は彼らと一緒に賊を追ったわけです」

それを聞くなり、城ノ内室長は斎藤先輩のほうに鋭い視線を向けた。

「斎藤君、さっき君は『②の廊下にたどり着いたときには、賊の姿はもう見えなくなっていた』といったね。それなのに、どうして江川君に賊の行く先を指示できるのかな？」

「だって、他に道はないじゃないですか。①の廊下から②の廊下に進んだ犯人は、②の廊下を直進するか、途中で左に折れて③の廊下に進むか、二つにひとつです。しかし③の廊下には警備員さんがいたわけだから、犯人は②の廊下を直進したとしか考えようがない。そうでしょう。だから、そう指示したんですよ。おかしいですか？」

城ノ内室長はゆっくりと頷《うなず》いた。

「いや、賢明な判断だね。すると、そこから先は君たちは三人で賊を追ったというわけだ」

僕は恥を忍んで本当のことを話した。

「正確には、僕はあまり早く走れないので、二人に置いていかれる恰好でした。彼ら二人が先にいくのを、僕が後から遅れてついていったというわけです」

「なるほど、しかしまあ、三人もの人間が④の廊下に次々に殺到したことに代わりはない。しかし④の廊下に賊の姿はなかった」

代表する形で江川警備員が答えた。

「ええ、ありませんでした。それでわたしは④の玄関を出て、あたりを見回したんですが、やはり賊らしい者の姿はありません。逃げられたか、とそう思ってふと横を向くと、用務員の藤田さんが玄関先で花弄《いじ》りをしていたのです。わたしはさっそく彼に賊の行方を尋ねてみたところが

——」

「ほう、彼はなんと？」

「それが、賊なんか見ていないというんですよ、藤田さんは。それでてっきりわたしはこの連中——いや、失礼——この生徒たちにかつがれたのだとばかり思ったのです。しかし、視聴覚資料室を確認して見たところ、確かに何者かが侵入し棚を物色した形跡がある。それでわたしは慌てて、室長に連絡をした次第です、はい」

こんな具合に、言葉による事件のリプレイはひととおり終了した。城ノ内室長は満足そうにひとつ頷くと、僕ら三人を見回した。

「なるほど、いまの話を聞くかぎりでは、確かに泥棒の姿は煙か霧のように消え去ったように見える。しかし、それはあり得ない話だ。なんらかの手段があったはずだ。例えば窓はどうだろう。犯人は廊下の途中で窓を開けて、そこから逃げたというのは——」

江川警備員が生物教室の窓を指で示しながら否定的な見解を述べた。

「それは無理ですよ、室長。ご覧のとおり、このE館の窓枠には泥棒よけの格子がついています。廊下の窓も同じです。窓を開けることはできても、外には出られません」

確かに、彼のいうとおりである。E館は平屋で、なおかつ特別な機材を揃《そろ》えた教室が並んでいるので、コソ泥対策は特に念入りになっている。よって、今回の泥棒も夜の戸締りがされない夕暮れのうちに玄関から侵入したものに違いなく、その逃げ道もやはり玄関しかあり得ない。

「江川君、君は戸締りの最中だったそうだね。では玄関の戸締りはどうだったのかね。④の玄関以外の玄関は？」

「①の玄関、③の玄関、ともに施錠を完了していました。私はその二箇所の玄関をまず最初に施錠した後に④の玄関から中に入ったんです。それから、各教室がきちんと施錠されているか、校舎内に居残ってる者がいないかなどを確認して回りました。その最中に事件に出くわしたのです」

「普段よりもいくぶん戸締りにとりかかるのが早いようだけど、なにか理由があるのかね。E館の戸締りは確か六時半過ぎのはずだが」

「はあ、なんでも宮田《みやた》さんが八時半に用事があるとかで、ちょっと早めに切り上げようって急《せ》かすもんですから、わたしもついそれに合わせてしまって」

「ふむ、宮田君にも困ったもんだな。スケジュールは守ってもらわないと」

宮田というのはここにはいないが江川の先輩で、城ノ内の部下らしい。

「だが、施錠が早めにおこなわれたお陰で、犯人の逃走経路はより明確な形で絞られたわけだ。逃走に使用できる出口は④の玄関一箇所しかない。だが、そこには確固たる目撃者がいた。用務員の藤田さんだ。彼が嘘をついている、という可能性はないかな」

「それはないと思います。真面目な人ですよ、あの人は。歳はとってるけど目はいいようですし、誰かを庇《かば》っているような素振りも見えませんでした」

確かに、あの用務員さんは無実の第三者にしか見えない。ということは――！

僕はここぞとばかりに人さし指を真上に立て、充分にみんなの注目を引きつけた上で、自らの推理を披露した。

「ということは、唯一考えられる結論はこういうことなんじゃありませんか。つまり、犯人は逃走していない！」

「逃走していない」斎藤先輩は落ちついた声で繰り返した。「つまり――」

「そうです。犯人は事件当時この建物の中にいた僕ら三人の中の誰かです。他には考えようがありませんからね」

ちょっとした快感が僕の背筋を駆けめぐった。会心のホームランを放った気分だ。

ちょうどそのとき、生物教室の窓を叩《たた》く音がした。なんだろうと思って窓を開けると、いましがた話題になった藤田用務員だった。彼は窓の格子の間から手を伸ばして、化学肥料の入った袋を僕に手渡した。

「これ、石崎先生に借りとったんよ。先生の机の上にでも戻しておいて。それじゃあ」

ハイ、サヨウナラと暇乞《いとまご》いをする用務員さんを斎藤先輩が呼び止めた。

「ちょっと待ってください。さっきの質問をもう一度いいですか？」

「さっきの質問とは――あの泥棒が逃げていかなかったか、というやつかい。そう何度も聞くような質問かね。答えは変わらんよ」

斎藤先輩に代わって江川警備員が尋ねた。

「しかし、実際に泥棒に侵入されたことは間違いないんだ。逃げ道はあの玄関しかない。なのに見当たらんのだよ、犯人の姿が。本当に誰も見なかったのかね、藤田さん」

「泥棒だろうとなんだろうと見ておらんね。わしが見たのは君たち三人だけじゃよ。もしも泥棒が本当におったというなら、犯人は君たち三人の中の誰かと違うのかね。いや、冗談、冗談。うわッははははッ！」

「…………」

僕の心は人知れず傷ついていた。名探偵を気取ったわりに、僕の推理って、普通のおじさんが冗談で口にできる程度のものだったらしい。ホームランを取り消された気分だ。

気まずい沈黙が流れる中、斎藤先輩が虚《むな》しい議論に終止符を打つべく机を叩いた。

「こんなことやってても埒《らち》があきません。それより、警察は呼ばないんですか。これは立派な窃盗事件ですよ」

正確にいうなら窃盗未遂事件である。とはいえ、この犯人は過去にも同様の犯行をおこなっていた可能性が高い。未遂だからといって手加減してやるわけにはいかないだろう。

「警察ねえ」城ノ内室長は歯切れが悪い。

「あまり警察沙汰《ざた》というのは好ましくは——特に生徒の中から逮捕者が出るようだと、世間体もあるわけだし——いや、べつに君たちを疑っているわけではないのだよ」

「思いっきり疑われているように聞こえました」と斎藤先輩。

僕の耳にもそう聞こえた。

「わたしも警察を呼ぶべきだと思います」江川警備員が訴えた。

「よし、判った」城ノ内室長が決断を下した。

「とりあえずわたしのほうから理事長に報告して、指示を仰ぐことにしよう。江川君はここに待機していましばらく現場の保存を。生徒の二人はもう帰りたまえ。ご家族が心配しているだろう。大丈夫、安心したまえ。理事長だって、警察沙汰にはしないはずだから」

やっぱり、思いっきり疑われているように聞こえる。気のせいか？

その夜、僕と斎藤先輩はそれぞれ正反対の道を通って自宅に戻った。

江川警備員はE館にひとり残り、いましばらくの立ち番を務めた。

城ノ内室長は理事長のもとへ向かい事件の説明をおこなった。

そして、藤田用務員は学園内の水飲み場で、何者かに角材で頭を殴られて生死の淵を彷徨《さまよ》った。

それをいち早く発見した宮田警備員は、お陰で八時半の用事をこなせなかったそうだ。

事件は結局、警察沙汰となった。

五

事件の翌日。学園にはパトカーや刑事や報道陣が詰めかけて、上を下への大騒ぎ。先生たちは雑用に追われ、この日の授業はほぼ自習となった。午前中の学園内では「藤田さん死亡説」がまことしやかに流れたりしたが、それも午後になって訂正された。藤田用務員は確かに頭部に重傷を負ったには違いないが、発見が早かったため一命は取り留めたそうである。つまり昨夜の事件は正確には「窃盗未遂及び殺人未遂事件」というわけだ。

もちろん僕も関係者のひとりであるから、刑事さんからの事情聴取というやつを体験したが、あれは案外上手《うま》く喋《しゃべ》れないものだ。刑事さんは、ちゃんと昨日の泥棒消失事件を理解できたのだろうか。ちょっと不安である。

午後になって、僕は昨日やりのこした仕事を片づけるために生物教室の石崎先生を訪ねた。例の探偵部の顧問就任依頼である。こちらの不安をよそに、石崎先生の返事はかなり好意的なものだった。

「なに探偵部？　へえ、そんなクラブあるんだ、うちに。え、顧問？　僕が？　なんだかよく判らないけど、うん、探偵小説研究会顧問というのは、悪くはない肩書だね。むしろ好ましいくらいだ。退屈しのぎに引受けないこともないけど」

探偵部の解釈に若干の齟齬《そご》が見られるようだが、気にしないことにしよう。

「ただし、条件があるなあ。昨日の事件――いや、待て待て、焦りは禁物。話を聞く前に、相応しい舞台設定を。ちょっと待ってて」

石崎先生はそういうと、ニヤリと犯罪者のような笑みを浮かべながら、ウキウキした仕種《しぐさ》で何事かの準備にとりかかった。正確に記そう。三角フラスコにボトルの水を四百ＣＣほど注ぎ込み、それを実験用ガスバーナーの炎の上に。フラスコの水が沸騰《ふっとう》をはじめるまでの間に、ビーカーに大きめの漏斗《ろうと》をセット。漏斗の中には円錐《えんすい》形の紙フィルター。そしてその中に、ラベルの剥《は》がれたビンから焦げ茶色の粉末を大さじ三杯ほど投入。しかるのちに、先生は沸騰をはじめたフラスコの湯を漏斗の中へとゆっくり注ぎ込んだ。フィルターをくぐり抜けた湯は、香ばしい琥珀《こはく》の液体となって漏斗を伝いビーカーに落ちていく――。

「南米産アカネ科の常緑低木の種子を焙煎《ばいせん》した後粉末状にし、煮沸した水にて抽出した液体だ。もちろん無添加。判るね」

「要するにブラック珈琲《コーヒー》ですね」

石崎先生はビーカーの液体をカップに注いで、僕に手渡した。

「ただのブラック珈琲とは違う。理科室でしか作れない。騙《だま》されたと思って飲んでみなさい」

「……」

まあ、変わり者だということは最初から判っていたことだし、変わり者であるからこそ探偵部の顧問に相応しいということになったのだし、いまさらそのことに文句をいってもはじまらないのであるが、それにしても生物教室でこんな悪趣味な飲み物を飲まされる羽目に陥るなんて「うまいッ！　めちゃくちゃうまいです、先生ッ！　こんな珈琲飲んだことありませんんんッ！」

コクがありながらしつこくなく、香ばしい香りは鼻孔をくすぐり、渋い味わいのなかにもほんのりとした甘さを併せ持ち、なおかつスッキリとした喉ごし。たとえるなら佐々岡完封、町田代打決勝本塁打といったところか。

「そーか、そーか」石崎先生は得意気に頷くと、「では、その代わりといってはなんだけど、昨夜の事件の話を聞かせてもらおうか。なんだか、奇妙な出来事だったらしいと噂《うわさ》では聞いてるんだけどね。当事者である君の口からもう少し詳しく聞きたいんだ」

さすが石崎先生、変わり者。この手の話題がお好きなようだ。やはり探偵部顧問に相応しい。彼を顧問に推挙した部員たちの眼力の確かさに僕は舌を巻いた。


そして放課後、僕と石崎先生は野球部専用グラウンドの一塁側スタンドに並んで腰を下ろし、なぜか野球見物に興じていた。鯉ケ窪学園vs.虎ノ穴高校。乱闘必至の因縁の対決とあって、練習試合にもかかわらず百人以上の大観衆がスタンドを埋めている。だが、僕は鯉と虎の乱闘を見にきたのではない。いや、それも見たい、是非見たい。だけど、この日の野球見物の趣旨はもっとべつのところにあるのだ。

「本当に、彼らの野球が事件解決のヒントになるんですか」

僕はこの質問をさっきから四、五回は繰り返している。

「なると思うよ。なにせ彼らは下手《へた》だからね。特にうちのエースにはそれが期待できる」

ということは、石崎先生にはすでに答えが判っているらしい。判っていて、なおかつ僕にその謎を自力で解けといっている。どうやら、そんな雰囲気だ。

しかし、それにしても謎だ。鯉ケ窪学園エースの森中になにが期待できるというのだろう。MAX百二十キロの走らない速球と、突如として制御不能となるコントロールに期待できるのは、メッタ打ちを食らった挙げ句のコールドゲームくらいではあるまいか。

あれこれ考えるうちに試合は七回を過ぎ、意外にも両者は3－2の大接戦。

「うーん、どちらも同じくらい下手だな」石崎先生は的確に試合内容を分析した。

一方の僕はというと、白熱する試合展開についつい自分が探偵部副部長であることを失念しつつあった。一番大原三振の後、二番岩崎が相手エラーで出塁し、それに三番中島が四球で続く。一アウト一、二塁のチャンス。しかしながらスタンドはいっこうに沸いてこない。僕はもういてもたってもいられなくなり、とうとう己の立場を忘れて立ち上がった。そして僕は、今日も元気のない四番桜井、及び鯉ケ窪学園生徒を太平の眠りから目覚めさせるべく、自前の赤いメガホン片手に右手を雄々しく振り上げたのだった。

「くをらああッ、鯉ケ窪学園の諸君ーッ、元気を出しなさーいッ！　元気があればなんでもできるッ！　いくぞおーッ！　鯉ケ窪学園名物、すくわっと・こーる！」

スクワット・コールとはカープの応援団がやっている、立ったり座ったりの応援形式のことである。見た目は大変そうだが、やってみるともっと大変である。本当は学園名物でもなんでもないのだが、僕はほとんど強制的にその場に居合わせた百人ほどの生徒たちにその極意を伝授してやった。そのかいあって九回の攻撃のころには、即席応援団は広島市民球場右翼席かと見紛《みまが》うばかりの見事なスクワット・コールを披露するに至った。大成功である。にもかかわらず、試合のほうは逆転負け。見たこともないような応援風景に選手たちがビビッたのだろう。迷惑だったかもしれない。

それにしてもエース森中だ。中盤までは磐石《ばんじゃく》だったコントロールが終盤に乱れて、合計八つの四球。中でも満塁からの三連続押し出しフォアボールには呆《あき》れた。

「――で、霧ケ峰君」

試合終了後、スクワット・コールに疲れ果ててヘトヘトの僕に、石崎先生が尋ねた。

「判ったんだろーね？　人間消失の謎は？」

忘れてた。

六

「君は探偵部の副部長というよりも、応援団の部長みたいだな」

再び場所を生物教室に移して、僕と石崎先生は対面した。僕はやや赤面した。

「す、すいませんでした。スクワット・コールなんかに現《うつつ》を抜かしてしまいまして」

「べつに謝らなくてもいい。仕方がない。今回は僕が探偵役を引き受けることとしよう。探偵部顧問就任にあたっての初仕事だ。本当は探偵部副部長の実力を拝見したかったんだけどね。まあ、判ってみればべつに難しい話じゃないよ」

そう前置きしてから、石崎先生は説明に移った。

「今日の試合で見てほしかったのは、あの我らがエース森中君の押し出しフォワボールだったんだよ。君も見ただろ。僕の期待したとおり、彼は三度もそれを見せてくれた」

「はあ、それは僕も見ました——腹を立てながら」

「それでは駄目だね。冷静になれば気がついたと思うんだ。満塁押し出しの場面と昨日のE館の人間消失の一件は、似たようなものなんだよ」

「似てますか」

「よく似てる。満塁の場面でバッターが四球を選ぶとする。つまり押し出し四球だ。その瞬間、三塁にいた走者はホームへ向かって歩きだす。同じように二塁走者は三塁へ、一塁走者は二塁へ歩く。バッターはバットを捨てて一塁へ歩く。本来ランナーは三人しかいないはずのダイヤモンド上にバッターランナーも含めた四人のランナーがひしめくことになる。この場面で、果たして誰が三塁走者で誰が二塁走者で誰が一塁走者なのか。ホームにいる審判の目にはどう映るだろうか」

「それは簡単です。三塁走者はホームインするまでは三塁走者ですし、二塁走者は三塁につくまでは二塁走者、一塁走者も同様。バッターは一塁にたどり着かないうちは、まだ一塁走者とは呼べません。ルールでそうなってます。常識ですよ」

「確かに君のいうとおりだ。けれど、現実にプレーしてる連中には、もう少し違った感覚があるんじゃないだろうか。確かに、一塁に向かうバッターランナーはルール上はまだ一塁走者とは呼べない。君がいったとおりだ。しかし現実には一塁に向かう途中のバッターランナーはその時点で、もうすでに自分が一塁走者になったような気分でいるんじゃないのかな」

「はあ――そうでしょうね。たぶん、そうでしょう」

「同じく、二塁に向かう一塁走者はもう自分が二塁走者になった気でいるだろうし、三塁に向かう二塁走者も同じく、自分はもう三塁走者になった気でいるだろう。そして彼ら三人の意識の中では、さっきまでの三塁走者はすでにランナーとしての役目を終えて《得点一》に変わっているだろう。なにがいいたいか判るかい」

「審判の見方と選手の見方とがひとつずつズレているってことですか」

「そう、ダイヤモンド上には四人の選手がそれぞれに次の塁に向かって歩いている。審判と選手は同じ場面を目にしているわけだ。にもかかわらず、両者の見方は微妙にズレを生じている。審判はルールに従って前を行く三人の選手を走者と認め、いちばん最後にいるバッターランナーを走者とは見なさない。選手は選手で自分たちの気分に従って後を行く三人を走者と認め、いちばん前を行く三塁走者をすでに走者とは見なしていない」

「なにがいいたいんですか、先生」

「僕がいいたいのは、これと同じような意識のズレが昨日のE館で起こったんじゃないか、ということだ。E館にいた選手と審判との間でね」

「E館にいた選手と審判ですか？」

「そうだ。E館全体をダイヤモンドに準《なぞら》えるんだよ。四球――いや死球というべきかな――をもらって一塁へ歩くバッターランナーが霧ケ峰涼、つまり君だ。一塁から二塁へ向かう走者が斎藤君、二塁から三塁に向かう走者が江川警備員。そして三塁から本塁へ突入を果たそうとするのが犯人。合わせて四人の走者というわけだ。そしてここに審判がひとり登場する」

「藤田用務員ですね」

「そう、藤田用務員は善意の目撃者、いわば審判だ。そして君と斎藤君、江川警備員は追跡者、いわば選手だ。審判と選手との間に意識のズレがあるように、追跡者と目撃者の間にも意識のズレがある。両者が同じ場面を見たからといって同じように見えるとは限らない。犯人は咄嗟《とっさ》の判断でそこをうまく利用したんだな。話が抽象的すぎるようだ。では、ここからは具体的に話そうか」

石崎先生は昨日の現象を説明した。

「犯人は視聴覚資料室で窃盗行為をはたらいている場面で君と出くわした。姿を見られたくない犯人は、君を突き飛ばして廊下に出た。犯人は②の廊下のほうに逃走した。騒ぎを聞きつけて生物教室から斎藤君が飛び出し、犯人を追った。追跡者は二人になった。君と斎藤君は②の廊下へと向かい、その中程で③の廊下からやってきた江川警備員と合流した。追跡者は三人になった。犯人はこの三人の追跡者に先んじて④の玄関にたどり着いた。しかし、④の玄関を出たところには偶然藤田用務員が居合わせた。犯人はおそらく藤田さんにその姿をバッチリ見られただろう。普通なら万事休すだ。しかし、ここで犯人は機転を利かせて咄嗟にひと芝居打ったんだよ。犯人は追跡者のひとりに成り済ましたんだ」

「追跡者に成り済ました？　どうやってですか」

「簡単だ。君たちと同じ行動をとればいい。正確にいうなら、その直後にやってくるであろう君たち本物の追跡者がとるであろう行動を予見して、それをやってみせたということさ。君たちは玄関前の藤田さんに出くわしたときに、どんなことをしたかな」

「どんなことって――犯人の行方を尋ねました」

「そうだろう。誰だってそうするはずだ。犯人にもそれが予想できた。だから犯人も前もってそれと同じことをやったんだよ。犯人は玄関を出て藤田さんと出くわしたとき、いかにも追跡者らしいポーズを作って『泥棒はどっちへ逃げたか』といったようなことを尋ねたんだよ。それに対して藤田さんは当然、こんな感じで答えたはずだ。『泥棒なんか見ていない。誰も通ってない』とね。これは無理もない話だ。藤田さんだって、まさか『泥棒はどっちへ逃げたか』と質問している当人が泥棒だとは考えないはずだからね。犯人は藤田さんの答えを聞くか聞かないうちに、あたかも周辺を捜索するかのようなポーズをしながらその場を離れて、おそらくは建物の裏側あたりにでも逃げていったんだろう」

「………」

「君たち本物の追跡者三人がやってきたのは、その直後のことだ。江川警備員はさっそく藤田さんに『誰かいまここを通っただろう。どっちにいった？』と質問した。この問いに対して厳密な意味で嘘のない答えをするとしたら、藤田さんは『男がひとり通っていった』と答えなければいけない。しかしだ、藤田さんにしてみれば、江川警備員からの質問は、先程の質問とまったく同じではないにしても、だいたい似たような内容の質問だったはずだ。人間、似たような質問を続けて受けた場合は、同じことを尋ねられたのだと解釈して、答えも同じでいいと考えるだろう。だから、犯人の質問に『誰も通っていない』と答えた藤田さんは、その直後の江川警備員の質問にもやはり『誰も通っていない』と答えたんだよ。それが正しい答え方だと、藤田さんは判断したんだな」

「では、現実には藤田さんが二回同じ質問に答える間に、当の犯人は彼の目の前を通りすぎていたというわけですね。でも、そんなにうまくいくもんでしょうか」

「もちろん運も味方したよ。例えば江川警備員がもう少し粘り強く藤田さんを問い詰めていれば、その場で両者の誤解は解けていただろう。だが、江川警備員は藤田さんの返事を聞くなり、生徒にかつがれたと早合点し、君や斎藤君のほうに疑いを向けた。お陰で藤田さんの証言が正される機会が失われてしまったというわけだ」

話を聞くかぎりでは頷けるような気もする。だが、僕は石崎先生の話に重大な見落としがあることに気がついた。

「それは変です」僕は抗議するようにいった。「もし仮にいまいったような誤解が生じたとします。藤田さんは犯人の嘘を信じて、犯人のことを追跡者のひとりだと思い込んだ。それはあり得ることかもしれません。しかしですよ、先生。だとしたら、藤田さんの目には追跡者の数は合わせて四人に映っていたはずです。しかし、藤田さんは僕らの前で追跡者は三人だといいました。その場面はハッキリ覚えています。藤田さんが生物教室のそこの窓を開けて、石崎先生に借りた肥料を返しにきたときのことです。江川警備員の問いに答えて、彼はこんなふうに答えました。『泥棒だろうとなんだろうと見ていない。自分が見たのは君たち三人だけだ。もしも泥棒が本当にいたというなら、犯人は君たち三人の中の誰かに違いない』と。もしも、藤田さんが犯人のことを追跡者として考えていたなら、この台詞《せりふ》の中の『三人』は『四人』になっているはずじゃありませんか」

「いい質問だ。さすが探偵部副部長。だが、その説明はさっき済ませたんじゃなかったかな」

「は？」

「押し出しの四球の話さ。ダイヤモンドには四人の走者がいる。バッターランナーは自分を含めた後の三人を走者だと思い、審判はバッターランナーを除いた前の三人を走者と見る。つまり、藤田さんのいう『三人の追跡者』と君がいう『三人の追跡者』とは、その中身が違っているんだよ。まあ、君にとってはあまり面白くない話だろうけど、真実だから仕方がないね。要するに君のいう『三人の追跡者』には当然のように犯人は含まれておらず、そして当然のように君自身が含まれている。江川、斎藤、そして君。この三人だ。しかしながら、藤田さんのいう『三人の追跡者』にはすでに説明したように犯人が含まれているんだ。そして、その一方で霧ケ峰涼、君の存在は含まれていない」

「そ――そんな馬鹿な！」

思いがけない石崎先生の言葉に、僕は色をなして反論した。

「なぜ僕の存在が省かれなくちゃならないんですか。そんなの納得いきません。僕は今回の事件では犯人から暴行を受けた被害者なんですよ。逃げる犯人を見た目撃者でもあるし、それを追っ掛けた追跡者でもあるし、ある意味では容疑者でもあるし、探偵部副部長でもあるし――」

そして物語の語り手という意味ではワトスン役でもあるし、そしてできれば名探偵でもありたいと願う欲張り者である。

「とにかく、今回の事件ではもっとも重要な役回りを演じたのが僕なんですよ。それがどうして？　なぜ？　あ、ひょっとして、僕の名前がエアコンみたいだからですか？」

石崎先生は慌てて手を振った。

「そんなんじゃないよ。霧ケ峰涼はいい名前だと思うよ。藤田さんが君を省いたのは、それは君が――」

「ぼ、僕がカープファンだからですか？　カープのなにがいけないっていうんですかあ。地味だからですか」

「そんなんじゃないって。藤田さんが君を数に含めなかったのは、君が変わった名前だったからではなくて、カープファンだったからでもなくて、要するに君が女の子だったからだよ。たぶん、そうだと思う」

「女の子だったからァ？」

「そう」

確かに僕、霧ケ峰涼は女の子である。名探偵に憧《あこが》れ、カープを愛し、家電製品みたいな名前で呼ばれていても、女子は女子。茶のブレザーに純白のブラウス、ミニスカートにハイソックス、胸元に赤いリボンという鯉ケ窪学園の制服に身を包んだ、高校二年の女子高生であることは、間違いようのない事実だ。

女であればこそ僕は愛するカープのエースには《逆立ちしたってなれない》のであり、しかしながら、もしも東京メッツが実在したなら《僕ももうちょっと本気で野球選手を目指していたはず》と思えるのである。カープ命のこの僕が、東京メッツの不在を嘆く理由はただひとつ。それは東京メッツが（たとえ漫画の中のこととはいえ）女性に門戸を開放している唯一のプロ野球球団だからに他ならない。

「それじゃあ、なんですか、藤田さんは僕が女子高生だったから、それで数に含めなかったというんですか？　こんなところで性差別ですか？　酷《ひど》いじゃないですか、それ。失礼です」

「性差別かどうかはともかく、藤田さんの目には男たちばかりが追跡者に映ったんだろう。最後にやってきた女子生徒はもちろん彼の視界にも入ってはいただろうけど、泥棒をつかまえようとする追跡者には映らなかったんだろうな。まあ、騒ぎを聞いて駆けつけた野次馬にでも見えたんだろう、きっと」

「………」石崎先生の何気ないひと言に僕は絶句した。「僕が――僕が――」

僕が野次馬だってえ！　心の中で叫んだところで虚しいだけだが、それでも叫ばずにはいられなかった。冗談じゃない！　こんな可愛《かわい》らしい野次馬がいるかああッ！

一方、石崎先生は僕が興奮のあまりすっかり忘れていたことについて、落ちついて説明を加えた。

「ところで犯人なんだけど、藤田さんのいう『三人の追跡者』が犯人、江川、斎藤の三人を示しているのだとすると、犯人に対応する人物は城ノ内室長しかいない。藤田さんはただ『三人』ではなくて『君たち三人』といっているのだからね。そう、彼が犯人だったんだよ。おそらく城ノ内室長は藤田さんの口から『三人』という数字が出た瞬間、心臓が止まるほど驚いただろうね。もし藤田さんがなにかの拍子で『三人』の内訳を喋りだせば、たちまち自分の名前が出てしまう。もとより、すべてはその場凌《しの》ぎの嘘だったのだから、放っておけばやがてはバレることは明白。そこで彼は『理事長に説明を』などといって君たちのもとを離れ、その手で藤田さんの口をふさぎにいったんだな——結局、これも失敗に終わって、藤田さんは一命を取り留めた。おそらく、今頃は意識も回復して事件のことを喋りはじめているだろう。事件の真相は遠からず彼の口から明らかになるだろうね」

こうして鯉ケ窪学園を揺るがした窃盗及び殺人未遂事件は、生物教室の片隅で警察発表よりもほんのちょっと早く解決を見た。それがどうしたといわれればそれまでだが、ちょっとは得した気分である。

「そうですか。あの室長が犯人だったんですね」

だが正直なところ、誰が犯人だろうとどうでもよかった。それよりも、

「消えてたのは僕自身だったんですね」

これがなんとも癪《しゃく》にさわる事実だ。霧ケ峰涼の消失。それは名探偵を志す僕としては大いなる屈辱である。だが甘んじて受け入れるしかあるまい。そして僕、霧ケ峰涼はかたく心に誓うのだった。今度もし犯人を追いかけるような場面に遭遇したときには、自分が女であることなどきれいさっぱり忘れて、名探偵らしくもっとキビキビ走ろう、と。

なに、その気になって走れば足は結構速いのだ。なんたってスクワット・コールで鍛えてるんだから。

霧ケ峰涼の逆襲

一

それは五月にしてはひんやりと肌寒い夜のこと。武蔵野の風が吹き抜けるなか、僕はとぼとぼと夜道を歩いて帰宅中。草むらから聞こえる虫の声。住宅地にこだまする犬の遠吠《とおぼ》え。どこかで交通事故でも起こったのだろうか、遠くにサイレンの音が聞こえる。あれはパトカー？　それとも救急車？　いや、なんだっていいや。

国分寺は恋ケ窪のはずれにある私立鯉ケ窪学園。その裏に「かば屋」という名のお好み焼きの店がある。僕はつい先ほどまで、探偵部の仲間たちと最新のミステリを語りつつ、テレビの巨人―広島戦に見入っていた。史上最強打線と史上最低投手陣のガップリ四つの激闘は、五回終了時点で十一対〇という壮絶なスコアとなって僕を奈落《ならく》の底に叩き込んだ。五月でもう消化試合かよ――。僕は呆《あき》れて店を出た。午後八時を過ぎていたと思う。

ところで「探偵部」とはなにか。単なる探偵小説マニアの憩いの場とも噂される非公認サークルであるが、事実は違う。探偵部とはその名のとおり、探偵活動をおこなうことを旨とした、素人《しろうと》探偵たちの集合体である（「秘密結社」と呼ぶ人もいる）。

そして、僕はその探偵部において副部長の重責を担《にな》っている。すなわち――

「鯉ケ窪学園探偵部副部長、霧ケ峰涼」

これが「僕」だ。派手な名前のせいで、よく美男子とか芸能人とかエアコンとかに間違われるのだが、その実体はどこにでもいるごく普通の高校二年の女の子。茶のブレザーとミニスカートがよく似合う右投げ右打ちの十六歳だ。

「おやッ」僕はふいに足を止めた。

道端から姿を現した白い物体が、僕の目の前を悠然と横切ったからだ。それは真っ白な美しい猫。まだ幼い。僕はそのしなやかな動きに魅入られるように、仔猫《こねこ》の後を追った。仔猫は時折、僕のほうを振り向きながら、まるで「こちらへいらっしゃい」と呼んでいるよう。僕は息をひそめながら後に続いた。やがて仔猫は一軒の家の門をくぐって、敷地のなかへと消えた。

「ん、この家は——」確か、ここ何年も住む人のない廃屋のはず。不審に思いつつ門のなかに数歩踏み込んだ瞬間、今度はいきなり誰かの絶叫。

「ぎゃああああああッ」

背筋も凍るようなその響きに、僕は腰を抜かしそうになった。白い猫、空き家、夜中の悲鳴、いたいけな少女に迫る危機（?）——まさに怪談。僕はすぐさま回れ右して逃げ出す構え。しかし、そのとき再び誰かの声。

「シッ、シッ!　こらッ、あっちいけッ、しッ!」

門を入って右手、生垣《いけがき》と木造の建物の間の狭い暗闇からその声は聞こえた。よくよく目を凝《こ》らしてみると、そこにいるのはひとりのおじさんである。しゃがみこんだまま建物の壁に背中をぴったりとくっつけ、進退窮《きわ》まったかのような体勢。先ほどの絶叫の主はこの人に違いない。しかし、おじさんの目の前には、例の白い仔猫がちょこんと座っているばかりである。不思議な光景だ。

「——おじさん、なにやってるんですか?」

「あ、ああ、誰か知らないが、君、たた、助けてくれないか」おじさんは目線を仔猫に向けたまま
いった。「みっともない話だが、猫は苦手なんだ。頼む、なんとかしてくれ！」
　なんだ、猫恐怖症か。
「だらしないですね、おじさん」
　でもこの際だから仕方がない。ご要望どおり、なんとかしてあげることにしよう。幸いにして
相手は仔猫。僕は軽く腰をかがめて右手を差し出す。「さあ、おいでおいでー」
　たちまち僕の右手をおじさんの汗ばんだ両手がひっしと握り締めた。
「ひゃ⁉」一瞬の戸惑いの後、「えい！」僕はおじさんを張り倒し、必殺のエルボードロップを
お見舞いする。「おじさんに『おいでおいで』してるんじゃないのッ！　猫ちゃんにしてるのッ」
「ああ、そうか。すまん。勘違いだ。悪意はないんだ。許してくれ」
　しかし、なにをどう勘違いすれば、現役女子高生がいま会ったばかりのおじさんに「おいでお
いで」するというのだ？　疑問は山ほどあったが、いまそれを問題にしても仕方がない。僕は仔
猫を胸に抱いて、おじさんのほうを見やった。
「おじさん、こんな空き家の庭先でなにやってんの？　しかもこんな夜中に」
　あらためて見回してみると、生垣の近辺には弁当の空き殻《がら》やペットボトル、煙草《たばこ》の吸殻などが
散乱しており、彼がこの場所で長時間すごしたことが判《わか》る。さらによく観察すると、おじさんは
胸に高そうなカメラをぶら下げているではないか。
「ひょっとして、おじさん、張り込み中の芸能カメラマン？」
　我らが鯉ケ窪学園には芸能クラスがあるので、周辺には意外に芸能人の姿が多いのだ。

しかし、おじさんはとぼけるように顔を左右に振って、「ノーコメント」

「あ、そう」僕は腕に抱いた仔猫をおじさんにプレゼント。「ほれほれ、どーだ、どーだ」

「ぎゃあああ――」

おじさんは悲鳴とともに僕の質問に答えた。彼は藤瀬正一《ふじせしょういち》という芸能カメラマン。この空き家の生垣の陰に陣取って、真向かいの建物を見張っていたのだという。そこに仔猫が乱入してきて、猫嫌いの彼はあられもない悲鳴を上げてしまい、結果として僕という第三者を呼び寄せてしまったということらしい。事情はだいたい判った。となると気になるのは当然、彼が見張っていたという対象物だ。

僕は多少の好奇心を持って生垣の向こうを見やった。幅五メートルほどの道路を隔てた向かいにあるのは、なんの変哲もない二階建てのアパート。ワンフロアに七つの玄関扉が、こちら向きにずらりと並んでいる。そこそこ洒落《しゃれ》た外観ではあるが、とても有名人が出入りするような雰囲気ではない。

「おじさん、誰のどういう写真を狙ってるの？」

「なんでそんなこと、君に教えてやらなきゃならんのかね」

いったんは質問を拒否しようとした藤瀬さんだが、僕が再び仔猫を構えると、たちまち怖気《おじけ》づいたように態度を翻《ひるがえ》した。「判った判った、特別に教えてあげよう。狙ってるのは、とある芸能人の密会写真だ」

そして藤瀬さんは諦めたようにひとりの有名芸能人の名前を口にした。

「安藤《あんどう》タケルだよ」

最近人気急上昇中の若手俳優だ。百八十センチをゆうに超える長身に甘いマスク。父親も芸能界では名を知られた有名俳優であるから、いわゆる最近流行の二世タレントのひとりである。真面目《まじめ》なタイプなのか、それとも要領がいいのか、女性との浮いた噂はいまのところ聞いたことがない。もし恋人との密会が報じられれば、彼にとって初めてのスキャンダルとなるはずだ。しかしながら、そのデートの現場が国分寺の片隅にあるアパートとは、どうも信じ難い話である。

「なんかの間違いなんじゃない？」

「いや、間違いではない」藤瀬さんは生垣の切れ目から抜け目なくアパートのほうに視線を送りながら、「わたしは今日一日安藤タケルを尾行した挙句、夕方四時過ぎ、彼があのアパートの一室に消えていくのをこの目で見た。一階の三号室だ。水原真由美《みずはらまゆみ》という表札が掛かっている。見たまえ。一階の右から三つ目の部屋を。ちゃんと明かりが点《つ》いているだろ」

確かに二階建てアパートの一階部分、七部屋あるうちの右から三つ目の部屋には明かりが見える。

「じゃあ、あの中に安藤タケルがいるんだ」

「そう。そして水原真由美という女性もおそらくは一緒にいるはずだ。窓のカーテン越しに二人分の影が揺らめくのを見た」

「その水原真由美っていう人は、どういう人なの？」

「うむ。わたしもそのことが気になってね、こうして張り込みを続けながら、携帯で心当たりに話を聞いてみたんだ。そうしたら面白いことが判った。水原真由美は劇団員だそうだ。べつに売れっ子ではないらしいんだが、いちおう舞台女優ってわけだ。いってみれば安藤タケルと同業だな。しかも二人の接点はそれだけではない。安藤タケルと水原真由美とは実は高校の同級生なんだな。しかもその高校はこの国分寺にある。あえて名前は伏せるが、頭のレベルはそうでもないくせに、いっちょまえに芸能クラスがある私立高校だ」

そうか。二人は鯉ケ窪学園の卒業生だったのか。

「でも、おじさんは安藤タケルが水原真由美の部屋にひとりで入っていくところを見ただけなんでしょ。二人が仲良く手をつないで部屋に入っていくのを見たわけじゃないよね。だったら、二人が付き合ってるとまではいえないんじゃないの？　安藤タケルは、ただ昔の友達の家を訪ねただけかもよ」

「まさか。彼ほどの売れっ子がわざわざ忙しいスケジュールの合間を縫って会いにいくんだ。二人は特別な関係にある、そう考えるのが常識だ」藤瀬さんは腕時計を確認しながら、自分に言い聞かせるようにいう。「現在、午後八時半。安藤が彼女の部屋に入ってもう四時間以上経《た》っている。ただの友人訪問ではないさ」

「じゃあ、二人が一緒に部屋から出てくるようなときには、写真を撮る？」

「もちろん。それが仕事だ」

「朝まで出てこないかも」

「覚悟の上さ」

「向こうも警戒して、裏から出ていくかもよ」

「なに、その点は抜かりない。三号室の裏はベランダになっているんだが、そちらはわたしの仲間がちゃんと張り込んでいる」

なるほど。安藤タケルは恋人の部屋で、いまや袋のネズミというわけだ。このままいけば、このおじさんカメラマンが念願かなってスクープ写真をモノにする確率は大だ。しかし——

「それでいいのかなあ」

「……ん」

「そっとしといてあげようよ」

「………いや」

「有名人にだってプライバシーはあるんだし」

「…………しかし」

「それにさ、安藤タケルはまだいいよ。有名人なんだし、有名人にスキャンダルは付き物だから。でも、その水原真由美さんっていう劇団員は全然有名じゃないんでしょ。有名じゃないのにデートの写真を撮られるなんて、ただ迷惑なだけじゃない。かわいそうだよ。せめて水原さんが有名人になるまで待てないかな？」

「な、なにいってるんだ、君！　無茶いわないでくれよ。スクープ写真はいまや目の前なんだぞ」藤瀬さんは気合を入れ直すように胸のカメラに触れた。「君の気持ちは判らんじゃないが、こっちもせっかくの特ダネをみすみす見逃すほど裕福じゃないんだ」

「うーん、裕福じゃないってのは、なんとなく判るけど——」

さらに言葉を続けようとしたそのとき、一台の自動車のエンジン音が僕らの会話を遮《さえぎ》った。僕らは会話を止めて、生垣越しに問題のアパートに目をやる。

道路を左方向からやってきた一台のワンボックスカーがアパートの前に横付けするところだった。それもちょうど一階の三号室の前。水原真由美の部屋の玄関と僕らとの間に、大きな図体のワンボックスカーは立ちはだかるように停車した。

停車するや否や、こちら側を向いたドアが開き、運転席からひとりの男が路上に降り立った。中肉中背のどこといって特徴のない体つき。赤いジャンパーにズボン。帽子を目深に被《かぶ》った眼鏡《めがね》の男。細かな顔立ちまでは窺《うかが》えない。夜の闇と道路一本分の距離が、僕らの前に横たわっていたからだ。

男は車から降りると、警戒するように周囲を見回した。それから彼は運転席の開いた窓から後部座席に向かって二言三言声を掛け、そのまま車の前方を回って車体の向こう側に姿を消した。

「なんだろうね」僕が呟《つぶや》くと、

「シッ！」藤瀬さんは指を顔の前に立てて、僕に沈黙を強いた。その表情はいままでになく引き締まっている。もはや彼の仕事についてとやかく難癖をつけられる雰囲気ではない。僕は仔猫を抱いたまま緊張して成り行きを見守った。

すると、今度はワンボックスカーの後部のハッチが大きく跳ね上がり、中からもうひとりの男が飛び降りるようにして路上に現れた。こちらは白いジャンパー姿。頭部を頭巾《ずきん》のように覆《おお》っているのはバンダナか。顔には丸いサングラスを掛けている。先ほどの赤いジャンパーの男と同様、やはり人相までは窺えない。ただし、白いジャンパーの男が車の中から取り出したある物が、僕らの目に強烈に焼きついた。

それは脚立だった。

サイズとしてはごく小さなものだ。二つ折りにした状態で、一メートルぐらいの高さだろうか。白いジャンパーの男は、その脚立を両手で抱えて、やはり車体の向こう側へと姿を消していった。後には後部のハッチを開けっ放しにしたワンボックスカーが残された。

ワンボックスカーの向こう側で一階三号室の玄関扉が開くのが、音と光で判った。それから数人が会話するような声が一瞬漏れ聞こえてきたが、すぐに扉は閉められて声は聞こえなくなった。どうやら三号室の人間は二人の男を部屋に招きいれたらしい。

「うーん、まずいな」藤瀬さんが苦りきった声で呟いた。「なにをはじめる気か判らんが、どうも様子が変だ。さてはこっちの張り込みに気がついたのか」

「でも、張り込みに気づくことと、男二人が脚立を部屋に持ち込むことと、なんの関係があるのかな」

「判らん。向こうには向こうの作戦があるんだろう。いずれにしてもハッチを開けっ放しにしてあるということは、すぐに出てくるということに違いない。よーし、こうなったら一か八か勝負をかけてやる！」

いうが早いか、藤瀬さんはカメラを胸に抱えたまま駆け出した。空き家の門を飛び出し、道を横切る。そしてワンボックスカーの車体の陰に忍び寄ると、後輪のあたりに身を潜めた。

「まずは、これでよし。――うわ！」

藤瀬さんは車の傍らに平然と佇《たたず》む僕を見て、一瞬眼を丸くした。「こらッ、君ッ、そんなに目立つところにボーッとしてるんじゃない。隠れるんだ、ほら、わたしのようにしゃがんで、しゃ・が・ん・で」

「?」この人、なにか勘違いしているようだ。「僕は仔猫を抱いた普通の女子高生なんだから、こそこそ隠れる必要なんかないんじゃないの? カメラを抱いたおじさんとは違うんだから――ねえ」

最後の「ねえ」は胸に抱いた仔猫に同意を求めた言葉。仔猫は確かに「にゃん」と頷《うなず》いた。おッ、この子、おじさんよりも賢そうだ。

「そうか、それもそうだな」おじさんはようやく状況を理解した様子で、「いいか、絶対邪魔するんじゃないぞ」と釘《くぎ》を刺す。

僕はその件に関しては返事を保留したまま、何気なく車の外観を観察する。

「あ、これ劇団の車みたいだね。ほら、ステッカーが貼《は》ってある――『劇団・遊劇手』。あ、この劇団なら知ってる。西本千里《にしもとちさと》っていう看板女優が最近よくテレビに出てるよね」

続けて窓から車内を覗き込む。「誰も乗っていないみたい。あれえ、後部座席が倒してフラットにしてある。あッ――」

僕は小さな叫びを上げ、観察を切り上げた。いままさに問題の三号室の玄関扉の開く気配がしたからだ。僕は一瞬の早業で車から三メートルくらい離れ、何食わぬ顔で《自分の飼い猫を抱いて夜道を徘徊《はいかい》するごくごく普通の女子高生》を演じた。難解な役回りを演じつつも、目と耳はしっかりと三号室の玄関先へと向けられていることはいうまでもない。

間もなく扉は開かれ、中から三人の人物が姿を現した。瞬間、僕は予想外の光景に目を奪われた。二人の男――例の赤いジャンパーと白いジャンパーの男は、なぜか《担架》を担ぎながら現れた。もちろん、この場面に本物の担架が登場するはずもない。その《担架》は、先ほどの脚立をまっすぐに伸ばしたものに違いなかった。一メートル程度の脚立を伸ばせば、それは二メートル程度の梯子《はしご》になる。緊急の場合、梯子を担架の代用品として用いるのは、よくあることだ。目の前の状況はまさにそれだった。

ひょっとして人気俳優安藤タケルの身になにか起こったのだろうか。僕はとっさに担架の上に目を走らせた。

そこに横たわっていたのは若い女性だった。貧血でも起こしたのだろうか。その顔色は玄関先の乏しい明かりの中でさえもひどく青ざめて見える。スカートから伸びた脚が、苦しげに震えている。シャツの胸が呼吸のたびに激しく上下するのが判る。明らかに具合が悪そうだ。

この人が――水原真由美さん？

問い掛けてみるわけにはいかないが、おそらくそう見て間違いないだろう。顔色は優れなくても、その美貌《びぼう》の片鱗《へんりん》は窺える。彫が深く目鼻立ちのくっきりしたところなど、確かに舞台女優らしい顔立ちである。

そんな彼女の顔が突然、まばゆいほどの光に照らされた。カメラのフラッシュ！　もちろん、藤瀬さんのやったことだ。担架の上の女性が、嫌々をするように顔を揺らす。しかしながら、男二人は揃《そろ》って担架の両端についているため、実力行使に出ることができない。藤瀬さんはそれをいいことに、さらに担架に近寄って数回シャッターを押した。フラッシュの閃光《せんこう》の中で、若い女優はなす術《すべ》もなくただまぶしそうに顔を歪めるばかりだった。

ゆ――許せん！　僕の中で激しい怒りの炎が瞬く間に燃え上がった。

「やめろおおおッ！」

激昂《げっこう》した僕はとっさに手近にあったものを藤瀬さんに投げつけた。白い仔猫。それは彼の構えるカメラの上に着地し、見事にその役割を果たした。

「ぎぇえええぇッ――」

藤瀬さんは悲鳴を上げて腰砕け。僕はそんな彼に体当たり。さらに彼の首筋にしがみつきながら、普段なら決して口にしない禁断の言葉を叫んでいた。

「たかが×××××××が。分をわきまえろーッ!」（自主規制のため七文字伏字）

二

翌朝、僕は普段より三十分早く家を出た。五月晴れの爽《さわ》やかな空の下、人のまばらな早朝の通学路をひとり小走りで急ぎ、学校の手前でちょっと寄り道。もちろん目指したのは、昨日ひと悶着《もんちゃく》あった例の空き家である。

空き家の門をくぐると、そこでは昨夜の白い仔猫が身体を伸ばして「日向ぼっこ」。一方、生垣の陰の薄暗い部分に目をやると、そこではおじさんが身を縮ませて「日陰ぼっこ」。藤瀬カメラマンは性懲りもなく水原真由美のアパートの様子を窺っているようだ。

僕は彼の元に駆け寄ると、「昨日はどうもすみませんでした」と、とりあえず素直に謝った。

「とっさのこととはいえ、我ながら軽率な発言でした。ごめんなさい。『たかが×××××××』なんて二度といいませんから、許してください」

「なに、べつに怒っていないよ。実際、昨夜のわたしの行動は褒《ほ》められたものではない」藤瀬さんはにこやかに笑って、「それに君がいったとおり、わたしはどうせ芸能カメラマンだからね」

笑顔とは裏腹に、結構根に持っているらしい。さすが芸能カメラマン。性格まで粘っこい。

「ところで君、そんなこといいにわざわざ?」

「あ、そうそう、おじさんに謝るのが目的じゃなかったんだ」僕は鞄《かばん》の中からランチボックスを取り出すと、蓋《ふた》を取って得意げに中身を披露。「実は朝ごはんを作ってきてあげたの。きっとおなかすいてると思って——」

「おう、こりゃ気が利くな」たちまちおじさんの手がランチボックスに伸びたかと思うと、中に収まった特製サンドイッチのひと切れを口に放り込んで——「ぱくッ」

「うわあーッ」悲鳴をあげた僕は「とりゃ!」とおじさんを張り倒し、必殺のスピニングトーホールド。「おじさんの『朝ごはん』じゃないやい! 猫ちゃんのだい!」

「ああ、そうか。すまん。勘違いだ。許してくれ——」

「まったく、早とちりなんだから」僕は文句を呟きながら、仔猫に朝ごはんを与えた(キャットフードを挟んだ特製サンドイッチだ)。

「ところで、ゆうべはあれからどうなったの? 動きはあった?」

「いや、君も知ってのとおり、水原真由美は担架ごとワンボックスカーに乗せられて、例の紅白饅頭《まんじゅう》みたいなジャンパー姿の二人組と一緒にどこかへいってしまった。それ以来、なんの動きもない。出ていく者も入る者もまるでなしだ」

「じゃあ、まだ安藤タケルは三号室にいるってことだね」

昨日、安藤タケルがアパートの三号室に入っていくのを藤瀬さんが見ている。それっきり、安藤タケルは部屋から出てきていない。三号室の玄関はこうやって藤瀬さんが見張っているし、ベランダ側にも彼の仲間が張り込んでいる。ならば、安藤タケルはまだ三号室にいると考えるしかない。ところが――

「いや、どうやらいっぱい食わされたようだ。安藤はもう三号室にはいない。その可能性が高いね」

「どうして、そういう考えになるのさ?」

「入れ替わったんだよ」藤瀬さんは疲れたように目を揉《も》みながら答える。「確かにゆうべの八時半までは、安藤は水原真由美と一緒に三号室にいた。しかし、その後で例の脚立を持った二人組が三号室に入っていって、それからしばらくしてまた出てきただろ。あのとき、君はどこに注目したかね。当然、担架の上だろう。ひょっとしてそこに安藤の姿があるんじゃないかと、そう期待したはずだ。あの状況なら、それが普通の反応だ。事実、わたしもつい担架の上にばかり注意がいってしまっていた。逆にいうと、担架を担いでいる男たちのほうには注意が行き渡っていなかった」

「あ、ということは」

「そう。あの赤と白のジャンパーを着た二人の男のうちのどちらかが、実は安藤と入れ替わっていたんじゃないだろうか。少なくとも、その可能性はある。つまり担架の上の水原真由美は人目を引き付けるためのダミーで、安藤はそのすぐ前か後ろで担架を担いでいたってわけだ。単純な手口だが、これは担架という道具の特性を活《い》かしたうまいやり方だ。担架は乗せられている人間が重要なのであって、担ぎ手はただの人手にすぎない。そこが盲点だったわけだ。そう思わないかね」

「なるほど。その可能性は――」

「いいえ、それはないわ。勝手な憶測を語らないでちょうだい」

突然響く女性の声。振り向くと、門柱の傍らに立ち、こちらを睨みつけている若い女性の姿があった。整った目鼻立ち、抜群のプロポーションを誇る長身の女性。

水原真由美だった。

「や、立ち聞きしてたのか」藤瀬さんは一瞬動揺を見せつつ立ち上がる。

「失礼ね。通りかかったら、偶然、声が聞こえたのよ。だいいち、おじさんこそ覗き見してたくせに、あたしの立ち聞きをとやかくいえる立場じゃないはずよ。とにかくもう、いい加減にして。あたし、これから薬飲んで寝るんだから」

彼女は手に持った薬局の袋をチラリと見せた。藤瀬さんは皮肉めいた口調で相手を挑発する。

「ほほう。病院からの帰宅途中というわけだね。しかし、緊急の病で運ばれたにしては回復が早いようだ。たった一晩でもうお帰りとは。顔色もいい」

「仮病だったといいたいわけね。おじさんがなにを勘ぐってるのかはだいたい判るわ。けれど、お生憎《あいにく》さま。安藤君はあたしの部屋なんかにきていないし、誰かと入れ替わってこそこそ出ていったわけでもない。もともと、部屋にはあたししかいなかったのよ。そしたら、夜中に急な腹痛に襲われて、それで劇団の仲間に電話したの。あなたたちも見たでしょ。あの赤いジャンパーと白いジャンパーの男」

水原真由美は長身を活かした堂々とした態度で藤瀬さんに相対した。年齢では遥かに上の藤瀬さんが、やや気おされ気味に反論する。

「な、なにい、部屋には君しかいなかっただと。それはいくらなんでも嘘だ。わたしは自分の目で安藤が君の部屋に入るのを目撃したんだ。間違いはない」

「だったら、いまでもあたしの部屋には安藤君がいるというの？」

「いや、安藤はたぶんその二人組の片方と入れ替わって出ていった」

「だったら、安藤君と入れ替わった男が、まだあたしの部屋にいるってことにならないかしら」

「う、うむ――そうだな。そういうことになる。そのはずだ」

胸を張る藤瀬さんに対して、水原真由美もまた自信満々の口調でいった。

「だったら、確かめてみる？」


水原真由美は藤瀬さんを三号室に引き入れた。本来部外者である僕も、なんとなくその場の成り行きで一緒に中に入る。そのほうが彼女にしても都合がよかったのだろう。なにしろ、彼女は女優だけあってなかなかの美貌の持ち主である。その色香に惑わされて、おじさんがどんな不埒《ふらち》な行動に走るとも限らない。二人きりより三人のほうが安全というわけだ。

水原真由美の部屋はごく普通の１ＬＤＫ。きちんとしているが女性の部屋にしては華やかさに欠けた印象で、あまり生活感がない。見渡したところ部屋に人の姿はない。ユニットバスの中も覗いてみたが異状なし。ベッドの下や椅子《いす》の裏なども同様。ベランダに人の隠れるスペースはない。となると他で目に付くのは、部屋の隅に置かれたクローゼットくらいである。さすがに女優の衣装が納まっているだけあって、一般のものより大きめ。その気になれば、大人ひとりが余裕で隠れられるだろう。

水原真由美は僕らの視線がクローゼットに注がれているのを見て取ると、

「見たいんなら、見ていいわよ。ほら、誰も隠れていないでしょ」

なんら警戒する様子もなく、彼女は自らクローゼットの扉を開いた。中身は予想したほど華麗なものではなかった。舞台衣装を思わせるような派手なドレスもあるにはあるが、大半はごく日常的に身につけるようなブラウスやTシャツの類《たぐい》である。そんな中、一着のジャンパーが目に留まった。薄汚れた赤いジャンパーだった。僕は思わず、それをハンガーごと取り出した。

「これ、お姉さんの？」

「え――ああ、そうよ。あたしの」女優の声が一瞬揺らいだ。「それ、うちの劇団のスタッフジャンパーよ。劇団員は全員持ってるわ。これはもう古いから捨てようかと――」

「ほほう。ゆうべ二人組の片方が着ていた赤いジャンパーと似てるな」藤瀬さんが疑うようにいうと、

「あたしを助けにきた二人は劇団員だもの。彼らの片方が同じものを着てたってべつにおかしくないでしょ」

確かに、おかしくはない。だが、僕はそのジャンパーのある特徴に気がついた。

「もう！　赤いジャンパーがどうかした？」水原真由美は苛立《いらだ》ちを隠せないように、僕の手からジャンパーを奪い取ると、クローゼットの中に投げ入れて、ばたんと扉を閉じた。

「もういいでしょう。部屋の中には誰もいないんだから、おじさんがいうような入れ替わりは無

理なのよ。ゆうべ、この部屋にはあたしひとりしかいなかったの。ひとりの部屋に二人の男がやってきて三人で出ていったの。だから、いまこの部屋は空っぽっていうわけよ。つまり1＋2－3＝0。これで判ったでしょ！」

僕は彼女が口にした数式を頭の中で反芻《はんすう》した。よく判った。僕は彼女の言葉に確信を持って頷いた。

「確かに、おじさんがいうような入れ替わりは無理ですね。だけど――」

「だけど――、なによ？」

女優の表情が不安げに歪んだ。

三

空き家の荒れ果てた庭先。僕はその庭石のひとつに腰を下ろし、胸に抱いた仔猫の頭を撫《な》でている。藤瀬さんは怪訝《けげん》そうに、水原真由美は不満げに僕が話し出すのを待っている。遠くから聞こえる学校のチャイム。僕はすでに自分が登校途中の女子高生であることを忘れている――。

「昨日の出来事を整理するとこうなります。まずおじさんは夕方の四時過ぎに、安藤タケルがこのアパートの三号室に入るのを見た。おじさんは部屋の中で安藤と水原さんが密会中であると考えて張り込みを開始した。そこに午後八時半過ぎ、二人の男がワンボックスカーでやってきた。彼らは三号室に担架――正確には脚立――を運び込み、数分後、水原さんを乗せて出てきた。つまり、部屋で密会中の二人のところに、さらに二人の男が入っていき、その後三人で出てきたというわけです。すると、部屋にはひとり残ってなければ計算が合いません。２＋２－３＝１ですからね。しかし、いま僕らが確認したところ、三号室には誰もいませんでした」

「確かに、誰もいなかった」藤瀬さんが渋々と頷く。「だが、わたしは確かに安藤がこの部屋に入っていくのを見たのだ。それに窓のカーテンに二人分の影が映るのも目撃した。嘘じゃない」

「そんなもの、なんの影だか判らないじゃないの。信憑性に欠けるわ」水原真由美は藤瀬さんの主張を一蹴《いっしゅう》する。「要するに、部屋に二人いたはずっていう前提が間違っているのよ。部屋にはもともとあたしひとりしかいなかったの。よって１＋２－３＝０よ。なんにもおかしくないわ」

彼女は先ほどと同じ数式を繰り返した。

「確かに、その数式は間違いではありません」僕はとりあえずそう頷いた後、ズバリと核心を突いた。「でも、お姉さん、２＋１－３でも答えは０になりますよね」

「ど、どういうことよ。なにがいいたいわけ」

たちまち動揺を露《あらわ》にする水原真由美に向かって、僕は静かに断言した。

「ゆうべ安藤タケルはあなたと一緒に部屋にいましたね」

水原真由美の表情が一瞬強張《こわば》るのを見て、僕は自分の推理に自信を深めた。

「三号室にはもともと二人いた。そこに、ひとりの男が車でやってきた。男は部屋に入っていき、中にいる二人と合流して、これで三人になった。そして三人は一緒に部屋を出ていった。つまり２＋１－３＝０。計算はピッタリ合います」

「ん、なにいってるんだ、君」首を捻《ひね》ったのは藤瀬さんのほうだった。「わたしの立場を弁護してくれるのは有難いが、いってる意味が判らんな。車に乗って現れたのは二人だぞ。赤いジャンパーと白いジャンパーの二人組だ。君もその目で見たじゃないか」

「確かにね」僕は仔猫の頭を撫でる。「でも、おじさん、その二人組が一緒にいるところを見た？」

「そりゃ見たさ。二人で担架を担いでいるところをな」

「それは部屋から出てくるところでしょ。二人が部屋に入っていくときはどうだった？」

「部屋に入るとき？　ええと、どうだったかな。確か、最初に赤いジャンパーの男が運転席から降りてきて後部座席の白いジャンパーの男に二言三言声を掛けて――」

「後部座席に白いジャンパーの男が座ってるのを、おじさんは見たの？　僕は見えなかったけど」

「え、いや、わたしだってべつにそこまでハッキリと見たわけではないが、だいたいそんな雰気だったから――」

「だったら、誰もいない後部座席に声を掛けていたのかもしれないよ。――それで？」

「うむ、赤いジャンパーの男は、車の前を回って車体の向こう側に消えていったな。それからしばらくして後ろのハッチが開いて、中から白いジャンパーを着たべつの男が――」

「それがべつの男だとおじさん断言できる？」

「え、いや、しかし違う色のジャンパーを着てるんだから、それは一目瞭然《りょうぜん》――」

「でも、それは同じジャンパーを裏返しただけなんだよ、たぶん」

「え！　そうなのか」

藤瀬さんはあんぐりと口を開けて沈黙した。僕は彼に水原真由美の部屋で見つけた劇団のスタッフジャンパーの《ある特徴》について教えてあげた。

「あのスタッフジャンパーはね、リバーシブルなんだよ」

「リバーシブルって、あの裏返しても着られるやつか」

「そう。表が赤で裏が白」

それから僕はなおも状況が飲み込めていない彼のために、昨夜の出来事について説明した。

「おじさんが睨んだとおり、ゆうべ水原さんと安藤タケルは三号室で密会していた。そして二人はなんらかのきっかけで、自分たちの部屋がおじさんたちに見張られていることに気がついたんだと思う。そこで二人は知恵を出して、面白い脱出作戦を考え出したんだ」

「ほう、どんな作戦だね」

「やり方は結構簡単。まず水原さんが自分の劇団の同僚に応援を求める。いわば共犯者だね。この共犯者はたぶん役者だと思うけど、仮にAさんとしておくね。Aさんは劇団の赤いスタッフジャンパーを着て、ワンボックスカーで水原さんの部屋に乗りつける。このときちょうど三号室の玄関が隠れるような位置で、車を横付けすることが、重要なポイントだね。

さて、ここでAさんは運転席から降りて後部座席に二言三言話しかけるんだけど、これは文字通り後部座席に話しかけているだけで、そこに誰かが座っているわけじゃない。ただの演技だよ。それが済むと、Aさんは車の前方を回って車体の向こう側に姿を消す。僕らの側から見ると、Aさんはあたかも三号室の玄関先に向かったかのように見えるけれど、実際はそうじゃない。

Aさんは車体の裏側に隠れると同時に、赤いジャンパーを脱ぎ、それを裏返して白いジャンパー姿に早変わり。それから眼鏡を外してサングラスを掛けなおす。それから帽子を脱ぐ。帽子の下の頭は最初からバンダナで覆われていたんだと思う。こうしてすっかり別人になりすましたAさんは、僕らの側からは見えない向こう側のドアを静かに開けて車内に戻る。そして車内に用意していた脚立を持つと、今度はハッチを開いて外に出る。そして再び車体の向こう側に姿を消す。すると、ほら、僕らの目には赤と白のジャンパーを着た二人組が、別々のドアから降りたように見えるでしょ」

「う、うむ、確かに二人に見えるな。一人二役ってやつだ。――それから？」

「Aさんは三号室に入り、安藤タケルと水原さんに合流した。そしてAさんと安藤は赤いジャンパーと、白いジャンパーとに扮装《ふんそう》する。今度は二人二役ってわけだね。この場合ジャンパーが二着必要になるけど、もう一着はたぶん水原さんのクローゼットに余分があったんだと思う。僕らがさっき見た一着はかなり着古したものだったから、もう一着新品があったっておかしくないよね。Aさんと安藤の二人、どっちが赤でどっちが白を演じたかは判らないけど、いずれにしても二人が担架を担いだ。そしてもちろん担架に乗るのは病人のメイクをした水原さん。三人はいかにも急病人搬送中みたいな演技をしながら、僕らの目の前を通り抜けていき、車で立ち去ったというわけ」

「むう。判ってしまえば簡単なことだな」

「そう。だけど、これはなかなかうまいやり方だと思うよ。普通、担架というものは二人の人間がひとりの人間を運ぶための道具だよね。だから、どうしても僕らは目の前の光景を、『二人の男がやってきてひとりの女を担架で運び出した』というふうに解釈してしまう。実際は、やってきたのがAさんひとりで、運び出されたのが二人だったんだよ」

「なるほど。そして、まんまと騙されたわたしは、空っぽになっている三号室をひと晩中見張り続けたってわけだ」

藤瀬さんは苦々しい表情で頭を掻く。僕は藤瀬さんへの説明を終えると、沈黙を守り続けている水原真由美のほうを向いた。彼女は屈辱に耐えるかのように、ぐッと唇を噛《か》み締めていたが、話を最後まで聞き終わると、先ほどまでの強気な態度はどこへやら、しょんぼりと肩を落とした。

「あなたのいうとおりよ。よく見破ったわね。確かに、あたしと安藤君はゆうべ部屋で一緒だったわ。脱出トリックをいいだしたのは彼のほうよ。彼、以前にも同じようなやり方で週刊誌の記者を煙《けむ》に巻いたことがあったらしいの。今回はうまくいかなかったけどね。担架を担いでいた二人のうち、赤いジャンパーを着ていたほうが安藤君よ。そのほうが変装の手間が省けるから」

「ああ、そうか。確かに、そうですよね」

僕は納得した。Aさんは部屋に入る時点で、もう白いジャンパーを着ていたわけだから、当然、安藤タケルが赤いジャンパーを身につけるほうが簡単だ。

謎《なぞ》はすべて解けた。そして水原真由美は目に涙を浮かべながら、神妙な顔つきで藤瀬さんに訴えた。

「安藤君は役者としていまがいちばん大事なときなんです。だから、どうしてもスキャンダルは避けたかった。それでこんなことを――。あなたを愚弄《ぐろう》するような真似をしたことは謝ります。でも、どうかお願いです。わたしたちのことは、そっとしておいていただけませんか」

「え、いや、そう正面きってお願いされると――」藤瀬さんは美女に面と向かって頭を下げられて、頼りない態度。「どうしようかなあ」

僕はおじさんに成り代わり、彼女の肩に手を置いて約束した。

「大丈夫。今度のことは公にはなりませんよ。だいいち、このおじさんは結局のところ、ゆうべ安藤タケルの写真を撮りそこなったんですからね！」

四

「なるほど。なかなか興味深い出来事ではあるね。霧ケ峰君」

石崎先生は生物教室で僕の報告を聴くなり、そういっていちおうの関心と理解を示した。

「確かに、君が謎解きに没頭し、自らが登校途中であることを忘れ、三十分遅刻した挙句、担任の先生に対して『遅刻の理由は公にできない』などと訳の判らない態度をとるのも理解できる話だ。しかし霧ケ峰君、僕はね、君の普段の心構えにはいささか失望したよ」

先生の強い口調に僕はドキリとした。

「生徒としての心構え？」

「探偵としての心構えだ」

およそ教師とも思えない言葉に、またドキリ。

「いいかい、探偵の能力というものは無闇やたらに使っていいというものではない。それは本来、殺人事件の捜査や人助けといった分野でこそ発揮されるべきものだ。決して他人の色恋沙汰《ざた》を暴き立てるための手段に貶《おとし》めるべきではない。それを、君ときたら――」

うう、やはりそうきたか。確かに先生のいうことは正しい。ところで、探偵としての心構えを説く、この石崎先生こそは、我らが探偵部の顧問を任されているお方である。もちろん彼自身が探偵としての素養を持つことはいうまでもない。

「でも先生、結果的には良かったと思いませんか。水原さんは自分と安藤タケルとの交際を認めた上で、藤瀬さんに『公にしないで』とお願いし、藤瀬さんもそれを約束したんですから。万事、めでたしですよ。僕の推理も役に立ったというわけです」

「確かに、役には立ったさ。でも君は気づいているかい。役に立ったのは君の推理が間違っていたからだということを。もし、君がその場で正しい推理を組み立てていたらと思うと、僕は冷や汗が出るよ」

先生の言葉に僕は愕然《がくぜん》とした。

「どういうことですか。僕の推理のどこが間違っているっていうんですか。それに、間違っていたから役に立ったって、どういう意味です？」

石崎先生は説明を開始した。

「君の話を聞いて、どうにも腑《ふ》に落ちない点がひとつある。いいかい。要するに担架を担いで部屋から出てきた二人の男のうち、片方が変装した安藤タケルだったことは間違いない。水原真由美の説明によれば、それは赤いジャンパーを着たほうだったそうだ」

「ええ、そういってました」

「しかし、彼女の説明を聞く前の段階では、君はこういっていたね。『Aさんと安藤の二人、どっちが赤でどっちが白を演じたかは判らないけど、いずれにしても二人が担架を担いだ』と」

「面白いことに、藤瀬さんも同じような発言をしている。彼が担架の担ぎ手と安藤との単純な入れ替わりを疑った際の発言がそれだ。『担架の上の水原真由美は人目を引き付けるためのダミーで、安藤はそのすぐ前か後ろで担架を担いでいた』とね。つまり、彼の目にも担架を担いだ二人のジャンパー男のうちの、どちらが安藤かは判らなかったというわけだ」

「そうみたいですね」

「しかし安藤は確か、百八十センチをゆうに超える長身が魅力だったはずだ。その安藤と比べて見分けがつかないということは、つまり安藤と一緒に担架を担いでいた男もまた、かなりの長身の男だった、ということになる。体格が似ている二人が色違いのジャンパーを着て、片方は眼鏡と帽子、片方はサングラスとバンダナで顔を隠していたから、どちらがどちらとも見分けがつかなかった。そう考えるべきだろう」

「はあ、そうなりますね」

「しかし、君の話によれば、ワンボックスカーから降り立った人物――君が仮にAさんと名付けた共犯の男は、これといって特徴のない中肉中背の男だったはずでは？」

「あッ」僕は思わず声を上げた。いわれてみれば確かにそうだ。アパートの三号室に横付けされたワンボックスカー。その運転席から降り立った男の姿を見た瞬間、僕が抱いたのは確かに中肉中背の特徴のないイメージだった。その後のいくつかの出来事につい目を奪われて、いままで考えることもなかったが、あらためて指摘されてみると、確かにこれは変だ。

「いつのまにか中肉中背の男が消えてしまっている――」

「なに、べつに消えて無くなったわけじゃない。中肉中背の男は、一人二役を演じながらいったん部屋に入った後、今度は担架に乗って部屋から出てきたのさ」

「担架に乗って?」僕は一瞬言葉を失った。「えッ、つまり、それって」

「そう。君が《中肉中背の男》と思い込んでいた人物は、実は《背の高い女》だったわけだ」

そんな馬鹿《ばか》な、と思う一方で、まさしくそれにぴったりの人物が脳裏に浮かんだ。

「水原真由美ですね! そうか、じゃああれは彼女が男装した姿――」

思わずそう叫んだ次の瞬間、僕はまた新しい疑問に突き当たった。「あれ? ということは、部屋の中で安藤タケルと一緒にいたのは、水原真由美じゃなかったってことになりますよね。じゃあ、安藤と一緒にいた恋人っていったい――」

すると、石崎先生はゴホンとひとつ咳《せき》払いをした後、いいにくそうに禁断の真実を語った。

「安藤の恋人が女とは限らないだろ。安藤と一緒にいたのは、彼と似たような体格の男だったのさ」

僕は続けざまのショックで大混乱に陥った。

「つまり、男と思ったのが女で、女と思ったのが男――ああ、もう、なにがなんだか」

石崎先生は淡々と説明を続ける。

「霧ケ峰君が語った推理はいい線までいっているんだが、もうひとひねりが足りないんだな。いいかい。これは単純な一人二役ではない。水原真由美という女優が、男役を演じながら、なおかつ一人二役を演じ、その直後に、女である自分に戻って姿を現すという一人三役なんだ。順に説明しよう。

まず水原真由美の部屋を借りて、密会している二人の人物がいる。安藤タケルと名前の判らない某男性だ。昨夜のこと、二人は自分たちの密会現場がカメラマンに囲まれていることを知り狼《ろう》狽《ばい》する。安藤にとって恋人との密会は、いずれにしたってスキャンダルには違いないが、その相手が男性となるとスキャンダルの意味が違ってくる。人気俳優にとっては致命的な痛手になりかねない。二人は悩んだ挙句、水原真由美を共犯として巻き込んで、奇抜な脱出作戦を試みることにした。水原真由美は二人の密会場所に自分の部屋を提供していたくらいだから、当然、二人の関係を知っていた。それに、劇団員という彼女の特性が、共犯者として都合が良かったんだろう。

さて、脱出作戦というのはこうだ。まず水原真由美は劇団のジャンパーにズボンという一見男に見える服装、なおかつ病人に見えるような青白い化粧を施してワンボックスカーに乗り込み、自分の部屋の前に乗りつける。そして、持ち前の演技力で男を演じながら、なおかつ一人二役をおこなった。おそらく彼女には舞台上で男役の経験があったんだろう。一人二役のやり方は、霧ケ峰君が説明したやり方——ワンボックスカーの死角をうまく利用するあのやり方で正解だと思うよ。

そんなふうに男のフリをして部屋に入った水原真由美は、スカートにすばやく着替える。男たち二人もジャンパーその他で変装する。そして、今度は男二人が担架の担ぎ手となり、いまやってきたばかりの水原真由美を担架に乗せて部屋から運び出したというわけだ」

「なるほど。確かに一人三役ですね」

「そう。しかし、君が騙されたのも無理はない。本来、担架というものは運び出そうとする人間が担架の両端を持ち、運び出される人間は担架に乗っているものだろう。だから、担架に乗っている水原真由美の姿は、君たちの目からは、いままさに部屋から運び出されようとしている姿にしか見えなかった。だが、実際には水原真由美は部屋から運び出されたわけではない。むしろ彼女こそが、部屋に閉じ込められていた二人の男を、こっそり運び出してやったのさ」

「つまり、運んでいる人が運ばれている人で、運ばれている人が運んでいる人――」

「そうだ。そして、ここが重要なポイントなんだが、水原真由美が部屋から運び出されるということは、とりもなおさず彼女がそれ以前から部屋にいたということを印象づけることになる。このことは、安藤の密会の相手が実は男性であるという事実を隠蔽《いんぺい》するためには実に効果的だ。安藤が水原真由美と密会していたのではないか、という疑惑は相変わらず残るとしても、そのことがかえって真実を遠ざけることになるからね」

「そうか。だから、僕が一人二役のトリックを見破ったとき、彼女はアッサリそれを認めたんですね」

「そう。君の推理は間違っていた。真実に届いていなかった。だから、彼女はそれを認めることで、いちばん知られたくない真実が暴かれるのを未然に防いだんだな」

なるほど。まさしく僕の推理は間違っていたがゆえに、彼女の役に立ったようだ。

「しかし先生、水原真由美が二人の男をスキャンダルから救うために、そこまでやるというのは、どういうわけなんでしょうか。彼女には、なんの得もないような気がしますけど」

「さあね。それはなんともいえないな。昔の同級生との友情に報いるために身体を張ったとも考えられるだろう。あるいは、人気俳優に恩を売っておけば、後々便宜を図ってもらえると計算したのかもしれない。水原真由美だって女優の端くれなら、売れたい気持ちは強いはずだからね」

僕は彼女の意志の強そうなまなざしを思い出しながら頷いた。そして、推理を語り終えた石崎先生は、あらためて水原真由美について賞賛の声を送るのだった。

「いやはや、それにしても水原真由美という女優、たいした演技力だよ。彼女、君たちの前で目に涙さえ浮かべて『わたしたちのことは、そっとしておいて』といったそうじゃないか。これじゃあ、君のような純真無垢《むく》な女の子が騙されるのも無理はないね。いや、これはべつに皮肉なんかじゃないよ。ところで霧ケ峰君、純真無垢といえば――」

石崎先生は思い出したように生物教室の片隅を指で示した。そこにはアルミの皿に顔を突っ込んで牛乳を舐《な》めている純真無垢な白い物体がひとつ。

「かわいいからといって学校に仔猫を持ってきてはいけない」

「この教室で飼うというのは、駄目？」

「残念ながらここは生物教室。生き物教室じゃないんだ」石崎先生は議論の余地はないとばかりに窓の外を指差した。「もとの空き家に返してくるように」

五

「うーん、石崎先生、意外に薄情だなー」

放課後、僕は仔猫を抱いて、またまた例の空き家を訪れた。昨夜、藤瀬さんが張り込んでいた生垣。今朝、僕が間違った推理を披露した荒れ庭。こんなところに仔猫を放して大丈夫？　カラ

スに襲われたりしないかしらん、と迷っていると、

「おや、君、なにしてるんだね」いきなり背後から馴染《なじ》みのある声に呼びかけられた。

藤瀬さんだった。門のところからこちらを覗き込んで怪訝な表情だ。

「あ、おじさん。ううん、なんでもないよ」僕は猫嫌いの彼のために仔猫を鞄の中に仕舞った。

「おじさんこそ、なにやってるの。もう張り込みはやめたんでしょ」

「ああ、やめた」そして彼の口から意外な言葉。「国分寺署にいってきたところなんだ。いまはその帰りだ」

「警察に？」取調室で強力なライトを浴び、乱暴な言葉でいたぶられるおじさんの姿が簡単に目に浮かんだ。「なにか悪いことしたの？」

「勘違いしないでくれ」藤瀬さんは顔の前で大袈裟《おおげさ》に手を振った。「むしろ逆だよ。いわば人助けさ」

「人助け？」それはそれで意外である。

「そうだ。危うく濡れ衣《ぬれぎぬ》を着せられそうになった不幸な美女を、冤罪《えんざい》の淵《ふち》から救い出してやったのさ。もっとも、これは君の手柄でもあるんだけどね。おや、その様子では君はまだ知らないようだね。ま、君は学校にいたんだから無理もないか」

藤瀬さんは庭石のひとつに腰を下ろして、煙草を燻《くゆ》らせながら話しはじめた。僕のまだ知らない話を――

「今日の昼過ぎのことだ。どこでどう調べたのか知らないが、警察からわたしの携帯に連絡があってね。ある事件について話が聞きたいというんだな。たまたま、わたしは警察署の近くにいた

ものでこちらから出向いてやった。担当の刑事とは会議室のようなところで会った。刑事はいきなり『西本千里の事件について話を聞きたい』とこうだ。わたしは一瞬、誰のことかと思ったがね」

「西本千里――」僕も一瞬、誰のことだか判らなかった。

「ほら、例の『劇団・遊劇手』の看板女優だ。まだ、あまりニュースにはなっていないようだけど、実は昨夜、西本千里が劇団の稽古場《けいこ》の近くで何者かによって襲撃を受け、顔に怪我《けが》をするという事件があったらしい。女優の顔を傷つけるなんて酷《ひど》いやつがいたものさ。しかし西本千里は犯人の姿を見ておらず、その正体はいまだ不明。熱狂的ファンの仕業とも考えられるし、怨恨《えんこん》や嫉妬《しっと》の線も考えられる。さっそく警察は劇団の人間関係を調べ上げた。そこで名前が挙がったのが、ほら、君も今朝会った水原真由美ってわけだ。彼女にとって西本千里の最近の人気は面白くないことだった。つまり彼女には動機がある。そこで警察が水原真由美本人に話を聞いたところ、彼女はアリバイを主張したらしいんだな。『午後八時なら、自分の部屋で安藤タケルと一緒だった』と」

「あッ」僕は思わず飛び上がった。「午後八時！　午後八時が犯行時刻なの！」

「ん、そうだよ。ほら、昨日の夜、八時ちょっと過ぎに遠くでサイレンの音が聞こえてただろ。あれがそうだったんだな。それがどうかした？」

「ううん、なんでもない」僕は内心の動揺を取り繕《つくろ》って、「それで安藤タケルはなんていったのかな？」

「彼は『確かに午後八時に水原真由美と一緒だった』と証言したそうだ」

嘘だ。安藤タケルはその時刻、恋人の男性と一緒だった。だが、彼の口から真実が語られることはない。顔を切られることが西本千里にとって致命的であるのと同様に、安藤タケルにとってこのスキャンダルは致命的なものなのだから。そうか、彼女はそれを見越した上で贋《にせ》のアリバイを――

「それで、水原真由美のアリバイは成立したの？」

「いや、刑事は納得しなかったらしい。『恋人の証言では信憑性に欠ける』というわけだ。そこで彼女がもうひとりの証人として口にしたのが、わたしの名前だったそうだ」

僕はまた「あッ」と声をあげた。身体がぐらぐら揺れるような気がした。「お、おじさん、それでどう証言したの？」

「ん、決まってるじゃないか」藤瀬さんは煙草をくわえたまま息を深く吸い込むと、煙とともに言葉を吐き出した。「もちろん『彼女の証言に間違いはありません』と、そう答えてやったよ」

「わ、馬鹿！」僕は自分のことを棚上げして、おじさんを馬鹿呼ばわり。「なんでそういうふうに言い切れるのさ。彼女が部屋にいるのを見たわけじゃないくせに！」

「おいおい、なにいってるんだい？　君も一緒に見たじゃないか。水原真由美が担架に乗せられて部屋から担ぎ出される姿を。間違いなく、ゆうべ彼女は安藤と一緒に部屋にいた。そこに一人二役の男がやってきて、部屋の中の二人を運び出していった。――これ、君が今朝語った推理じゃないか」

「だからそれは間違いで――。うう、そうか、そういうことだったのかッ！」

いま、僕はやっと気がついた。昨夜の奇妙な出来事の裏側にあった邪悪な意図に。

水原真由美は自分の部屋にはいなかった。彼女の部屋にいたのは男が二人。そして安藤から彼女のもとに電話がかかる。『部屋をカメラマンに見張られているから助けにきてくれないか。やり方はこんなふう』。奇抜な脱出作戦に承諾の返事をした彼女は、そのとき、ふと思いついたのではないか。これは自分の贋アリバイに利用できると。そして彼女は思い付きを即実行に移した。午後八時、暗がりで西本千里を襲撃。三十分後、自分のアパートで一人三役のトリックを実行。それは安藤たち男二人にとってはカメラマンの目を欺《あざむ》くための脱出トリックだったろう。しかしそれは、彼女にとっては自分が部屋にいたことを印象づけるためのアリバイトリックではなかったか。

そう思って振り返れば、水原真由美の今朝の行動の幾つかが不自然であったことに、あらためて気がつく。そもそも僕らに最初に話しかけてきたのは彼女だった。僕らを空っぽの部屋に招いたのも彼女。リバーシブルのジャンパーが収まったクローゼットを、わざわざ開けて見せたのも彼女。複雑な事件を、単純な数式に置き換えたのも彼女だった。

確かに、与えられた手掛かりから一人二役のトリックを推理したのは、この僕だ。しかし涙ながらに僕の推理を肯定したのは彼女だ。

そう。推理したのは僕。だが、推理させたのは彼女だ。

「おじさん！」僕は藤瀬さんの腕を取った。こうしちゃいられない。「つれてって！」

「え、つれてくって、どこへ？」

僕は仔猫の入った鞄を肩にして、駆け出しながら答えた。

「国分寺署！」

霧ケ峰涼と見えない毒

一

冒頭からいきなりではあるが、いま僕は屋根の上で四つん這《ば》いだ。

三階建ての屋根の上。しかも屋根の傾斜は思ったよりも急角度。おまけに足元は波打つかのごとき瓦《かわら》の列だから、不安定なことこの上ない。腰の部分に縛《しば》りつけた一本のロープだけがいまは文字通りの頼みの綱。その命綱の先は屋根裏部屋の太い梁《はり》にしっかりと蝶々《ちょうちょう》結びでくくりつけられているのだが――「やっぱり固結びのほうがよかったかな？」

しかし、いまさら不安がっても仕方がない。こうなったら乗りかかった舟、いや降りかかった屋根だ。僕は意を決し、帰りの登山者よろしく瓦の斜面を少しずつ下へ下へと降りていく。そんな僕の様子を屋根裏部屋の小窓から真剣な眼差《まなざ》しで見つめているのは、同じクラスの学級委員の高林奈緒子《たかばやしなおこ》。通称、奈緒ちゃんだ。彼女は両手をメガホンにしながら懸命の応援――「頑張って、涼！　大丈夫！　あなたならできる！　あたしがついてるわよ！」

「………」誰がついてるって？　僕に危険な仕事を押し付けて、自分はひとり応援に回ってるくせに。僕は内心の不満を押さえつけながら、上を向きにっこり笑顔で応じた。「ありがとね、奈緒ちゃん。でも、お願いだから静かにしててくれないかな。あんまりうるさくされると、気・が・散・る・か・ら！」

「あ、ああ、そう」奈緒ちゃんは僕の言葉の中に不穏なものを察したらしく、頭を掻きながら右手で軽く拝むようなポーズで、「悪いわね、涼。こんなことさせちゃって」

とかなんとかいってるけど、彼女、最初からこんなことさせちゃうために僕を呼んだのだ。

「――ま、いわれるままにこんなことさせられちゃう僕も僕だけど」

ぶつぶつ呟くうちに無事に目的の場所にたどり着いた。そこは屋根を降りきった、いちばん縁の部分。建物を下から見上げたときに庇《ひさし》になる箇所だ。そして、整然と並ぶ屋根瓦の中で、そこの瓦だけまるで歯が抜けたように一枚分欠けていた。見渡したところ、他の瓦に異状はない。試しに欠けた箇所の両側の瓦に手をかけてみるが、どちらもしっかりと固定されており簡単に外れる気配はない。

これらの状況から判断するに、この一枚の瓦だけが自然に劣化し、風に煽《あお》られた拍子で屋根から落下した、などとは到底思えない。だとすると、やはり何者かが門倉新之助《かどくらしんのすけ》氏の命を狙《ねら》って、わざと瓦を落下させ、落下さ、落――ズルッ!!

「きゃあ――ッ!」

その瞬間、目の前の光景が早まわしのフィルムのように僕の視界を下から上に猛烈な速度で移動した。もちろん僕を取り巻く世界が上下移動しているわけではなく、僕自身の身体が重力に従って落下しているのだ。続いて、ガクンという衝撃が腰に加わり、僕の身体は空中にありながら落下をやめた。気がつくと僕は、他人の家の軒先に一本のロープで宙吊《づ》りになっている哀れな女子高生。目の前にあるのは、たぶん二階の窓だ。

すると窓が開き、中からひとりの痩《や》せたおじいさんが顔を覗《のぞ》かせた。左腕を負傷しているらしく、包帯で巻かれた腕を三角の布で吊っている。おじいさんは屋根からぶら下がった僕を見るなり、「ほう、お嬢ちゃん、こんなところでバンジージャンプかね」

制服を着た女の子が、ロープにぶら下がってゆらゆら揺れている姿は、彼の目にはそう映るのだろうか。まあ、それならそれでも構わない。それよりいまはもっと大事なことがある。ここでこうやって顔を合わせたのも、きっとなにかの縁。僕は目の前のおじいさんを指差して、いきなり重大な警告を発した。

「気をつけてください、おじいさん。あなたの命に危険が迫っています！」

「ふむ」おじいさんは宙吊りになった僕の姿をマジマジと見つめて、「わしの目には君の命のほうがよっぽど危険そうに見えるが――ところで、そういう君はいったい何者かね？」

僕はロープにしがみついた恰好《かっこう》のまま、クルクル回転しながら自己紹介。

「僕は鯉ヶ窪学園の霧ケ峰涼といいます。怪しいものではありません。見てのとおり普通の女子高生ですから」

どうせ、あんまり普通には見られていないんだろうけど。


さて、それでは奈緒ちゃんが宙吊りになった僕を引っ張り上げてくれている間を利用して、ここに至るまでの簡単な状況説明を。

まず「鯉ケ窪学園」というのは国分寺の片隅に位置する、元気があれば誰でも入れる私立高校だ。そして僕、霧ケ峰涼はその学園の「探偵部」に所属する右投げ本格派の女子。で「探偵部」なんだけど、これは説明しづらい。けれど「野球部」が野球をする集団であり「軽音楽部」が軽音楽をする集団であることから類推してもらえれば、「探偵部」がなにをする集団かはだいたい判《わか》っていただけるはずだ。少なくとも他人の家の屋根でバンジージャンプする集団ではない。ではなぜ、このようなことになったのか。きっかけは今日の昼休みに奈緒ちゃんがふいに漏《も》らしたひと言だった。

「あたしの居候《いそうろう》先のおじいさん、この前、殺されかけたの」

素人《しろうと》探偵の野次馬根性を刺激するには充分すぎる言葉だ。僕は私立探偵が依頼人に薫《かお》り高い珈琲《コーヒー》を勧めるような感じで、彼女にパックの珈琲牛乳を奢《おご》ってやった。奈緒ちゃんはストローをチュウチュウいわせながら、購買部の隣で詳しい話を聞かせてくれた。

事件が起こったのは一週間前の夕方のこと。日課である犬の散歩を終えて自宅に戻ったおじいさん――門倉新之助氏七十五歳が愛犬コゴローを犬小屋に連れていこうとしたときのことだ。いきなり屋根の瓦が新之助氏の頭上めがけて落下してきた。いち早く危険を察したコゴローが「ワン！」と吠《ほ》えたおかげで、新之助氏は一瞬立ち止まり、瓦は彼の目の前数十センチのところを通り過ぎて足元で砕けた。しかし驚きのあまりよろけるように転倒した新之助氏は、左腕を地面に強打して骨折の憂《う》き目にあってしまったのだという。

「まあ、頭に当たっていれば間違いなく即死だったはずだから、骨折で済んだのは不幸中の幸いでしょうね」

「で、それは事故じゃなくて、何者かが故意におじいさんの命を狙ってやったことだと、奈緒ちゃんはそういいたいわけ？」

「そうよ。新之助さんは単なる事故だと思って警察沙汰《ざた》にもしなかったんだけど、あれはどう見ても事故なんかじゃない。立派な殺人未遂事件よ。やったのは門倉家の誰かに違いないわ」彼女はまたチュウと音を立ててパックの珈琲牛乳を啜《すす》ると、ふいに顔を上げて付け加えた。「あ、いっとくけど、あたしは違うわよ。あたしは門倉家の遠い親戚《しんせき》で、単なる居候にすぎないんだから」

彼女はそういってパックの珈琲牛乳を飲み干すと、「とにかく犯人は門倉家の内部にいるのよ」と再び宣言し、にっこり笑って僕のほうを見た。「ところで涼、あなた、こういう話って好きよね。なんなら放課後、あたしの家にこない？　現場に案内してあげるわよ」

「いいの⁉　いくいく！　現場、見たい！」

「屋根も調べたい？」

「うんうん、屋根も調べたい！」

――で、放課後、約束どおり門倉家を訪ねてみると、そこは三階建ての豪邸。そして、しっかり命綱を用意した奈緒ちゃんが満面の笑みで僕を待ち構えていた、というわけだ。

そんなこんなで救助活動終了。なんとか無事に引き上げられた僕は、奈緒ちゃんの部屋で調査の結果を報告した。彼女は満足げな笑みを浮かべて頷《うなず》いた。

「やっぱりね。犯人は前もって瓦の一枚を抜いておいて、三階の一室で新之助さんが犬の散歩から戻るのを待ち構えていた。そして、タイミングを図ってそれを頭上に落とした。おおかたそんなところでしょうね」

「奈緒ちゃんは『犯人は門倉家の誰か』っていってたけど、この家の人ってそんなにあのおじいさんのことを殺したいと思っているの？　おじいさん、いい人そうに見えたけど」

「そうね、新之助さんは悪い人じゃないわ。でも、なにしろお金持ちだから」

奈緒ちゃんは門倉家の現在の状況を簡単に説明してくれた。

門倉家は『門倉ビル経営』の社名で不動産経営をおこなっており、国分寺周辺に数多くのビルや土地を所有する資産家だ。新之助氏はすでに奥さんに先立たれている。屋敷に同居する家族は会社を切り盛りする息子夫婦、門倉俊之《としゆき》と典子《のりこ》。そしてすでに成人している孫の照也《てるや》。そんな門倉家に奈緒ちゃんが居候として加わったのは「鯉ケ窪学園に通うのに便利だから」というただそれだけの理由らしい。しかし一緒に暮らすうちに、彼女も門倉家の内部に渦巻く不穏な空気を感じはじめたそうだ。

「会社の経営が息子夫婦に移っても、門倉家の資産は相変わらず新之助さんの名義になったままなの。息子夫婦にはそれが不満みたい。ていうか、息子である俊之にしてみれば、べつに家の資産が親の名義でも自分の名義でもいいようなものなんだけど、嫁の典子はそれじゃ納得できないのね。そして俊之はどうやら典子には頭が上がらない。典子に尻《しり》を叩《たた》かれる恰好で俊之は再三新之助さんと交渉を試みるんだけど、新之助さんはその度にのらりくらりと話をかわすばかり。典子の不満は高まる一方で、俊之は夫としても社長としても立場がないってわけ」

「じゃあ、おじいさんが死ねば、名実ともにこの家は息子夫婦のものになるんだね」

「そう、財産が手に入って、しかも夫婦円満ってわけね。そして、そのひとり息子が照也なんだけど、この人はアホな三代目を絵に描《か》いたような遊び人よ。新之助さんが死ねば親に遺産が入るわけだし、目先のお金ほしさで照也が新之助さんを殺そうと思ったとしてもなんの不思議もないわ」

奈緒ちゃんはこの機会にとばかりに、気に入らない同居人たちをバッサバッサと切りまくる。さながら、『ひとり痛快時代劇』といった感じ。しかしそれはそれとして、気になるのはこれからのことだ。

「もし、この家におじいさんを本気で殺そうと考える人物がいるとしたら、その人はもう一度おじいさんを狙うかもしれないね。今度はもっと確実な手段で」

「あたしもそれが心配なの。一度目はしくじっても二度目は成功するかもしれないわ。どうしたらいいと思う？」

「警察に相談するのは？」

「駄目よ。新之助さんは警察沙汰にしたくないみたいだから」

「じゃあ、おじいさんを説得するのが先だね」僕は立ち上がった。「さっき、おじいさんには僕の口から精一杯の警告を与えておいたけれど、どうもあのシチュエーションではあまり効果的じゃなかった気がするんだよね。もう一度、ちゃんと座った状態で話がしたい」

それじゃあ、ということになって僕と奈緒ちゃんは二人揃《そろ》って新之助氏の部屋へ。すると偶然、二階の廊下の途中で、三十前後と思われるエプロン姿の女性と出くわした。彼女は丸いお盆を持ち、すれ違いざまに軽く会釈をして僕らの前を静かに通り過ぎた。不思議に思った僕がその女性の背中を見送っていると、奈緒ちゃんが説明してくれた。

「ああ、あの人は住み込みの家政婦さんで、松本弘江《まつもとひろえ》さん。この家の家事全般をやってくれているわ」

「じゃあ、この家で寝起きしているのは全部で六人ってこと？　門倉家の人々が四人。家政婦がひとり、居候がひとり」

「そう、その六人よ。あと、犬が一匹ね」

そんなことを話すうち、僕らはひとつの扉の前にたどり着いた。新之助氏の部屋だ。腕を骨折した新之助氏は、それ以来体調も優《すぐ》れないらしい。日課だった散歩も控えて、自分の部屋で本を読んだりしながら静かに過ごすことが多いのだという。奈緒ちゃんは木製の重厚な扉を軽くノックして、「おじいさん、いる？」と友達でも呼ぶかのように問いかけた。

しかし次の瞬間、扉越しに聞こえてきたのは返事というにはあまりにも奇妙な唸《うな》り声だった。まるで野獣の咆哮《ほうこう》を思わせる苦しげな叫び声。尋常ではないその響きに、僕は背筋にぞっとするような寒気を覚えた。

「おじいさん！」異変を察した奈緒ちゃんは、すぐさまノブに手をかけた。幸い、鍵はかかっておらず扉はスムーズに開いた。「いったい、どうしたの——あッ！」

新之助氏は壁際に置かれたデスクの傍《かたわ》らで、キャスター付きの椅子《いす》の足元に横たわっていた。じゅうたんの上で、苦しげに身をよじっている。僕らは慌てて彼のもとに駆け寄り、両側からその身体を抱きかかえた。そのはずみで、彼が右手に握っていた一冊の文庫本がバサリと床に落ちた。桃色の背表紙をした白っぽい文庫本で、タイトルから察するにミステリらしい。奈緒ちゃんは本には目もくれずに新之助氏の身体を激しくゆすって、

「どうしたの、おじいさん、しっかりして！」

僕も必死の思いで応援を呼んだ。「誰かッ、誰かきてください！　大変です！」

「どうしました！」といって真っ先に駆けつけてきたのは、先ほど廊下ですれ違った家政婦の松本弘江だった。彼女は僕らの腕の中で苦しがる新之助氏を見るなり「まあ！」といって立ち尽くした。「大旦那《だんな》様、いったいどうなさったのです⁉」

すると、あたかも家政婦の質問に答えようとするかのように、新之助氏の唇が微《かす》かに動きはじめた。それを見て、奈緒ちゃんが緊張した声をあげる。

「あ！　なにか喋《しゃべ》りそうよ——え、なに⁉」

僕と奈緒ちゃんは新之助氏の両側からいっせいに耳を寄せた。僕らの耳に向けて新之助氏はたどたどしい口調で呟いた。

「こ、こーひーに、どく、が……」

「ええッ——珈琲に毒！」僕は驚きとともに思わず立ち上がり、素早くデスクの上を観察した。そこには一個のカップがあった。やや背の高いすっきりしたデザインのマグカップだ。その表面は真っ白なホイップクリームに覆われている。ホイップクリームの表面には茶色い斑点《はんてん》のようなものが浮いている。そしてマグカップの傍《かたわ》らには小皿があり、そこには銀色のスプーンと茶色い棒のようなものが添えてあった。シナモンスティックだ。

「触っちゃだめよ、涼！」奈緒ちゃんが叫んだ。「それ、きっと毒入り珈琲よ。やっぱり犯人は二度目の犯行に及んだんだわ」

「そうだね。一度目は瓦を使って事故を装い、そして今度は毒入り珈琲」

「そ、そんな！」松本弘江が丸いお盆を抱きかかえながら、激しく首を振る。「この珈琲はつい先ほどわたしが淹《い》れたものです。毒が入っているなんて、そんな……」

「でも、現におじいさんはこうして——ん！」僕はふいに口を噤《つぐ》んだ。新之助氏の唇がまだなにかをいおうとしていたからだ。さては最後の力を振り絞って犯人の名前でもいい残そうというのか。僕は再び床に膝《ひざ》をつき、自分の耳を彼の口許《くちもと》に寄せた。

「え、なんですか、おじいさん、よく聞こえません――え、なに、『は』⁉」

「は――」

「『は』――判った、『はんにん』ですね！　誰なんです、犯人は！　犯人の名前は！」

「は――は――」新之助氏は最後の力を振り絞ってこういった。「は――早よう、救急車、呼ばんかい！」

ああ、それもそうだ。そっちが先だね。

二

事件を担当したのは見るからに冴《さ》えない感じの中年の警部さん。彼は大広間に集まった事件関係者たちの前で一礼して「国分寺署のソシガヤタイゾーです」と名乗った。ひょっとして「祖師ケ谷大蔵」と書くのだろうか。読み方こそ違うが、まったく同じ字面の駅名が頭に浮かぶ。あれは確か「千歳船橋《ちとせふなばし》」と「成城《せいじょう》学園前」の間だから――

「小田急線だね」

隣の奈緒ちゃんにそう囁《ささや》くと、彼女は「なんのこと？」と意味が判らない様子。すると祖師ケ谷警部がピクリと眉《まゆ》を動かして鋭い視線を僕のほうに向けた。

「そういう君は門倉家の同居人、高林奈緒子さんかね？」

「いいえ、奈緒ちゃんはこっちの彼女。僕は彼女の友人で霧ケ峰涼といいます。たまたまこの家に遊びにきていたところ、事件に巻き込まれたんですね」

「ほう、霧ケ峰――霧ケ峰、涼か」警部はその名前に心当たりがある様子でしばし考え込んだ後、いきなり「エアコンみたいな名前だな、ははははッ」と大笑い。

「あはははは、よくいわれます」と、作り笑いで相手の油断を誘っておいて、僕は背後からこの無粋きわまる警部さんに襲いかかった。「誰がエアコンだ、誰がッ！　高校の制服着たエアコンなんてあるかッ！　いくら警察でもいっていいことと悪いことがあるぞお！」

「なんだとお！　君こそ人のことを小田急線とはなんだ、小田急線とは！　鉄道と一緒にするな！」

実は祖師ケ谷警部も気にしていたらしい。案外、僕と警部さんとは似たような境遇なのかもしれない。

「警部さん警部さん、女の子とじゃれあっている場合ではありませんよ」門倉俊之が僕らの小競《こぜ》り合いに割って入る。「それより、父はどうなったのですか。助かったのですか」

「ああ、そうでしたな」祖師ケ谷警部は僕を振りほどき、真面目《まじめ》な顔に戻った。「病院からの報《しら》せによれば、新之助氏の容態はいちおう安定しているもののまだまだ予断を許さない状況、とのことです」

「では、まだ生きているんですね」

門倉俊之とその妻典子、そして二人の息子である照也の口から、いっせいに深い溜《た》め息が漏れた。それは警部の耳には「まだ、生きている！」という安堵《あんど》の溜め息に聞こえたかもしれないが、門倉家の内情を聞かされたばかりの僕の耳には「まだ、死んでいない！」という落胆の溜め息に聞こえた。

祖師ケ谷警部はまず事件発見時の様子を、第一発見者である僕と奈緒ちゃんから詳しく聞いた。警部は小さく頷きながら僕らの話を聞き終わると、

「ふむ、被害者は『珈琲に毒が』といっていた。現場の状況から見ても、被害者が毒入り珈琲を飲まされたことは間違いないようだ」

ということは、これは本格ミステリの定番中の定番、いわゆる《毒入り珈琲事件》ではないか。僕は思わず好奇心に目を輝かせる。

「毒の種類はなにかな？　やっぱり青酸カリ？　それとも砒素《ひそ》とか」

「いや、それはまだ判っていない。いま、カップに残っていた珈琲を鑑識が持ち帰って調べている。そのうち結果が出るだろう」警部はそういいながら松本弘江に鋭い視線を投げた。「で――その問題の珈琲を淹れたのはあなたなんですね」

「はい。確かに」僕の隣で縮こまっていた家政婦が細い声で答えた。「大旦那様がお望みでしたので、わたしがご用意して、お部屋までお持ちしました」

「ねえ、家政婦さん、あれって僕も現場で見たけど、普通の珈琲じゃないよね。なんていう珈琲なのかな？」

僕の質問に松本弘江は小さな声で答えた。

「あれはモカチーノという珈琲です」

もかちーの!?　なんだ、それは。

家政婦はモカチーノなる飲み物について丁寧に説明した。モカチーノとは近年アメリカで流行のニューウェーブ珈琲の一種らしい。

「まず普通に珈琲を淹れます。そしてカップにその珈琲とチョコレートシロップとを入れて混ぜ合わせた後、表面にホイップクリームを浮かべます。その上から削ったチョコレートの粉を散らせて、シナモンスティックを添えて完成です」

結構、複雑な珈琲らしい。「奈緒ちゃんは飲んだことあるの？」

「あるわよ。簡単にいうとチョコレート味のウインナー珈琲みたいなものね」

「とすると」警部は手帳にメモを取りながら、「使われた材料は、珈琲とホイップクリームとチョコレートシロップと削ったチョコレート、そしてシナモンスティック。これらの中に毒物が混入していた可能性が考えられますね。ふーむ、普通の珈琲よりやっかいだな」

祖師ケ谷警部は苦々しげな表情で呟いて、

「ところで、あなたが淹れたモカチーノはその一杯だけですかな？」

「いいえ、四杯です」

「四杯⁉」警部は手帳から顔を上げた。

「はい。旦那様と奥様、それに照也様が居間にお揃いでしたので、一緒にご用意しました」

「なんですって。では、あなたが新之助氏に淹れたのとまったく同じ珈琲を彼ら三人も飲んだわけですね」警部はすぐさま門倉俊之、典子、照也のほうに向き直った。「なにか具合が悪くなったようなことは？」

「さあ、特にこれといって異常は感じませんでした」門倉俊之は出っ張ったお腹《なか》のあたりをさすりながら答えた。「なあ、典子」

「ええ、わたしたちの珈琲は無毒だったみたい」典子が安堵の表情を浮かべる。「ねえ、照也さん」

「当たりめーじゃん。おれを殺したってよー、なんの得にもならねーッつーの」照也が見事なまでに教養を感じさせない口調でいう。「なあ、親父」

「ああ、そうだとも。おまえを殺したところで、なんの得にも………」

俊之がうっかり口を滑らせたのを、祖師ケ谷警部は聞き逃さなかった。

「ほう。では新之助氏を殺すことにはなにか得になることでもあるとお考えですか」

「さ、さあ。わたしにはよく判りませんが、得する奴《やつ》もいるのかもしれませんね」俊之はしらじらしくそっぽを向いた。「現に父は殺されかけたのですから」

「ま、いいでしょう」祖師ケ谷警部は追及の矛先を収めて、再び毒入り珈琲の話に戻った。「どうやら毒は、四杯の珈琲の中で新之助氏が口にした一杯にだけ混入していたらしい。ならば、珈琲豆やホイップクリームといった材料に毒が混ざっていた可能性は考慮しなくていいということになる。もし、そういった材料が毒で汚染されていたなら、当然あなたがたも被害に遭《あ》っていたでしょうからな」

「そういうことですね」俊之が不安そうにいう。「では、毒はいったいどうやって父の珈琲に入れられたのでしょうか」

奈緒ちゃんが腕組みしながら、呟くようにいう。「材料に問題がないなら、毒は犯人の手で直接カップに投入されたってことになるんじゃないかしら」

「ふむ」祖師ケ谷警部は重々しく頷き、一同に問いかけた。「仮に犯人の目的が新之助氏を殺害することにあったとしましょう。その場合、犯人が新之助氏のカップだけをめがけて毒を投入することは可能ですかな？　平たくいうなら、新之助氏のカップにはなにか特別な目印でもありましたか」

「ええ、それなら一目瞭然《りょうぜん》ですわ」典子が答えた。「お義父様《とう》のカップはわたしたち三人のカップとは全然違いますもの。わたしたちのカップはスーパーで纏《まと》め買いした同じ珈琲カップ。だけど、お義父様は普段からちょっと背の高い大きめのマグカップを愛用していました。だから、どのカップに毒を盛ればいいのか、この家の人間なら判るはずです」

逆にいうなら、新之助氏のカップだけに毒が盛られていた以上、それは最初から新之助氏ひとりを狙ったものといっていい。となると、問題は誰がどのタイミングで新之助氏のカップに毒を投じたのか、だ。松本弘江が珈琲を淹れているさいちゅうか。それとも彼女ができあがった珈琲を新之助氏の部屋に運ぼうとする途中か。いずれにしろ、図らずも典子が口にしたとおり、それが可能なのは《この家の人間》を措《お》いて他にはない。

「誰だと思う、奈緒ちゃん？」

「うーん、あたし以外全員怪しいわねー」

そんな彼女の辛辣《しんらつ》なひと言が引き金になったかのように、《この家の人間》たちの間で罪のなすりつけあいがスタートした。

「そういや、お袋」照也が典子に疑いの目を向ける。「おれ、お袋がキッチンに入っていくのを見たぜ。あれって、ちょうど家政婦さんが珈琲淹れているさいちゅうだったんじゃねーか。普段、家事は家政婦さんにまかせっきりで滅多にキッチンなんか入らねーくせに、いったいなにしにいったんだよ」

「ほう」祖師ケ谷警部が興味を惹《ひ》かれたように典子を見やった。「キッチンになんの用があったのですか、奥様」

「べつに特別な用事があったわけではありません。ただ、弘江さんに労《ねぎら》いの言葉をかけてやろうと思って、ちょっと覗いただけです」

「労いの言葉だと⁉」夫の俊之が典子の行動に疑問の声をあげた。「おまえらしくもない振る舞いだな。本当は、松本さんに労いの言葉をかけながら、隙《すき》を見て父のカップに毒を入れたんじゃないだろうな」

「なにをいうの、あなたまで」典子は目を三角にしながら反論する。「わたしは本当に弘江さんに言葉をかけただけで、カップには近づいていないわ。そうですね、弘江さん」

典子は救いを求めるように家政婦を見た。松本弘江は小さく頭を下げて、

「はい。確かに奥様のおっしゃるとおりです。わたしはカップの前を離れておりませんし、奥様はカップには手を触れておりません。いえ、奥様に限らず、わたしが珈琲を淹れている間、どなたもカップに触れる機会はなかったと思います」

「ほら、ご覧なさい！　わたしは無実です」典子は勝ち誇ったように一同を見回し、あらためて祖師ケ谷警部に向き直った。「お聞きになったとおりです、警部さん。誰もお義父様のカップには指一本触れる機会はなかった。すなわち、犯人はもっと違ったやり方でお義父様のカップに毒を盛ったのですわ」

「はあ、違ったやり方といいますと？」

「考えてみてください、警部さん。今回のような場合、わざわざ弘江さんの隙を見てお義父様の珈琲に毒を入れるなんて、そんな危険を冒《おか》す必要ないじゃありませんか。お義父様のカップがど

れなのかは前もって判っているのです。だったら犯人はそのカップの内側にあらかじめ毒を塗っておけばいいのです。誰にでもできる簡単なことですよ。——そういえば、あなた！」

典子がそう呼ぶと、俊之はびくりと背筋を振るわせた。「な、なにかな⁉」

「わたしは昼ごろ、あなたがキッチンの食器棚の中に顔を突っ込んで、ごそごそしているのを偶然見てしまったの。なんだろうと思ってしばらく見ていたら、あなたは食器棚の中からお義父様のマグカップを取り出したわ。あの後、いったいあなた、なにをなさったのかしら？」

「ほほう」再び祖師ケ谷警部が興味を惹《ひ》かれたように俊之を見やった。「いったいなにをなさったのですか、ご主人」

「ち、違いますよ、警部さん。誤解しないでください。わたしはただ水を一杯飲もうとしただけなのです。食器棚の中にコップを探すと、父のマグカップが偶然目に付いたので、それで水を飲んだのです。それだけです」

「本当か、親父」息子の照也が疑いの視線を向ける。「水を飲むフリをしながら、こっそりカップの内側に毒を塗ったんじゃねーのか」

「冗談じゃない。水を飲み終えた後、マグカップはまた元の棚に戻しておいた。毒なんか塗っていない。もしも犯人が父のカップに毒を塗ったのだとしたら、わたしが水を飲んだ後のことだろう。それに、だいいち——」

俊之はふと思いついたように家政婦のほうを向いて、ひとつのことを確認した。

「君は珈琲を淹れる前に、カップをお湯で洗ったんじゃないかね。珈琲を淹れるときはいつもそうしてもらっているはずだが」

「はい。確かに」家政婦は確実な口調で答えた。「珈琲を淹れるときにはカップを瞬間湯沸かし器のお湯で洗っています。前もってカップを温めるためです。もちろんカップだけではなくスプーンも洗いました」

「ほら、見ろ！　わたしは無実だ」俊之は歓声をあげながら、祖師ケ谷警部に訴えた。「お判りですね、警部さん。彼女は珈琲をカップに注《つ》ぐ直前に、すべてのカップを洗ったといっているのです。ということは仮に父のマグカップに毒が塗られていたとしても、まったく意味はないのです。にもかかわらず父の飲んだ珈琲には毒が入っていた。ですから、この毒はマグカップ以外の違うルートから混入したと考えるべきでしょう。きっと、マグカップに毒を塗る以外に、確実に父だけを狙うやり方があるはずです」

「たとえば？」と、祖師ケ谷警部。

「たとえば、そうですね、スプーンも問題ないみたいだから、他のなにか——そうだ、シナモンスティックだ！」

「シナモンスティックですと⁉　しかし、シナモンスティックはみなさんもお使いになったのでは？」

「いいえ、使いません。実はわたしたち三人は揃ってあれが苦手なのですよ。うちであれを好むのは父だけです。ですから、誰かが前もってシナモンスティックに毒をまぶしておけば、毒は自動的に父の珈琲の中だけに入っていくわけなんです。——そういえば、照也！」

俊之が唐突に名を呼ぶと、照也は反発するように父親を睨んだ。「なんだよ、いきなり」

「ふふん、知らないと思っているのか。おまえだって昼間、キッチンにいたじゃないか。おまえは戸棚の中を覗きこんでいた。そしてシナモンスティックの入っている缶を取り出し、蓋を開けようとしていた。あのとき、おまえはなにをしていたんだ？」

「ほほほう」みたび祖師ケ谷警部は興味を惹かれたように照也を見やった。「いったいなにをしていたんですか、照也さん」

「べつに。ただ腹が減ったからなにか食い物でもねーかなって、あちこち物色していただけさ。そしたら綺麗《きれい》な缶が目に付いたんで、お菓子かなにかかなって思って開けてみたら、それがシナモンスティックの容器だったってわけ。なんだよ、なんか問題あんのかよ」

「とかなんとかいって、照也さん」母親の典子が実の息子を疑いの目で見る。「缶の中のシナモンスティックに毒をまぶして、また戸棚に戻しておいたんじゃないの？」

「んなわけねーだろ。だいたいなあ、おれが覗いたとき缶の中身は空っぽだったんだぜ。シナモンの匂いがしたからシナモンスティックの容器だってことは判ったけど、中にはシナモンスティックはもう一本もなかったんだ。そうだろ、家政婦さん」

「はい。そうでした」松本弘江は真っ直《ま》ぐ《す》頷いた。「戸棚にあった缶の中身は空でした。わたしは前もって買ってあった未開封のシナモンスティックの缶を開け、中の一本を大旦那様のマグカップに添えてお出ししたのです」

「ほら、見やがれ！　おれは無実だ」照也は自らの潔白を誇示するように胸をそらして、祖師ケ谷警部のほうを向いた。「聞いたとおりだ、警部さん。戸棚の缶の中にシナモンスティックはなかった。ないものに毒をまぶすわけにはいかねーよな。家政婦さんがじいさんに出したシナモンスティックは未開封の缶から直接取り出したものだから、これも毒とは無関係だろう。要するに毒入り珈琲とシナモンスティックはまったく関係ねーってことさ。犯人は他のやり方を選んだに違いねー」

「というと、結局、どうなるんでしょうな?」

祖師ケ谷警部の言葉を合図にしたように、三人の容疑者たちがいっせいに口を開いた。

「だから、いっただろ。だらしないお袋が家政婦の隙を見てカップに毒を入れて――」

「あら、違うわよ。この役立たずの亭主がカップの内側に毒を塗って――」

「そうじゃないだろ。この馬鹿息子がシナモンスティックに毒をまぶして――」

息子は母親を、母親は父親を、父親は息子をそれぞれに告発する。まるで三人がそれぞれグーチョキパーを出し続け永遠にあいこが続く無意味なじゃんけんを見ているようだ。そうこうするうちにやがて互いの感情は徐々に事件を離れていき――「誰が馬鹿息子だ! あんたらの子だろ」「役立たずの亭主とはなんだ、役立たずとは!」「だらしないお袋で悪かったわね!」――結局、それは家族同士の単なる罵《のの》りあいへと堕《お》ちていった。

「聞きしに勝る、酷い家族だねー。奈緒ちゃん、よくいままで我慢してこられたねー」

「まったくね」いままで沈黙を貫いてきた奈緒ちゃんは深い深い溜め息を漏らした。「あたし、居候先、変えようかしら。なんか空《むな》しくなってきたわ」

「そのときは相談に乗ってあげるよ」と僕。でも、とりあえずは目の前の事件が先決だ。「しかし、困ったね。三人が三人ともいかにも怪しいから、結局、誰が真犯人だか全然想像がつかないよ」

「案外、それが三人の狙いかもしれないわよ」

なるほどね。それもあり得るか。

「もしそうだとしたら、一見仲が悪そうに見えて、実は凄《すご》く連帯感のある家族ってことになるけど――」

そんなことを思っていると案の定、門倉家の三人は手を伸ばせば届くところにいるスケープゴートを発見して、たちまち一致団結した。まずは俊之が松本弘江のエプロン姿を横目で見ながら、口を開く。

「冷静に考えてみると、なにも事件の容疑者は我々ばかりと限ったものではない。それどころかいちばん怪しい人物が、たいした追及も受けずに残っているじゃないか。そうだろ、典子」

「そうね。彼女だったら、珈琲に毒を入れることはいともたやすいでしょうしね。そう思うでしょ、照也さん」

「ああ、なにしろ珈琲を淹れたのも運んだのも彼女がひとりでやったことなんだから。な、警部さん」

祖師ケ谷警部は「ゴホン」とひとつ咳払《せきばら》いをし、家族三人と家政婦を交互に見やった。「みなさん、松本弘江さんが新之助氏に毒を盛ったとおっしゃりたいのですかな？　うーむ、いささか安易過ぎる結論のようですが」

「そんなことはないでしょう」俊之が強い口調でいった。「彼女には充分な機会があった。動機だって探せば出てくるかもしれません。父はああ見えても、社長だったころには豪腕で鳴らした人です。強引なやり方で恨みを買うことも少なくなかったのですよ。可能性はある。いや、間違いない。だって他には考えられないじゃありませんか――」

門倉俊之はあらためて家政婦の真正面に立ち、彼女を告発した。

「この女、家政婦松本弘江こそ、父の珈琲に毒を盛った張本人なのですよ！」

三

「いいえ、それは違います」

いきなり大広間に若い女性の声が響いた。驚いて振り向くと、いつの間に現れたのだろうか、黒いパンツスーツ姿の細身の女性が壁に身体を預けるようにして、こちらの様子を窺《うかが》っていた。どこの誰かは知らないが、その佇《たたず》まい、鋭い視線、発散する雰囲気などから刑事だと直感で判る。

事実、その女性は一同の前で一礼しながら「国分寺署のカラスヤマチトセです」と名乗った。たぶん「烏山千歳」と書くのだろう。今度は京王線だ。いや、京王線の駅は「千歳烏山」だったか。いずれにしても彼女、その名前のせいで祖師ケ谷大蔵警部とコンビを組まされているに違いない。

そんな烏山刑事は、祖師ケ谷警部へと歩み寄った。

「警部、松本弘江さんは新之助氏の珈琲に毒を盛っていません。そのことはいまやハッキリしています」

「ほう、やけに自信ありげだな、烏山」祖師ケ谷警部は値踏みするような視線で、烏山刑事を見た。「では、聞こう。なぜ珈琲に毒を盛ったのが松本弘江さんではないと、そうハッキリいい切れるのだ？　彼女がやった可能性も否定できんと思うが」

俊之、典子、照也の三人も揃って警部の言葉に頷く。しかし女刑事はひるむ様子をまったく見せることなく、

「いいえ、否定できます。なぜなら――」

「なぜなら？」

緊張の一瞬。烏山刑事は充分に間をとって、決定的な事実を口にした。

「なぜなら、新之助氏の珈琲には毒など入っていなかったからです！」

張り詰めた空気が一瞬にして弛緩《しかん》した。

「はあ⁉」祖師ケ谷警部はキョトンとした顔で女刑事の顔を見た。「なにをいまさら――」

「先ほど鑑識から連絡がありました」烏山刑事は小学生の男の子に新しい言葉を教える教師のようにいい聞かせた。「あのマグカップの中の珈琲は――もちろん珈琲に浮かんでいるホイップクリームや、その表面にのっているチョコレート等もすべて含めて――まったく無毒なんです」

「無毒⁉　毒入りじゃないのか」

「ええ、何杯飲んでも全然平気。つまり、松本弘江さんに限らず、誰もあの珈琲に毒など盛っていないのですよ」

「なんと！」意外な事実の前に警部は混乱したように頭を抱えた。「し、しかし――現に新之助氏は毒を飲んで病院に運ばれたじゃないか。これはいったい、どういうことだ」

「そのことなんですが、警部」烏山刑事は続けてひとつの小さなビニール袋を顔の前に掲げた。袋の中には小さな赤い紙切れが入っている。「この赤い紙切れは被害者のデスクの下から発見されたものです。薬包紙のようです。よく見ると、表面に細かな粒子が付着しているのが判ります。鑑識の調べによれば、実はこれが青酸カリです。ちなみに薬包紙からは被害者の指紋も検出されています。ということは――お判りですね、警部」

「う、うむ、なるほど、そういうわけか。それなら話は判る——まったく、人騒がせな」

祖師ケ谷警部はようやく事態を把握した様子で一同のほうを向いた。

「お聞きのとおり、どうやら我々はとんだ早とちりをしていたようです。我々はこの事件を毒入り珈琲事件だと信じ込んで議論を進めてしまいました。しかし珈琲に毒はなかった。毒は薬包紙に包まれて、新之助氏の手許にあったのです。これの意味するところは、もはや明白です。この事件においては、誰も犯人ではありません」

祖師ケ谷警部は一同を前に結論を述べた。

「新之助氏は自らの手で毒を飲んだのです」

四

事件の翌日。放課後のチャイムを待って、僕は奈緒ちゃんを連れて学校近くの喫茶店『ドラセナ』へ。窓際の席に座り、まずは蝶ネクタイ姿がよく似合うベテランのマスターに注文。

奈緒ちゃんは澄ました顔で、「アイス珈琲をひとつ——毒なしでね」

「は?」マスターがキョトンとする。

続いて僕はあえてメニューを開かずに「モカチーノをひとつ」といってみる。すると、

「も、もかち……」マスターの端正な顔が急に険《けわ》しくなり、眉間《みけん》に深い縦皺《じわ》が寄った。

「モカチーノ。あれ、マスター、知らない?」

「え、ああ、あのモカチーノでございますね。承知しました」マスターは取り繕《つくろ》うような笑みを

浮かべると、「少々お待ちをッ」といって逃げ込むようにカウンターの奥へと姿を消した。コッソリ覗いてみると、マスターは一夜漬けに挑む受験生のような顔でレシピ本を覗き込んでぶつぶついっている。「珈琲とチョコレートシロップ……ホイップクリーム……削ったチョコレートをのせ、シナモンスティックを添える、か……よし、なんとかなりそうだ」

伝統的喫茶店のマスターにアメリカのニューウェーブ珈琲は、酷だったかもしれない。

では、負けず嫌いのマスターがモカチーノを用意している間を利用して、昨日の事件のその後の顛末《てんまつ》を簡単に。

烏山刑事によってもたらされた新事実によって、門倉家を揺るがした《毒入り珈琲事件》はたちまち《毒なし珈琲事件》へと変貌《へんぼう》し、最終的には《自殺未遂事件》へと萎《しぼ》んでいった。そして門倉家の人々もこの結末を歓迎した。身内から殺人犯を出す不名誉に比べれば自殺未遂のほうがまだマシと考えたのだろう。

しかしながら、もちろん僕と奈緒ちゃんはそれでは納得しない。まず根本的な疑問がある。新之助氏が薬包紙の中の青酸カリをそのまま飲んだのなら、ほぼ即死するのではないか。なぜなら青酸カリは耳掻き一杯で瞬時に何人も殺せる即効性の強い猛毒なのだから。

しかし、これには烏山刑事がちゃんと答えを用意していた。

「青酸カリは長い間空気に触れていると酸化して毒性が薄れていく性質があるの。新之助氏が口にしたのはそういう劣化した青酸カリだった。だから死ななかったのね」

知らなかった。青酸カリもマグロと同様、鮮度が大事だったとは。しかし、疑問はまだある。

もしも新之助氏が自分で薬包紙から毒を飲んだのなら、なぜ『珈琲に毒が』などという言葉を残したのか。あのような場面で、彼がそんな無意味な嘘をいうはずがないではないか。しかし祖師ケ谷警部はその点について、あまり重要視していないらしく、

「おおかた、新之助氏の呻《うめ》き声を君たちが勝手に意味のある言葉として聞き違えたのだろう」

確かにいまとなっては、あのとき新之助氏が本当に『珈琲に毒が』といったのか、それとも『仔牛《こうし》、犬、毒蛾《どくが》』といったのか、それさえも曖昧《あいまい》だ。いや、もちろんあの状況で新之助氏が『仔牛云々《うんぬん》――』というはずはないが、なにかべつの言葉をこちらが聞き違えた可能性は否定できない。なんといっても、珈琲に毒が入っていなかったことは動かしようのない事実だから、僕らの主張は分が悪い。結局、僕らは引き下がるしかなかった。

そして今朝になって嬉《うれ》しいニュース。予断を許さない状況にあった新之助氏だが、どうやら生命の危機は脱したらしい。容態は徐々に回復に向かっているそうだ。

「おかげでみんなガッカリしてたわ」奈緒ちゃんがザマミロというふうに皮肉に微笑《ほほえ》む。「これで遺産相続は当分の間お預けね」

めでたしめでたし。――というわけで、後は事件解決に専念するのみ。そこで僕と奈緒ちゃんは喫茶店を訪れた。《毒なし珈琲事件》は毒なし珈琲を飲みながら考えるのがいちばん、というわけだ。

「お待たせいたしました」

マスターは何事もなかったような無表情を装いながら、僕らの前にアイス珈琲とモカチーノを

並べた。

「ふうん、これがモカチーノか」僕はカップを手許に引き寄せ、真上から覗き込む。純白のホイップクリームの上に削ったチョコレートの茶色がのり、見た目は珈琲という感じがしない。「カップに盛られたスイーツみたいだね」

「いかにもアメリカ人が好きそうな飲み物でしょ」と奈緒ちゃんはストローでグラスの中の氷をかき混ぜながら、「でも結局、カップに残った珈琲の中には毒は入っていなかった。てことは、ホイップクリームやチョコレートは事件とは無関係ってことよね」

「そうだね。――ということは、やっぱりいちばん怪しいのは、これかな」僕は皿の上に添えられた茶色の棒を摘《つま》み上げた。「シナモンスティック」

ふと忘れかけていた昔の記憶が蘇《よみがえ》った。そういえば、僕は子供だったころ、珈琲に添えられていたシナモンスティックの意味が判らず、いい匂いのお菓子だろうと思って食べてしまったことがある。けっして人にはいえない苦い思い出だが、いまとなっては懐かしい。茶色い棒を見つめながらそんな感慨に浸っていると、

「そういえば、知ってる？」楽しそうに奈緒ちゃんがいう。「昔の日本人は、珈琲に添えられたシナモンスティックの意味が判らなくて、お菓子だと思っていきなり食べたりしたそうよ。おかしいでしょ」

「………」全然、おかしくない。

「どうしたの、涼⁉　顔、赤くなってるわよ」

「ううん、なんでもないなんでもない」

慌てて首を横に振ると、奈緒ちゃんは「そう」といってすぐさま話を続ける。

「それで思ったんだけどね、やっぱり犯人はシナモンスティックに毒をまぶしたんじゃないかしら。そして新之助さんはそれを珈琲にくぐらせるのではなく、直接口にしたの。ね、これなら珈琲は無毒のままでしょ」

「あは、ははは、そんな馬鹿な」僕はぎこちない笑みを浮かべながら反論。「いまどき、シナモンスティックをお菓子と間違える人なんているわけないよ。そんなのいたら大笑いだね、あははあはは！」

あは——僕はいったい誰を笑っているのだろうか？

「そう。やっぱり駄目かしら」奈緒ちゃんはテーブルの向こうで肩を落とす。「そうよね、新之助さんがそんな妙な真似するわけないもんね。だいいち、もしそうだとしたら、新之助さんは『珈琲に毒が』じゃなくて『シナモンスティックに毒が』っていい残したはずだし」

「そうだよ。それに警察は珈琲と一緒にシナモンスティックも調べたはずだよ」

早くも僕らの推理は行き詰った。どうも推理の方向性が違うような気がする。

「ひょっとすると僕らが注目すべきは珈琲じゃないのかもしれないね」

「でも、珈琲以外のなにに注目するっていうの？」

僕は昨日の現場の様子をあらためて頭の中に思い描く。なにか他に重要なものがあったような気がする。

「そういえば——本！」僕の頭の中で小さな閃《ひらめ》きがあった。「新之助氏は右手に文庫本を握って倒れていたよね。ひょっとして犯人は本を使って新之助氏に毒を飲ませたのかも」

「ん、そんなことできるの⁉」

「古典的なトリックだよ。犯人は本のページに毒を塗っておく。それを知らずに新之助氏は指を舐《な》めながらページを捲《めく》っていく。ページを捲るごとに毒は指を伝って少しずつ少しずつ彼の体内に入っていく――どう？　奈緒ちゃん、新之助氏はページを捲るとき、指を舐める癖はなかった？」

「さあ、よく知らないわ。でも、どっちにしろ駄目よ、そのやり方」

「どうして？」

「だって新之助さんは怪我《けが》のため左腕が使えなかったのよ。ということは、彼はおそらく右手で文庫本を持って、同じ右手の指を使ってページを捲ったはず。つまり電車の中でサラリーマンがやるような片手読みね。だから、指を舐めるなんて動作はあり得ない――ん⁉」

突然、奈緒ちゃんは小さな呻き声をあげて、そのまま黙り込んだ。目の前のアイス珈琲を見つめながら、しばし沈思黙考。やがて顔を上げた奈緒ちゃんは、鞄の中をかき回すと一冊の文庫本を取り出して、それを僕の前に置いた。そして、いきなり命令するような感じで、

「涼！　その文庫本、読んでみて」

「え、いいけど」僕はいわれるままに文庫本を左手に取り、右手の指で最初のページを開いて読みはじめた。「えー、『あの泥棒が羨《うらや》ましい』二人のあいだにこんな言葉がかわされるほど、そのころは――って、渋いね、奈緒ちゃん！　こんなの読んでるんだ」

鞄の中に江戸川乱歩の『二銭銅貨』を忍ばせている女子高生。どうやら僕は高林奈緒子という同級生に対する認識を改めなければならないようだ。この娘《こ》、只者《ただもの》ではないのかも。

「本の中身はどうでもいいの」奈緒ちゃんは恥ずかしそうに首を振り、「そうじゃなくて、右手

一本でやってみてよ。新之助さんがやったように、片手読みをするの」

「ああ、そういうこと」僕は右手に文庫本を持ち替えた。右手の親指を使ってページを押さえる。ぎこちないけれどできないことはない。「こんな感じ?」

「そう。そんなふうに新之助さんは文庫本を読んでいたはずよね。そして、デスクの上には淹れたての珈琲があった。つまり新之助さんは珈琲を飲みながら読書を楽しもうとしていた。それじゃ、今度は珈琲を飲んでみて」

いわれるままに目の前の珈琲カップに左手を伸ばしかけると、

「駄目よ、左手は使えないわ」奈緒ちゃんが制止する。「右手一本でやるのよ。本を読むのも珈琲を飲むのも」

「え! あ、そうか」

やっと気がついた。確かにこれは変だ。新之助氏は左手が使えない。右手に文庫本を持てば、珈琲カップを持つことはできない。珈琲カップを持とうとすれば、いったん文庫本から右手を離さなければならない。仮にそうやって珈琲をひと口飲んだとする。再び読書に戻るためには、また右手一本で文庫本を持ちなおし、親指を器用に使って目的のページを探す作業が必要になる。実に面倒くさい。珈琲を飲みながら読書といえば優雅な雰囲気だが、それを片手でおこなうのは煩《わずら》わしいことこの上ない。僕なら御免だ。

「ね、判ったでしょ。このやり方じゃ駄目なのよ」奈緒ちゃんはそう断言した。

「でも、駄目っていっても、そうするしかないんじゃないの? 新之助氏が左手を使えないことは事実なんだし、右手一本で本とカップの両方は持てないんだから」

「だから、こうするのよ」

そういって奈緒ちゃんは目の前のアイス珈琲に差してあったストローを摘み上げ、それをそのまま僕のモカチーノのカップに差した。湯気の立つ珈琲カップに立つ一本のストロー。実に奇妙だ。

「ね、これで手を使わなくても珈琲が飲めるでしょ」

飲めるでしょって、ちょっとちょっと――「これホット珈琲だよ！」

するとと奈緒ちゃんは事も無げにこういい切った。

「あら、ホット珈琲をストローで飲んじゃいけないって決まりはないわ」

「え、いや――でも、普通ストローで飲むのはアイス珈琲だよ」僕は助けを求めるようにカウンターにいるマスターに問いかけた。「マスター、ホット珈琲をストローで飲むってどう思う？そんなことする人、いるかな？」

すっかり気を抜いていたマスターは、「ホット珈琲にストローでございますか⁉」と、いきなりの質問にギョッとしたように目を見開き、「少々お待ちをッ」といって、また奥へと引っ込んでいった。しばらく奥のほうで資料を引っ掻き回す音がした後、マスターは何事もなかったように姿を現した。

「えー、そういえばアメリカの若者たちの間では、ホット珈琲をストローで飲むやり方が流行していると耳にしたことがございます。例えばモカチーノのような珈琲の場合、ホイップクリームの浮かんだ表面の部分と底のほうでは違う味になります。ストローを使えば、その両方を味わうことができるというわけで、大変合理的というわけです」

「へえ、なるほどー」僕はマスターの付け焼き刃の知識に唸《うな》った。「さすがマスター、トラディショナルからニューウェーブまで、珈琲のことならなんでも知ってるんだねー」

「恐れ入ります」マスターは恭《うやうや》しく一礼してカウンターの中へと戻っていった。難問にそつなく答えた安堵の表情が、その両肩に現れている。

「どう？　これで判ったでしょ」奈緒ちゃんは一気に《毒なし珈琲事件》の真相を語った。

「新之助さんはモカチーノをストローで飲んでいたのよ。少なくとも左腕を負傷して以降はそういうやり方を選んでいたはずだわ。そして犯人はそのストローの中に毒を仕込んで新之助さんを殺害しようとした。毒の仕込み方はいろいろ考えられるけど、たぶんホイップクリームを使ったんじゃないかしら。犯人はホイップクリームに毒を混ぜ、それをストローの内側に付着させておく。そして、そのストローを差した状態でカップを差し出す。なにも知らない新之助さんは右手に文庫本を持ったまま、ストローに口をつけて最初のひと口を飲む。その瞬間、毒は珈琲とともに彼の口の中に広がるってわけ。新之助さんは呻き声を上げてデスクの下に崩れ落ちる。たまたま扉の前にいたあたしたちが異変を察して部屋に飛び込んだ。あのとき新之助さんはあたしたちに『珈琲に毒が』といったけれど、それは嘘でもなんでもなかったの。確かに彼は毒入り珈琲を飲まされたんだわ」

「そうか。カップの中の珈琲は毒入りではなかったけど、その毒なし珈琲がカップから吸い上げられストローを通る間に毒入り珈琲に変わったんだね」

「そういうこと」奈緒ちゃんは満足げに頷いた。

「でも、そうだとすると、肝心のストローはどこにいったのかな」

「そう、そこが問題よ。犯人はトリックに使ったストローを密《ひそ》かに回収する必要がある。おそらく計画では、犯人は自らが第一発見者になることでストローを回収するつもりだったんでしょうね。だけど、犯人は第一発見者になりそこなった。あたしたちが事件発生の直後に新之助さんの部屋に飛び込んだから」

「じゃあ、あのときストローはまだ現場にあったの？」

「ええ、あったはずよ。ストローはまだマグカップに差してあったと思う。だけど、あたしも涼も床に倒れている新之助さんに目を奪われていた。だから、デスクの上には注意が回らず、ストローの存在に気がつかなかった。そして後からきた犯人が、こっそり証拠品のストローを回収したのよ。あたしたちが新之助さんに気を取られている隙に、素早くね」

そういえばあのときはデスクの上に注意するどころじゃなかった。僕も奈緒ちゃんも新之助氏の口許に耳を寄せて、彼の言葉を聞き漏らすまいと必死だった。僕がデスクの上に視線を送ったのは、新之助氏の『珈琲に毒が』というひと言を聞いた後だった。そのときカップは何事もないようにそこにあった。そうだ。あのときすでにストローはなかった。回収された後だったのだ。ということは——

「犯人は家政婦の松本弘江ってこと？」

「そうなるわね。彼女がストローに毒を仕込み、それをマグカップに差して新之助さんに出した。そして事件直後のどさくさに紛《まぎ》れてストローを回収し、エプロンのポケットの中へ隠した。間違いないわ。これは彼女にしかできない犯行よ」

犯人は松本弘江。意外な結末のようにも思えるが、納得するしかない。それに昨日、門倉俊之もいっていたではないか。新之助氏もかつて社長だったころには、強引なやり方で恨みを買うことも少なくなかった、と。松本弘江と新之助氏の間にどんな繋《つな》がりがあるのかは判らない。だが彼女の心の中に新之助氏に対する憎悪もしくは復讐《ふくしゅう》の念が渦巻いていた可能性はある。ひょっとすると彼女は、最初から新之助氏殺害の機会を求めて門倉家に潜り込んだのかもしれない。だが、それにしても——

「彼女、なぜそんな変わったやり方を選んだのかな？」

「それは彼女が家政婦だからだと思う。彼女は門倉家の家事のいっさいを任されている。そんな彼女が珈琲に毒を混ぜて新之助さんに飲ませたら、どうなると思う？　確実に殺せることは殺せるでしょうけど、殺人の容疑も確実に彼女に降りかかるわ。だから彼女は一計を案じ、珈琲そのものではなくストローに細工した。そうすることで彼女はこの事件を《毒入り珈琲事件》ではなく《毒なし珈琲事件》に仕立てたのよ」

「そうか。毒入り珈琲ならともかく毒なし珈琲じゃ家政婦に容疑はかからないもんね」

「そう。そして最後の仕上げは現場に残されていた薬包紙。あれはたぶん新之助さんが以前に飲んだ薬の薬包紙を利用したのね。新之助さんの指紋の付いた薬包紙をゴミ箱から回収して、その表面に青酸カリを付着させる。松本弘江はストローを回収する一方で、この薬包紙を現場に残した。こうすることで、警察は新之助さんが自らの手で毒を飲んだと考えるようになる。《毒なし珈琲事件》は最終的に《単なる自殺》となって決着する。それが彼女の狙いだったのね」

実際、ほぼ狙いどおりになった。少なくとも昨日の段階では、警察はこの事件を新之助氏の自殺未遂と見ていた。いまだって警察は松本弘江を疑ってはいないだろう。

「どうしよう。奈緒ちゃんの推理が正しいなら、警察に教えてやらないと」

しかし彼女はテーブルの向こうで小さく首を振った。

「いいえ、その必要はないわ。だって新之助さんは助かったんだから」

「でも被害者が助かったからって、犯人の罪は消えないんじゃないの？」

「違うのよ。あたしがいってるのは別の意味。あたしがでしゃばらなくても事件はもう解決してるってこと」

「そう⁉」僕は意味が判らない。

「そうよ。よく考えてみて。新之助さんは生きている。これは犯人にとって致命的よ。新之助さんはやがて回復して警察の質問に答える。そして自分がどんな珈琲をどうやって飲んだかについて話をするはずだわ。おのずとストローの存在が明らかになる。そうなれば警察だってトリックに気づく。松本弘江に疑いが向くわ。そして彼女はもういい逃れることはできないでしょうね。いや、いまごろはもう観念して自首して出ているころかもしれない。——あたしはそれを期待してるの」

奈緒ちゃんはそういって、アイス珈琲のグラスを右手で持ち上げ、琥珀《こはく》の液体を静かに口にした。

やはりこの娘は只者ではなかったな。僕は彼女の閃きに舌を巻きながら、目の前のモカチーノをストローで飲んだ。


コーヒーのレシピ等につきましては、柄沢和雄《からさわかずお》氏著『コーヒードリンク２４６』（柴田書店）を参考にしました。

霧ケ峰涼とエックスの悲劇

―

それは数年ぶりの流星雨があるといわれていた夏の夜のこと。国分寺の外れにある鯉ケ窪学園の校庭には、半信半疑の顔をした生徒たちが集っていた。観測会だ。普段は星など眺めたこともない男子連中も流星雨には興味を惹《ひ》かれるらしく結構集まりがいい。

と思ったら、男子たちは要するに夜中のイベントに参加したかっただけのようで、すぐに暗い校庭の片隅でプロレスやらバスケやらを開始した。二年女子の可憐《かれん》な僕はそんな彼らの喧騒《けんそう》を横目で見ながら、「やれやれ、まったく男子はこれだから」と溜《た》め息まじりに呟いて、おもむろに右打席へ。バットを高い位置で構えて、「ぴっち、かも－ん！　どっからでもこいや－」

「こら、霧ケ峰」背後から男らしい女性の声が僕を呼んだ。「男子に混じってなにをやっている」

気勢をそがれた僕は初球の絶好球を見逃してから、バッターボックスで踵を返す。白衣を着た女性教師がメタルフレームの眼鏡の奥から鋭い視線で僕のことを見つめていた。地学の池上冬子《いけがみふゆこ》先生。今夜の観測会の発起人であり責任者だ。地学という教科は生徒の間でまったく人気がないが、それをあえて選択する生徒が、特に男子の中に多いのは、このクールな女教師のおかげだといわれている。でも、僕はちょっと苦手。だって、冗談とか通じそうにないしね。

「なにをやっているかって――あれ、先生、知りません？　くらやみ野球ですよ」

「くらやみ野球」池上先生は眼鏡のブリッジに中指を当てながら聞き返す。「くらやみ野球というのは、あれか。くらやみ祭みたいなものか」

「そう。それです、それ」くらやみ祭は府中《ふちゅう》市でおこなわれる年中行事。くらやみ野球は照明のない暗い校庭でボールを投げ、それを打ち、得点を競う、という危険極まりないゲームのことだ。

「先生もやってみます？」

ダメ元でバットを差し出してみると、案の定「くだらん」と一蹴《いっしゅう》された。やっぱり冗談は通じないみたい。

「野球を中止して観測会に戻れ。遊びできてる奴は帰った帰った」

結局、天体観測に興味のない男子は校庭から追い払われ、ようやく真っ当な観測会となった。

といっても、べつに望遠鏡を覗くわけでもなく、ただぼんやりと夜空を見上げながら、いつ現れるか判《わか》らない流れ星を待つという行為は、男子にはもちろん女子にだって少々退屈なことだ。そして、いまさらのように巻き起こる疑問の声。

「本当に流星雨なんて見れんのか」「流れ星が雨のように降るなんて信じられん」「そもそも星が流れるなんてそんな馬鹿な」「空の星の数が減っちまうじゃん」

うんうん、それもそうだよね、と真顔で頷いていると、さすがに池上先生は生徒たちの異常なまでのレベルの低さに呆《あき》れたらしく、

「星の数が減るなんて、まったく君たちは非科学的だ」とガッカリした声をあげた。「星とはいっても流れ星の正体は星ではなくて宇宙の塵《ちり》や埃《ほこり》みたいなものだ。それらが引力で地球に吸い寄せられるとき、大気との摩擦《まさつ》で熱を発して燃え上がる。その様子が地上からは星が流れているように見えるだけで……」

「ぐぅー」

「寝るな、霧ケ峰！　君に説明してるんだぞ」

「はッ！」肩をゆすられて、僕は目覚めた。一瞬、眠りに落ちたらしい。危ない危ない。雪山なら命を落すところだ。「す、すひません、続きをどうぞ」

「まったく。そんなことだから君たちには科学的、論理的思考が身につかないんだ」

池上先生の言葉に、さすがの僕もカチンときた。仮にも探偵部の副部長である僕を捕まえて、論理的思考が身についていないとの決め付けは心外だ。ちなみに探偵部というのは探偵小説研究部などとは違い、探偵活動の実践を旨《むね》とする部活動のこと。学園で少しは名を知られた由緒怪しき文化系クラブ。なので、論理的思考についてはむしろ得意分野だ。

そのことを詳しく説明していたところ、

「ねえ、見てよ、あれ」寝転がって夜空を見上げていた女子が素《す》っ頓狂《とんきょう》な声をあげた。「ほら、あそこの空。なにか光ってない⁉」

その場に居合わせた全員がいっせいに彼女の指差す方角に視線を送った。西の方、天気のいい昼間なら遠くに富士山が見渡せる方角、その上空になにやら緑色に光る物体があった。飛んでいる、というのではなくて浮かんでいるといった感じ。あるいは黒一色の夜空に緑色の絵の具を一滴たらしたようにも見える。

「あれが流星雨か」「いや、違う」「普通の星だろ」「いや、星じゃない」「じゃあなんだ」「鳥だ」「飛行機だ」

昭和の小学生ならアメリカンコミックのスーパーヒーローの名前を迷わず口にしていただろう。だが、現代の高校生にその冗談はいくらなんでもあり得ない。では、なんというべきか。誰もが言葉を失って西の空を見上げる中、突然、腹の底から発せられたような大声があたり一帯に響き渡った。

「ＵＦＯだああぁッ！」

おいおい、それはないだろ。誰だ、そんな矢追純一みたいなことという奴は。みんなの視線が、今度はいっせいに声の主に集まる。そこにいたのは震える指先で空を指差す昭和の小学生。平成のいまは白衣姿の女教師となった池上冬子先生、その人だった。

「あ、あの……先生、いまなんとおっしゃいましたか」

あえて確認する。池上先生は自分に向けられた冷たい視線をものともせず、堂々と同じ言葉を繰り返した。

「ＵＦＯだあッ！　間違いなーい！」

「…………」

先生、他人のことをどうこういえるほど論理的じゃありませんね。

それから数分後、池上先生は車のハンドルを握り締めて、真夜中の国分寺を西に向かっていた。目標は西の夜空にぽっかりと浮かぶ緑色の未確認飛行物体。助手席でナビゲートするのは、なぜか協力するハメになった僕だ。そもそもＵＦＯなんて非科学的なものに興味はないけど、池上先生の気迫溢れる姿にはなんだか断りづらいものがあったので、一生徒としては協力せざるを得ない。

「でも先生、流星雨の観測会は？」

「そんなのどうだっていい」と、池上先生は当初の目的を完全に見失っている。「だいたい、国分寺で流星雨なんて見られるもんか。わたしはただ、観測会というイベントをやりたかっただけだ」

そーだったんだ！

「だが、おかげでＵＦＯを発見できた。それだけで、わたしは充分満足だ。いいか、絶対に見失うんじゃないぞ」

そう命じられた僕は、フロントガラスから上空の様子を窺い、緑色の点を見失わないように気を配る。緑色の物体は、上空のほぼ同じあたりに留《とど》まりながら、時折ジグザグに飛行したり、すーっと左右に揺れ動いたりと、奇妙な動きを見せていた。

「見ろ、霧ケ峰、あの不規則な動き。鳥や飛行機にあんな動きができると思うか」

だからってＵＦＯだとは思わないけど、確かに不思議な物体には違いない。いくらか好奇心を刺激された僕は、フロントガラス越しに見える緑色の物体から片時も目を離さないように気をつけた。車は西へ向けて疾走する。謎《なぞ》の物体との距離は、確実に近づいているようだった。ところがそんな矢先、いままでほぼ同じ地点を漂《ただよ》っていた緑の点が、突如として大きく移動を開始した。

「あ！　先生、ＵＦＯが上昇をはじめましたよ」

「おお、いいぞ、霧ケ峰。やっと君もＵＦＯの存在を認める気になったんだな」

「違いますって」ただ《緑色の点》とか《謎の飛行物体》とかいうのが面倒くさいからＵＦＯっていっただけ。「べつに存在を認めたつもりなんかありません」

「こら、ＵＦＯから目を離すな！」

「はいはい」僕はいわれるままにＵＦＯの行方を目で追う。「なんだか、だんだん遠ざかっているようですよ。小さくなっていきます」

「くそッ、ここまできて逃がしてたまるか！　君、しっかり掴《つか》まっていろ」池上先生はハンドルを握る手に力を込めた。「かつて《峠のドリフト女王》と呼ばれたその実力をいまこそ――」

「なんですかッ、その危ないニックネームは！」

僕の顔が恐怖で引き攣《つ》るよりも先に、先生はアクセルを目一杯踏み込んだ。車はセクシーなダンスを踊るかのように激しくケツを振りながら、コーナーを急角度で曲がっていく。国分寺の街路は、たちまちドリフトキングの集う九十九折《つづらおり》の峠と化した。僕はもう生きた心地《ここち》がしない。助手席でぎゅっと目を閉じて、この世のありとあらゆる神仏に祈りを捧《ささ》げていると、やがて祈りが通じたのか車は急激にスローダウン。間もなく完全に停車した。

「どうしたんです、先生」

こわごわ目を開けると、池上先生は悔《くや》しい思いを唇の端に浮かべながら、ハンドルを叩《たた》いた。

「ちッ、見失ったらしい」

ブラボー、助かった！　僕は生きている喜びを噛《か》み締めながら車の窓から外を見やる。そこはエックス山の外れの道だった。山といってもエックス山は山ではなく、住宅地の間にひっそりと取り残された小さな雑木林だ。ちなみにエックス山という奇妙な名前はもちろん俗称で、正式名称は西恋ケ窪緑地という。なにゆえ、それがエックス山と呼ばれるようになったかは、地元の人でもよく知らない国分寺の七不思議のひとつだ。

「ＵＦＯはこのあたりに不時着したのかもしれないな。だから見えなくなった」

「まさか。不時着してたらいまごろ大騒ぎですよ」

あたりはシンと静まり返っている。エックス山の周辺はもともと住宅と野菜畑が混在する閑静な一画。UFOはもちろんドリフト女王とも無縁の場所だ。

「学校に戻りましょう、先生。UFOはもうどこか遠くに飛んでいっちゃったんですよ」

「うーん、しょうがないな」池上先生は不承不承ながら、僕の意見を受け入れた。「エックス山をひと回りして戻るとするか」

先生はノロノロ運転で車を走らせた。この場所を立ち去ることに多少の未練を感じているらしい。運転中も彼女の視線は左右にせわしなく動き、なにかを捜している様子。たぶん、墜落したUFOの残骸《ざんがい》でも捜しているのだろう。困った先生だ。

車はエックス山の周囲をぐるりと一周して、学校への帰路についた。ところがその途中、街灯の点在する道で、僕は窓の外に意外な光景を見つけた。

「あ、ちょっと！　車止めてください」

先生は慌《あわ》ててブレーキを踏んだ。僕はあらためて窓の外に視線をやった。街の明かりの中、畑が広がっているのが見える。作物はなにも植えられていない。綺麗に均《なら》された焦げ茶の土が一面に広がっているばかりだ。僕はその畑の真ん中あたりを指で示した。

「ほら、あそこ見てくださいよ」

「んー、なんだいったい⁉」先生が助手席の窓の向こうに視線をやる。「あれは……人のようだな……畑の真ん中に人が倒れている……」池上先生はじーっとその姿を観察した後、ふいに興味を失ったかのように、ギアをローにいれてアクセルを踏んだ。「だが、宇宙人じゃない。地球の女だ……」

「わ、なにいってるんですか！」興味の次元が違ってるよ、この先生。「しっかりしてください。人間の女性が畑の真ん中で倒れてるんですよ。事件ですよ、事件！」

「あん……ああ、そういう意味か。ふむ、確かに変だな。宇宙人ほどではないにせよ……」

池上先生はいちおう事の重大さに気がついた様子で、再び車を止めて運転席から飛び出した。僕も後に続く。

畑の広さは十メートル四方程度。左右を民家に挟まれ、手前は僕らのいる道路。奥は駐車場に接しているようだ。畑の表面は足を踏み入れるのが申し訳ないほど綺麗に均されている。しかし、状況は急を要する。僕と池上先生は迷わず畑の中へと歩を進めた。畑の土は想像以上にふかふかだった。一歩踏み込んだだけで、たちまち両足ともくるぶしのあたりまで土の中に埋まる。僕らは靴が汚れることも厭《いと》わずに、畑の中央へと突き進んだ。

倒れていたのはスカートをはいた若い女性だった。うつ伏せのまま、柔らかい地面に顔を半分ほど埋めている。その場所から奥の駐車場に至る五メートルほどの地面には、彼女の足跡らしきものが残されている。まるで酔っ払いの千鳥足のように不規則な足跡だ。彼女、酔っ払って倒れているのだろうか。

「大丈夫ですか」

僕が慌ててその女性を抱きかかえようとすると、先生が鋭い声で制した。

「待て、霧ケ峰。この人はひょっとするともう……」

池上先生は悪い予感に後押しされるように、こわごわと自分の手を女性の首筋に当てて脈を診た。やがて先生は無言のまま手を引っ込め、沈痛な面持ちで首を左右に振った。「駄目だ。死んでる」

「きゃぁぁぁぁッ」僕は衝撃を受けて女の子らしくトーンの高い悲鳴をあげた。すると、その声に反応するかのように、うつ伏せの死体がびくんと身体を震わせたので、僕はゾンビを見たような驚愕《きょうがく》とともに「どわッ」と叫んで、先生にしがみついた。「し、死体が動きましたよ！」

「おや、じゃあ死体ではないな。よかった、まだ生きてたわけだ」

「なにが『よかった、まだ生きてた』ですか！　脈ぐらいちゃんと診てくださいよ、先生」

「すまん。実は、脈ってもんをどのへんで計ればいいのか、いまいち判らなくてな。自分の脈なら一発で判るんだが」池上先生は、ほらほら、このあたりだろ――と自分の首筋の動脈を指先で示す。でも、いまはあなたの脈なんかどうでもいいんですよ、先生！

僕は先生を頼りにするのはもうやめて、自ら進んで女性の救助にあたった。うつ伏せになっていた身体《からだ》を仰向けにして気道を確保してやる。彼女の首筋に糸状のもので絞められたような細い痕跡《こんせき》があるのが目に留まった。

「この人、首を絞められて気絶したみたいですよ」

「そうらしいな――おや、こいつは」先生は土に汚れた女性の顔を確認するなり、驚きに目を見開いた。「恭子《きょうこ》じゃないか！」

「え⁉　知ってる人なんですか」

「ああ。西原《にしはら》恭子といってな、わたしの学生時代の同級生だ――こりゃ、やばいな」

え、やばいってなにが？

二

間もなく救急車とパトカーが相次いで到着し、現場は騒然となった。死にかけた女性——西原恭子は意識のないまま救急車で搬送されていった。僕と池上先生は第一発見者として警察に足止めされた。

現場を指揮するのは国分寺署の祖師ケ谷警部。僕とはすでにべつの事件で顔なじみの警部さんだ。彼は現場の状況を散々調べつくした挙句、僕らの話を聞くと、すぐさま極端な結論を口にした。「とりあえず、署までご同行願おうか」

「ちょっとちょっと、警部さん！　なんでそういう話になるんですか！」

食ってかかろうとする僕を、池上先生が冷静な態度で押し留めた。

「まあ、待て、霧ケ峰。この警部さんがわたしたちを疑うのも無理はない。おや、君はまだ気がついていないのか。この事件、明らかに奇妙な点があるじゃないか」

「先生以外に？」

「わたしのどこが奇妙だ！」失敬な——と先生は鼻を鳴らしてから、僕らの目の前に広がる畑を示した。「奇妙なのは現場の状況だ。恭子は畑のほぼ中央付近で倒れていた。わたしたちがそれを道路側から発見したとき、道路から畑の中央に至る地面は綺麗に均されていた。わたしたちは綺麗な地面に足跡をつけながら、畑の中央まで歩いた」

そうだった。その地面はすでに救急隊員や警官たちに踏み荒らされてしまい、どれが誰の足跡だか判らないほどになっているが、最初に僕らが見たときには確かに綺麗だった。

「ただし、畑の中央から奥の駐車場にかけては、女性のものらしき足跡があった。酔っ払ったような足跡。あれは恭子の足跡に間違いない」

「当然ですね——あれ⁉」

僕はいまさらのように先生のいう《奇妙な点》に気がついた。「犯人の足跡がない！」

「そうだ。では、犯人は飛び道具でも使ったのか。だが、それも違う。恭子の首筋には針金かなにかで絞められたような細い痕跡があった。つまり恭子は何者かに首を絞められたわけだ。それなのに、彼女の周辺の地面に他の人間の足跡はない」

「じゃあ、犯人はどうやって彼女の首を絞めたんです？　地面に足跡を残さずにどうやって——」

「判らん。だが、わたしが犯人ならばいちおうの説明はつく。駐車場のほうから歩いてきた恭子と道路側から歩いてきたわたしが畑の真ん中で合流する。わたしが彼女の首を絞め、それから第一発見者のフリをする。妙な話ではあるがな」

「だが可能性はある」祖師ケ谷警部が後を引き取った。「聞けば、あんたは被害者と顔見知りのようだしな。充分に疑われるだけの立場にあるわけだ」

なるほど。先生がさっき『やばいな』と呟いたのは、このことだったのか。では、僕の立場はいったいどういうものなのだろうか。祖師ケ谷警部に尋ねてみると、

「君は普段お世話になっている先生をかばおうとして、口裏を合わせておるわけだ」

驚いた。僕の姿がそんなに健気《けなげ》な女の子として映っていたとは。僕は警部の誤解を解くべく、

右手を顔の前でパタパタと振って見せた。

「警部さんったら、考えすぎ考えすぎ。僕は、この先生にはそーんなに世話にもなってないですし、かばうなんてそんな無意味なことするわけが――」

「おまえ、地学0点な」池上先生は教師としてあるまじき態度で、僕を黙らせた。「ところで警部さん、被害者の恭子は幸いにして生きています。彼女の口から犯人の正体を聞き出すことは簡単なんじゃありませんか」

「ところが、残念。病院からの連絡によれば、被害者はすでに意識を取り戻しているが、捜査員には『知らない』『判らない』の一点張りだそうだ。実際、犯人を見なかったのかもしれないが、むしろ犯人をかばって口を噤んでいると考えるほうが普通だろうな」

「だったら、警部さん」先生は数メートルほど離れたところにいる数名の一団を親指で示して、警部に訴えた。「わたしを疑う暇があったら、あそこにいる連中を疑ったほうがいいんじゃありませんか。あれは恭子の家族でしょう。家庭内のごたごたが原因で起こった殺人未遂事件――よくある話ですよ」

「いわれるまでもない。捜査はあらゆる角度からおこなうとも。だが、君たちが事件の中で微妙なポジションにいることだけは、忘れんでくれよ」

そう念を押してから、祖師ケ谷警部は僕らのいる場所を離れて、西原恭子の家族のもとへと歩み寄っていった。彼は西原家の面々に、この事件をどう伝えるつもりなのだろうか。興味はあったが、露骨に首を突っ込める立場ではない。彼らの様子を遠巻きに見つめる僕に、池上先生が説明した。

「還暦を過ぎたぐらいのおじさんがいるだろ。あの人が恭子の父親、西原昭二《しょうじ》さんだ。アパートと駐車場経営と農業で暮らしているそうだ。古くからの資産家なんだな」

「駐車場経営と農業って、じゃあ、ひょっとするとこの畑や、その隣の駐車場も西原家の？」

僕は畑とその向こうに見える駐車場を見やった。池上先生は「そうだ」と頷いた。

「母親の姿は見えないようだ。たぶん、病院に向かったんだろう。で、子供が三人。いちばん上が恭子だ。次が高校一年生の剛史《たけし》君で、鯉ケ窪学園に通っている。あの背の高い子がそうだ。そして、いちばん下はまだ小学六年生で大輔《だいすけ》君だ」

「あのレッドソックスの野球帽被《かぶ》ってる男の子ですね」僕はふと気になった疑問を確認した。「いちばん上の恭子さんから、いちばん下の大輔君まで、歳《とし》の差が大きすぎませんか」

「察しがいいな。恭子の実の母はすでに死んでいる。父親は恭子を連れて、いまの母親と再婚した。そして二人の間に剛史君と大輔君が生まれた。だから、この二人と恭子は腹違いの姉弟という関係だな」

なるほど。それなら年齢差があるのも頷ける。

「最後に、三十歳くらいの大柄な男がいるだろ。あれが恭子の旦那《だんな》、というか西原家の婿《むこ》殿だな。名前は西原繁之《しげゆき》さん。会社員だと聞いている」

「恭子さんと繁之さんの夫婦は、西原家に暮らしているんですか」

「いや、二人は親が所有している近所のアパートで暮らしている。夫婦仲は表向き、問題なさそうだ。まあ、本当かどうかは判らないがな」

「犯人はこの中にいると、先生はそう考えているんですか」

「まあな。西原家の人間が西原家の土地で殺されかけた。しかも被害者は誰かを庇って真実を語ろうとしない。犯人が被害者の身内という可能性は高いだろ」

確かに、先生のいうとおりだ。だが、そこには大きな問題が横たわっている。犯人が西原家の人間だったにしても、その人物がふわふわ空中に浮きながら、畑の真ん中にいる西原恭子に忍び寄り、彼女の首に針金を巻きつけて絞め上げた――などということは、到底想像できないのだ。

だが、現実にそれに似たようなことがおこなわれたと考えなければ、今回の《足跡なき殺人未遂》は成り立たない。いったい、どう考えればいいのだろうか。

難問を目の前にして孤独な考えに沈む僕。離れた場所では祖師ケ谷警部が西原家の面々を前にして、額の汗を拭《ぬぐ》いながら身振り手振りで話している。

「いや、ですから、まだ捜査は始まったばかりでして……しかし、第一発見者の証言が事実だとするならば、犯人は足跡を残すことなく被害者の首を絞めたに違いなく……ええ、我々にもサッパリ謎ですな……」

どうやら奇妙な足跡の問題について苦しい説明を求められているようだ。警部は同情を誘うように悲しげな顔で肩をすくめて見せた。

「まったく、わけが判りません。現場の様子から素直に考えるならば、犯人は宇宙人かなにかで、UFOに乗って空から地上に降りてきて、被害者の首を絞めて、また上空に消え去ったと、そう考えるしかない状況ですな――」

その瞬間、池上冬子先生の眼鏡の奥の眸《ひとみ》がキラリと輝きを帯びた。まずい！　慌てる僕をよそに、先生はまっすぐに祖師ケ谷警部のもとに歩み寄り、問い詰めるような迫力で尋ねた。

「警部さん、いまなんとおっしゃいましたか？」

「は⁉　いやなに、犯人は宇宙人としか思えな……」

警部の言葉を皆まで聞かずに、先生は素早く右手を伸ばすと、彼の手を熱く握り締めた。

「仲間だ！　あんた、仲間だ！」先生の眼鏡の奥の眸が感激に潤んでいる。「あるいは同志――いや、《同志》と書いて《友》と呼ばせてくれ」

「な、なにをいっているのかね、君は。宇宙人というのは喩《たと》えだよ、比喩《ひゆ》だ、比喩」

目を白黒させる警部をよそに、池上先生は西原家の関係者のほうを向いた。

「そうなのですよ、みなさん！　この警部さんのいうとおりなのです。恭子を殺そうとした犯人は宇宙人なのです。その証拠に、わたしは今夜、上空を飛行する緑色の謎の物体を目撃したばかりです」

「なんですと⁉」父親の西原昭二が多少の興味を惹かれた様子で聞き返す。「緑色の謎の飛行物体――それは、つまり」

「はい」池上先生は充分にためを作ってから、まっすぐに頷いた。「ＵＦＯです」

僕、知ぃーらない！　あさってのほうを見て無関係を装う僕の隣で、池上先生はなおも《宇宙人犯人説》を滔々《とうとう》とまくし立てた。

「あれが間違いなくＵＦＯだったことは、その飛行パターンからも明らかです。あのような不規則な移動をおこなう飛行物体など、この地球上に存在するはずがありません。しかも、その物体はエックス山上空で、突如として消え去ったのです。おそらく、エックス山に不時着したものと思われます。みなさんも、国分寺に暮らす以上、一度はお聞きになったことがあるでしょう。《エックス山UFO基地伝説》というものを！　謎の物体がエックス山上空で消えたとき、わたしは確信しました。やはりUFOはエックス山を基点として行動していたのだということを。そして、それとときを同じくして、エックス山から少し離れたこの場所で発生した奇妙な殺人未遂事件。この両者に関係があることは、もはや疑問の余地はなく――こ、こら、なにをする……おい、放せ……わたしの話はまだ続きが……」

池上先生は、両サイドの制服警官から白衣の袖《そで》を摑まれて、さながら《捕らえられた宇宙人》といった姿。そんな先生に祖師ケ谷警部は有無をいわせぬ口調でいった。

「話の続きはゆっくりと聞いてやる。ぜひ、署までご同行願いたい」

こうして池上先生は国分寺署に任意で出頭するハメに陥った。任意といっても、ほとんど強制連行に近かったけれど。

三

次の日の朝。登校すると、学園内では昨夜の殺人未遂事件がすでに噂《うわさ》になっており、「警察は白い服を着た女性の宇宙人を捕獲したらしい」との憶測が飛び交っていた。「女性の地学教師が警察にしょっぴかれた」という噂（ていうか、真実⁉）が流れなくて、池上先生はさぞや胸を撫《な》で下ろしたことだろう。

その池上先生はというと、何事もなかったかのように学校にやってきて、普段どおりに地学教室で教鞭《きょうべん》をとっていた。なんだ、つまんない。逮捕されたんじゃなかったのか。

池上冬子先生はわけあって休暇をとられましたので本日の六時間目の地学は自習——というような展開を期待していた僕としては、やや期待はずれだ。祖師ケ谷警部は、随分アッサリと重要容疑者を無罪放免してしまったらしい。まあ、実際無罪なんだから、しょうがないけどね。

ところが六時間目。地学教室に向かうと、そこには黒板いっぱいに赤のチョークで「自習」の二文字。なんでいきなり？　意外な成り行きにクラスの連中——特に男子が騒ぎはじめる。

「なんで、自習なんですかー」「池上先生、さっきまでいたじゃんかー」「授業放棄かよー」「説明しろー、学級委員」

そうだそうだと囃《はや》し立てる男子たちの声。学級委員の高林奈緒子こと通称奈緒ちゃんは、いたたまれなくなったように席を立つと、教壇に上がりアホな男子に説明した。

「うるさいわね！　自習っていったら自習なのよ！」

奈緒ちゃん、それじゃ説明になってないって。

案の定、男子たちは蜂《はち》の巣を突《つつ》いたような騒ぎになった。

「池上先生、昨日の事件と関係あるって噂だぜー」「知ってる知ってるー」「ＵＦＯ襲来なー」

「バーカ、殺人事件のほうだってーの」「ひょっとして警察に連行されちゃったんじゃねーか」

奈緒ちゃんは先ほどの態度を反省したのか、今度は冷静に口を開いた。

「本当のことをいいます。池上先生は警察に連れていかれたのではありません」

じゃあ、授業を放り出してどこにいったのさ？　クラスの目がいっせいに注がれる中、奈緒ちゃんは強い決意を胸に秘めた様子で顔を上げ、ついに禁断の真実を語った。

「先生はハンズに買い物があるといって出掛けていきました。だから自習です」

「…………」

地学教室にかつてない沈黙が舞い降りた。永遠に続くかと思われるほどの長く深い沈黙。その静けさを破って、ひとりの男子がポツリといった。「ハンズじゃ仕方がない」と――

同意する声は、水面に広がる波紋のように教室全体に広がった。

「うむ、ハンズじゃ仕方がない」「ハンズって東急ハンズだよな」「他にはあるまい」「どうしても買いたいものがあったんだろう」「パーティーグッズだな」「他にはあるまい」「とりあえず自習だ」「よし、自習だ」

なにゆえ、そのように思えるのかは知らないが、とにもかくにも男子たちは妙に納得してしまい、おとなしく自習をはじめた。これ以上、この話題を追及しても無意味だ、彼らは理屈ではなく感覚でそう思ったのだろう。要するに、うちの男子は軽くバカ。しかし納得できない僕は隣の席に戻ってきた奈緒ちゃんに小声で尋ねた。

「ねえ、奈緒ちゃん。池上先生、ほんとにパーティーグッズ買いにいったの?」

「わたし、パーティーグッズとはひと言もいってないんだけど」

「そういや、そうだね」

でも、ハンズといえばパーティーグッズ。これ常識。もちろん他にも小物や遊び道具、アウトドア商品や便利グッズなどなどあるけれど。

いずれにしても、なにかある。そして、それはきっと昨夜の事件に繋がるなにかなのだ。これは本人に直接当たってみるしかなさそうだ。僕は再び奈緒ちゃんに尋ねた。

「池上先生の携帯番号、判らないかな?」

放課後。奈緒ちゃんから教えてもらった番号に自分の携帯からかけてみる。池上先生はすぐに出てくれた。なぜ、六時間目の地学が自習だったのか、そのわけを聞いてみると、『やあ、すまんすまん』と電話の向こうで池上先生が謝った。『実は、ここだけの話にしておいてもらいたいんだが、ハンズで買い物があってな――』

「そ、そうですか」その話、たぶん学校中にバレてます……ここだけの話にしとくのは、もう無理……「ハンズでなにを買ったんです? そんなに大事な買い物なんですか」

『まあな。でも、高い買い物じゃない』

「いま買わなきゃいけないものなんですか」

『そうだ。明日じゃ遅い』

「昨日の事件と関係あるんですね」

『もちろん。昨日の事件に重大な関係がある』

「念のために確認しときますけど、先生」僕は声を潜めて聞いた。「昨日の事件というのは、殺人未遂事件のほうですよね」

『いや、UFO襲来事件のほうだ』

「……あ、そーなんだ」ガッカリですよ、先生。

僕は落胆の思いとともに通話を終えようと思ったのだが、

『しかし、もちろん殺人未遂事件のほうにも関係はある』

飛び込んできた言葉に、僕は再び興味を掻き立てられ、携帯を握り締めた。

「どういうことなんです？　詳しく教えてくださいよ」

『教えてやってもいいが』池上先生はふと考え込むように黙り込んでから、おもむろにこう提案した。『もし、本当のことが知りたいのなら、今日の日暮れ時にエックス山にこい。そこですべての真相が明らかになるであろう――ふッふッふッ』

「ふッふッふッ――って、なに脅迫電話みたいなことといってるんですか、先生。あれ、先生⁉　センセーッ、もしもーし」

切られちゃった！　まったく、なに考えてるんだろ、あの人。


とにかく、あんなふうに気になることをいわれたのでは、聞き流すわけにはいかない。僕は約束どおり日暮れ時にエックス山を訪れた。昼間、池上先生がきちんとした待ち合わせ場所を指定しなかったので、僕は適当に見当をつけて雑木林に足を踏み入れるしかない。昨夜の殺人未遂事件の現場にいちばん近い入口から、林の中へ入る。すでにあたりは薄暗い。雑木林の中なら、なおさらだ。夜の闇はもうすぐそこに迫っている。なぜ、先生はこんな物騒な時間帯をわざわざ指定――

「霧ケ峰」

「うわあッ」いきなり藪《やぶ》の中から呼びかけられて、僕は斜めにジャンプ。顔を上げるとそこには、黒い長袖シャツに黒いパンツ、黒いキャップという、黒ずくめの衣装の怪しげな女性が立っていた。「な、なんだ、池上先生ですか。誰かと思った……」

「驚いたか」先生はファッションモデルのように僕の前でひらりと一回転して見せた。「まあ、驚くのも無理はない。なにしろ君は普段、わたしの白衣姿しか知らないわけだからな」

「いえ……」べつに今日のファッションに驚いたとかいうんじゃなくて、あなたの登場の仕方に驚いただけですよ、先生。「そんなことより、なにやってるんです、こんなところで」

「見張りだ。黒い服はそのためのもの。さあ、君も見つからないように身を隠せ」

先生はそういって、半ば強引に僕の身体を藪の中に引きずり込んだ。確かに、ここにいれば林の中を通る人間からは死角になって見えないだろう。逆に、こちらからは林の中の様子がよく見える。もっとも、それはかすかに昼の明るさが残っているいまのうちだけ。あと三十分もしないうちに、あたりは完全な夜の闇に包まれることになるだろう。

「この状況で、なにを見張るっていうんですか」

「ほら、あの木だ」先生は藪の正面に立つ一本の樹木を指差した。

枝振りのいいクヌギの木だった。背はそれほど高くはないが、緑の葉をいっぱいに茂らせている。しかし、見るところ特別な木には見えない。これを見張るというのは、実に退屈な行動のように思われた。

「まあ、文句をいわずに、ちょっとだけ様子を見てみろ。きっとなにかが起こるから」

池上先生は自信満々のようなのだが――

やがて、とっぷりと日も暮れて、雑木林の中を暗闇が支配した。街の明かりさえも入り込むことのできない完全なる闇。時折、吹き抜ける風が、梢《こずえ》を揺らし木々のざわめきを誘う。

僕と池上先生は、藪の陰にじっと身を潜めて、目の前のクヌギの木を注視していた。しかし何事も起こらない。起こる気配さえない。不気味な静寂の中で、言葉も交わさないまま身を寄せる二人。さながら空き家の窓辺で息を殺すホームズ先生とワトソン博士といった感じ。やがて沈黙に耐えかねた僕が口を開きかけた、ちょうどそのとき、

「きたぞ」池上先生の緊張を帯びた声が小さく響いた。「見ろ、あそこだ」

僕は慌てて左右を見回す。すると、見えた！　遠くの闇の中に浮かび上がる、小さな白色の点。懐中電灯の明かりに違いない。しかしこの物騒な世の中、夜の雑木林を懐中電灯片手に散歩する物好きは、そうそういるものではない。いったい、誰だ？

目を凝らしてみるが、距離があるせいでその人物の姿は小さな人影としか認識できない。人影は雑木林の中をジグザグに歩いていたかと思うと、ふいに歩みを止めた。と同時に、眩《まばゆ》い白色の点が闇の中でふっと掻き消えた。人影は懐中電灯のスイッチを切ったのだ。この暗闇の中を歩くには、小さな明かりさえ貴重なはずなのに、なぜわざわざそれを消すのか。不思議に思う僕の目の前で、再び白色の明かりが灯《とも》った。人影は懐中電灯のスイッチを入れ直したのだ。そして、人影は再び歩きはじめる。すると、しばらくしてまた明かりが消える。また点灯する。そして人影は歩きはじめる。そんなことを繰り返しながら、少しずつ人影は、僕らのいる方角へと近づいてくる。そしてまた明かりが消える。数秒後、再び点灯。次の瞬間、人影はようやくなにかを発見したかのようにまっすぐに一本の木に向かって駆け寄ってきた。それは僕らがいままで見張っていた、例のクヌギの木だった。

人影はクヌギの太い幹の前に立ち、そして——なんと、その幹に両手両足でしがみついた。人

影は暗闇の中でひとり、木登りをはじめたのだ。

呆気《あっけ》に取られる僕の隣で、池上先生はいち早く行動した。音も立てずに藪の中を飛び出すと、一直線にクヌギの木に向かって突き進む。その右手には、武器だろうか、なにやら奇妙な三角形っぽい物体が握られていた。女教師はクヌギの木の手前で足を止めると、両足で地面を踏みしめて仁王立ち。左手を腰に当てながら、右手でその三角形っぽい武器を顔の前に持っていって構える。次の瞬間、大音量に増幅された女教師の声がエックス山に響き渡った。

「こらッ、そこの君！　そんなところでなにをしているの、ピ、ピィィ――逃げられないぞ――ガガガッ」

最大ボリュームなので音が割れている。そう、彼女の用意していた武器は、体育の授業などでお馴染みの、ラッパの形をしたハンドスピーカーだった。

先生、もうちょっとマシな武器、用意できなかったの？　そう思う僕の前で、さらなる事件が起こった。木登りをしていた人影が、枝の上に直立したかと思うと、真下にいる池上先生目掛けていきなりフライングボディーアタック！　捨て身の攻撃をかわしきれずに、先生は真後ろに転倒。素早く立ち上がった人影は、都合の悪いことに僕のいる方向に駆けてきた。

「いったぞ、霧ケ峰！」四つん這《ば》いの先生が僕を呼ぶ。「後は君に任せた」

そんな、勝手に任されたって困る――ええい！　こうなったら仕方がない。向こうが捨て身なら、こっちだって捨て身の攻撃あるのみ。僕は藪の中から身を躍らせ、駆けてくる人影に真横からショルダータックル。すると、これが相手の意表をついたらしく、人影はものの見事に弾《はじ》き飛ばされ、偶然そこにあった切り株に頭をぶつけ、うーんと呻いて気絶した。

「でかしたぞ、霧ケ峰」

遅れて駆けつけた先生が賞賛の声をあげる。僕はなにが起こったのかよく判らない。

「どういうことなんです、これ。誰ですか、この人？」

「誰かは知らないが、犯人には違いない。どれ、お顔を拝見」先生は人影の傍に落ちていた懐中電灯を拾い上げて、その人物の顔を照らし出した。「おや、こいつか！」

光の中に浮かんだ顔。それは被害者、西原恭子の夫、西原繁之だった。

「なぜ、この人が」僕は答えを求めて、池上先生のほうに顔を向けた。そのとき僕は雑木林の中に薄ボンヤリと光り輝く緑色の光を見つけて、息を呑んだ。「せ、先生、あれは？」

池上先生は僕の指差す方向にチラリと視線を向けただけで、

「ああ、あれか。近くで見てみろ」

僕は気絶した犯人をそっちのけで、緑色の光へと駆け寄った。その物体は先ほどまで僕らが見張っていたクヌギの木の下に落ちていた。二等辺三角形をした見覚えのある物体。

「凧《たこ》だ」あるいはカイトというべきかもしれない。いわゆる洋凧というやつ。暗闇で光っているのは、全体に夜光塗料が塗られているからだ。僕は光る洋凧を両手で持ち上げて、先生のほうに示した。「なんなんですか、これ？」

すると闇の中から素っ気ない声。

「ＵＦＯだ。さっきハンズで買ってきた」

四

僕のタックルを受けて気絶した西原繁之は病院に搬送され、意識を取り戻した直後に自ら罪を告白したらしい。こうして事件は、いちおうの解決を見た。僕には意味が判らない。

そして次の日、国分寺の夜空に再びＵＦＯが飛来した。怪しげな緑色の点が、不規則な動きを見せながら暗い夜空を舞っている。その様子は、確かに流星雨の夜に見た光景と同じものだった。

「ＵＦＯの、正体見たり、夜光塗料を塗った洋凧――大幅に字余り」僕は戯《ざ》れ句を捻《ひね》りながら、隣にいる白衣の女教師に顔を向けた。「にしても池上先生、凧揚げ上手ですね。さすが昭和の女子だなあ」

「棘《とげ》のある言い方はよせ、霧ケ峰」先生は鋭く僕を睨んだ。「わたしだって好きで夜中の凧揚げなどやっているんじゃない。君が事件の説明をしろというから、わざわざあの夜の状況を再現してやっているんだぞ」

あたりは夜の闇の中。場所は鯉ケ窪学園の校庭。池上先生は凧揚げ真っ最中。左手で糸のぐるぐる巻かれた糸巻きを握りしめ、右手で巧みに凧糸を操作する。凧はもう、そんなに揚がらなくても、と思うくらいに遠く高く舞い上がっている。

「あのー、先生、もうそろそろ事件の説明を――」

「まあ待て、もうちょっとやらせろ。大人になるとこんな機会は滅多にないんだ」

先生は嬉々《きき》とした表情を浮かべながら、楽しそうに凧糸をクイクイと引っ張る。ふんふんふーん、と鼻歌さえ漏らしながらご機嫌の様子。なんのことはない、先生は明らかに好きで凧揚げをやっているのだ。「先生！　いい加減に事件の説明を」

「ん――ああ、判った判った」先生はようやく真顔になって、右手で凧糸を操りながら事件の夜の話に移った。「元はといえば面白半分の悪戯《いたずら》だったんだろう。あの夜は流星雨があるといわれた特別な夜だった。普段、夜空を見上げない人でも、あの夜に限っては空を見上げたはずだ。そこで何者かがこっそり、夜光塗料を塗った凧を揚げれば、どうなるか。多くの人たちが、夜空に怪しく光る物体を目にするはずだ。そして、一夜明ければ国分寺の街はＵＦＯの噂で持ちきりに……」

「ならないならない。なりませんって、先生」

「しかし、ＵＦＯマニアはどんな街にも確実に存在する。夜空に光る謎の物体を見て、すわＵＦＯ襲来、と大騒ぎする連中だっているかもしれないだろ」

「かもしれないって……そりゃまあ、確かにいますね」なにしろ目の前に絶対確実なのが約一名。「つまりあの夜、ＵＦＯ騒動を巻き起こすために悪戯で凧を揚げた人物がいた。それが西原繁之だったわけですね」

「そうだ。昔からＵＦＯを信じる善良なマニアが存在する一方、ＵＦＯをでっち上げて愉《たの》しむ輩《やから》も大勢いた。西原繁之は後者だったわけだ」

で、池上先生は前者というわけだ。

「それで、彼の凧揚げと、恭子さん殺害未遂事件とは、どういうふうに繋がるんですか。あと、足跡の問題もありますよ。ちゃんと説明できるんですか」

「もちろんだとも。だが、口で説明するより、実際にやってみたほうが早いな。――おい、霧ケ峰、今度は君がこれを持て」

先生は凧糸と、その糸が巻きつけられた糸巻きを僕に手渡した。凧揚げなどしたことのない僕は、戸惑いながらそれを受け取る。凧糸を持つ手にいきなり強い力がかかり、思わず体勢を崩しそうになる。しっかり足を踏ん張っていないと、身体ごと持っていかれそうだ。とそのとき、僕はその糸が普通の凧糸でないことに気がついた。

「これ、釣り糸ですよね。いわゆるテグスってやつ？」

「そうだ。テグスは強度が強くて切れにくい。普通の凧糸よりも凧揚げに向いている。実際、凧揚げに釣り糸を使う人間は、昔は結構いたものだ。西原繁之もそのひとりだったんだろう。そして、いま凧揚げをしている君があの夜の西原繁之の役だ」

「はあ」

「そこに妻である恭子がやってくる」これが先生の役らしい。「このとき恭子と繁之の間でどんなやり取りがあったかは判らない。まあ、険悪な会話が交わされたことは想像がつくだろ。なにしろ自分の夫がくだらない悪戯に現《うつつ》を抜かしているんだからな。『そんな暇があったらもっとマシな給料持ってきなさいよ』ぐらいのことは恭子だっていったはずだ。『ろくでなし』とか、『駄目亭主』とか――」

万年係長、ごくつぶし、あんたなんか最低よ――と妻から夫への侮辱の言葉を並べたてる池上先生。僕は呆気に取られながら、その様子を眺めているしかない。

「妻の罵声《ばせい》を浴びて、とうとう君の堪忍袋の緒が切れた。そのとき、君の手元にはなにがある？

そう、糸だ。強くて切れにくいテグス糸。カッとなって我を忘れた君は、そのテグス糸を持って妻の恭子に襲い掛かる。君はテグス糸を恭子の首に巻きつける。――さあ！」

「え！　さあ――って」僕はテグス糸を握ったまま唖然《あぜん》とする。「僕に同じことをやれって意味ですか」

「当たり前だろ。君は西原繁之なんだぞ。ほら、さっさとやれよ。なにモタモタしてるんだ、遠慮はいらん。この『ウスノロ亭主』『ヒモ野郎』『駄目人間』『ボンクラ』『アホ』『ボケ』『チビ』『クソガキ』――」

「うーん、そういわれてもですねー」どうでもいいけど、だんだん僕に対する個人的な悪口になってきてない？　べつに腹は立たないけど。

「ああ、もう！　全然張り合いのない奴だな。少しは真剣にかかってこい。これじゃ不可能犯罪の実演にならんじゃないか。もういい、やめだ、やめやめ！」先生は話にならないというように手を振って、ぷいと白衣の背中を向けた。「あーあ、まったくなにが探偵部副部長、霧ケ峰涼だ。エアコンみたいな名前しやがって――」

「！」瞬間、僕の理性は沸騰した。テグス糸を握る手にぐっと力をこめると、背後から先生の首根っこに飛び掛かる。「誰がエアコンだ、誰がッ！　僕は家電製品じゃない――ッ！」

「んぐうッ！」

池上先生が餅《もち》を喉に詰まらせたような呻き声を上げる。気がつくと、彼女の細い首筋に、テグス糸がぐるりと一周巻きつけられていた。はッ――いったいなぜこんなことに！　我に返った僕は叫び声をあげた。「せ、先生！」

しかし先生はこちらを向くと、苦しげな顔に笑みを浮かべ親指を立てて「グッジョブ！」のサイン。ホッと胸を撫で下ろす僕。そのとき、校庭を一陣の風が吹き抜けた。上空の凧は風を孕《はら》んで、さらに高く遠くに舞い上がろうとする。その動きに連動して、先生の首に巻きついたテグス糸はさらにきつく彼女の首を締め付けていく。「ぐふぅッ！」

次の瞬間、立ちすくむ僕の目の前で、先生はよたよたと校庭を歩きはじめた。

自分の意思で歩いているというわけではない。首筋に絡みついたテグス糸を凧が引っ張るから、そちら側に歩いていかざるを得ないのだ。じっとしていたら、余計に糸が喉に食い込んでくるから、仕方なくそうするのだ。そして先生が歩くほどに、僕の左手に持った糸巻きから彼女の歩いた分のテグス糸が伸びていく。

「だ、大丈夫ですか、先生」声を掛けながら、僕はあることに気がつきハッとなった。

先生は綺麗に均された地面の上に真新しい足跡を残しながら進んでいる。その足跡は、彼女の苦痛を表現するかのように乱れている。歩幅は一定ではなく、爪先の向きもバラバラ。酔っ払いの千鳥足を思わせるその不規則な足跡は、まさしく事件の現場に残されていたものと同じものだ。

「そうか。そういうことだったのか」

被害者は畑の中央まで自分の足で歩いていき、そこで犯人の手によって首を絞められた——当初、この事件はそう考えられてきた。だからこそ、犯人の足跡がないことが不思議だったのだ。しかし事実は違った。被害者は畑の外、駐車場のアスファルトの上で首を絞められ、その後に、風を孕んだ凧の力で畑の中央まで歩かされたのだ。歩かざるを得なかったのだ。

「判りましたよ、先生！　恭子さんも、こんなふうにして足跡を残したんですね！」

しかし先生は僕の問いに答えることなく、僕から五メートルほど離れた地面にバッタリと倒れた。そうそう。恭子さんも、きっとこんな感じで力尽きたのに違いない。池上先生、迫真の名演技だ。

「謎は解けましたよ、先生！」

喜び勇んで駆け出そうとした僕だったが、ふいにひとつの疑問にぶち当たって動きを止めた。いま、上空に浮かぶ洋凧から伸びたテグス糸は、地上で池上先生の首をぐるりと一周して、そこから五メートルほど離れた僕が持つ糸巻きに繋がっている。おそらく事件直後の現場も、これと同じ状況だったに違いない。ならば、犯人である西原繁之は、どうにかして被害者の首に巻きついたテグス糸を取り除かなくてはならないはずだ。もちろん、被害者に駆け寄って、その首に絡まったテグス糸を外してやることは簡単だ。しかし、そのやり方では結局地面に彼自身の足跡が残ってしまう。西原繁之はそういうふうにはしなかったということだ。では、どうやったのか。

「そうか。このテグス糸を手元で切れば――ええと、ハサミはないかなーっと」

僕は鞄《かばん》の中身をかき回し、小さなハサミを取り出した。すぐさま手元のテグス糸をハサミでちょん切る。この瞬間、夜空を舞う洋凧は、文字通りの《糸の切れた凧》となった。思ったとおり、自由になった凧は一気に上昇を開始した。もちろんテグス糸は凧と一緒になって上空に引っ張られていく。池上先生の首筋を一周していたテグス糸も、やがては空中へと舞い上がるだろう。犯人はこうやって、凧とテグス糸を上空へと消し去ったのだ。

「そして、被害者の首筋には針金で絞めたような痕跡だけが残される、というわけか」

今度こそ謎はすべて解けた。もちろん、すべては池上先生の身体を張った実演のおかげだ。

「先生！」僕は乱れた足跡を追うようにして、地面に倒れている女教師のもとに駆け寄った。

「ありがとうございます。おかげですべて謎は解けました。もういいですよ、先生——先生⁉

あれ、先生、ま、まさか！」僕は悪い予感を感じながら彼女の右の手首に指を当てた。「はッ、
脈がない——死んでるうぅ！」

ああ、僕はなんということをしてしまったのだ！　池上先生がいかに僕のことを空調設備にな
ぞらえたからといって、いきなりテグス糸でくびり殺すとは！　恐《こわ》い、自分が恐い。

その瞬間、死んでるはずの池上先生の身体がびくんと痙攣《けいれん》したように跳《は》ねた。

「わ！　死んでない」この展開には見覚えがある。西原恭子のときと同じだ。「そうか、判った。

テグス糸と爪の力だけでは、人ひとり殺すには充分ではない。だから恭子さんも池上先生も気絶
しただけで死なずに済んだんだあ——ぐえ！」

僕はいきなり自分の喉元を鷲摑《わし》みにされて呻き声をあげた。「な、なにずるんでずが、ゼンゼ
イ！」

「脈ぐらいちゃんと診ろ」血走った目をした池上先生が、僕の喉を両手でぐいぐい絞め上げる。

「それに、なにが『死なずに済んだんだあ』だ！　こっちは君のせいで本当に死にかけたんだぞ」

「なにいってるんですか、もとはといえば先生がやれっていったんじゃないですか」

「それはそうだが、しかし君の手つきには確かな殺意があった」

「先生こそ、こうなる危険を予測できなかったんですか」

「うるさい、エアコン娘！」

「エアコンじゃない！」

僕と池上先生はしばらくの間、お互いの首を摑み合いながら責任のなすりあい。先生が再び事件の説明に戻ったのは、十五分後のことだった（つまり、なすりあいが十五分……）。

「奇妙な現場の状況、それから同じ夜に発見された緑色の飛行物体。これらのことから冷静に判断して、わたしは事件の真相をたちまち見抜いた。ＵＦＯの正体は夜光塗料を塗った凧。そしてこの足跡なき殺人未遂事件は宇宙人の起こした奇跡でもなんでもなく、単にＵＦＯ捏造《ねつぞう》事件にまつわるトラブルに過ぎない、とな。もちろん犯人が誰なのかはさすがのわたしにも判らない。だが、犯人を発見する手段はあった。夜光塗料を塗った凧だ。犯人は上空に消えた凧の行方を気にしているに違いない。できれば密《ひそ》かに回収したいと願っているはずだ。なぜなら、この事件において凧はいわば凶器なんだからな。そこで、わたしは容疑者たちの前で一芝居打った。緑色に輝く謎の物体がエックス山に不時着した――そういってやったのさ」

「なるほど。もし犯人なら、その発言の真偽を確かめずにはいられないから、エックス山にやってくる。逆に犯人以外の人なら、先生のことを《ＵＦＯにやられた哀れな女教師》と考えるだけで無視する。そういうことですね」

「そうか、君はそんなふうに思っていたんだな、わたしのことをそんなふうに――」ＵＦＯにやられた哀れな女教師は恨めしそうな視線を僕に投げながら、「まあいい。とにかく、わたしの発言を聞いた犯人は、必ずエックス山にやってくる。地上に落ちた凧を回収するためにな。そして、それは夜だ。雑木林の中で夜光塗料を塗った凧を捜すなら、夜のほうが遥《はる》かに発見しやすい。暗闇で光るからな。そこで、わたしは急遽《きゅうきょ》君たちの授業を犠牲にして、ハンズに買い物に出掛けた」

授業を犠牲にして、というのが教師としてちょっとどうかと思うけど。

「要するに凧と夜光塗料を買いにいったわけですね」

「そういうことだ。いわば犯人をおびき寄せる餌《えさ》だな。わたしは買った凧に夜光塗料を塗って、雑木林の中の目立つ木の枝に引っかけておいた。後は、君も知ってのとおりだ。犯人は日暮れとともに現れた。予想どおりだ」

「それにしちゃ、随分バタバタした捕り物劇でしたよ。だいたいなんですか、あのハンドマイクは。あんなもので呼びかけて、犯人が素直に応じると思ったんですか」

「思ったんだな、実は」先生は悪びれることもなく、眼鏡のブリッジを中指で押し上げた。「だって考えても見ろ。この事件は要するに凧揚げを利用した悪戯が巻き起こしたトラブルに過ぎない。凧揚げといえば、普通は子供の遊びだろ。だから、わたしはエックス山に現れる犯人は、九分九厘、恭子のいちばん下の弟、大輔君に違いないと思っていたんだ」

「ああ、あの小学生の男の子」レッドソックスの野球帽を被っていた少年だ。「だからハンドマイクですか。不真面目な生徒を怒鳴りつけるのと同じ発想ですね。さすが教師」

「そう。ところが木の上から飛びかかってきたのは子供じゃなかった。あのときは焦《あせ》ったのなんのって……いやあ、君がいてくれて助かった。やはり持つべきものは優秀な助手だな」

「なにが、『持つべきものは』ですか！」勝手に助手扱いされても困る。「万が一、相手が刃物で襲ってきていたら、いまごろどうなっていたと――」

「まあ、いいじゃないか、事件は解決したんだし、結局誰も死ななかったんだから」

死ななきゃいい、と思っていませんか、先生？

呆れた僕はそっと溜め息をつき、この事件のさなか、常に僕を振り回してきた白衣の地学教師を複雑な思いで見つめた。やっていることは無茶苦茶ながら、この事件の真相を誰よりも早く見抜いていたのは、確かにこの人だった。それに、一見無茶苦茶に思える行動も、ひとつひとつ理由を聞けば、それなりの根拠はあったのだ。意外に名探偵なのかもしれない。

「ともかく話を聞いて、ホッとしました。実は僕、疑ってたんですよ。先生が本気で宇宙人犯人説を信じているんじゃないかって」

「ふふん、馬鹿な。わたしはそんなものは信じない。わたしは現場をひと目見た瞬間から、これは宇宙人の仕業に見せかけた偽りの不可能犯罪だと見抜いていた」

「え！　ひと目見た瞬間に、ですか？　それはいったい、なぜ？」

この白衣の名探偵は、あの犯行現場にどんな重要な手掛かりを見つけていたのであろうか。すると先生は堂々と胸を張って口を開いた。「なぜなら――」

「な、なぜなら」

緊張して答えを待つ僕。先生はメタルフレームの眼鏡に指を掛けながら、アカデミックな講義でもするかのごとく、真剣な顔で答えた。

「なぜなら、宇宙人はわたしたち地球人の敵ではないからだ。宇宙人は地球人と友好的な関係を結ぶために地球にやってきている。だから彼らが地球人を殺すことなど、あるはずがないのだ。いいか、霧ケ峰、そもそも宇宙人というものはだなあ――」

あ、もういいです、先生。そこから先、興味ないですから。

霧ケ峰涼の放課後

一

「あら、変ね」同級生の高林奈緒子——通称奈緒ちゃんが足を止めた。「体育倉庫の窓から煙みたいなものが……ひょっとして、火事⁉」

「まさか。不良が煙草《たばこ》でも吸ってんだよ」僕は体育倉庫のわずかに開いた入口に顔を寄せながら、

「昔から、不良の喫煙場所は体育館の裏か体育倉庫と相場が決まってるもんね」

それは六時間目の水泳の授業が終わった直後のこと。女子更衣室にて、半袖ブラウスにミニスカートという夏の制服に着替えた僕らは、教室へ戻る途中だった。

鯉ケ窪学園の女子更衣室は体育倉庫などと一緒になった古い建物で、それはプールの横、グラウンドの片隅にある。誤解のないようにいっておくが女子更衣室というのは女子が着替える場所のことであり、すなわち僕は女の子。霧ケ峰涼、十六歳。探偵部副部長の肩書きを持つ、花も恥じらう本格派女子高生だ。

ちなみに探偵部というものについては説明すると長くなるので割愛する。野球部がなにをおこない、英会話部がなにをおこなうか、そこから類推すれば探偵部の正体はおのずと明らかなはずだ。少なくとも、不良の喫煙を咎《とが》める集団ではない。しかしながら——

「不良の煙草とは限らないよ。火事かもしれないじゃない」

学級委員の奈緒ちゃんにそういわれると多少は心配になってくる。仕方がない。いちおう検《あらた》めてみるか。そう思った僕は、体育倉庫の扉を大きく開け放った。

「すいませーん、誰《だれ》かいますかあ」

漠然と呼びかけながら中へ足を踏み入れる。倉庫の中は埃っぽくて薄暗い。お馴染《なじ》みの跳び箱やマット、平均台やハードルといった道具が目に入る。バスケやバレー、テニスといったボール類の入った籠《かご》や、白線を引くための石灰の袋などもある。どこといって特別なところのない、いわゆる普通の体育倉庫。火事もなければ、煙草を吸う不良の姿もない。

「――っかしいなー、じゃあ、さっきの煙はなんだったのさ」

「気のせいだったのかしら――あら、竹箒《たけぼうき》が出しっぱなしね」

奈緒ちゃんは壁に立てかけられた竹箒を手にして、「片付けといてあげましょ」と倉庫の隅へ。そこには錆《さび》付いたロッカーがある。掃除道具入れだ。奈緒ちゃんが何気なくその扉を開けた瞬間、悲劇は起こった。

「きゃあああああああぁぁぁぁぁ――」

掃除道具のロッカーの中に人の姿。まるで棺桶《かんおけ》の中に幽霊を見つけたように、奈緒ちゃんは悲鳴をあげて立ちすくむ。ロッカーの怪人――仮に『ロッカーの太郎君』と呼ぶことにしよう――そいつは奈緒ちゃんを黙らせようとするように、彼女の口許《くちもと》に手を伸ばした。

「危ない！　奈緒ちゃん、どいて！」

叫ぶや否や、僕は手近にあったバスケットボールを手にし、『ロッカーの太郎君』目掛けて五、六発まとめて投げ込んだ。一発が顔面に、もう一発が急所に的中し、『ロッカーの太郎君』は股《こ》間《かん》を押さえながら、ロッカーの中から転がり出てきた。ここぞとばかりに奈緒ちゃんが持っていた竹箒で、ビシバシと叩《たた》きのめすと、『ロッカーの太郎君』は完全に戦意を喪失した。というか、最初から『ロッカーの太郎君』に戦意はなくて、こちらが一方的に攻撃しただけのような気もするが、それはともかく、この人いったい誰——「あ！　荒木田《あらきだ》君じゃない、隣のクラスの」

「え、荒木田聡史《さとし》⁉」奈緒ちゃんが振り上げた竹箒を頭上でピタリと止めた。「なあんだ、よかった、やっぱり不良だったのね」

奈緒ちゃんはついでとばかりに最後の一撃を相手の脇腹《わきばら》に優しく振り下ろした。男はぐうと呻いて顔を上げた。荒木田聡史は僕らの学年では知らない者のいない、有名な不良だ。

「おい、おまえら、どういうつもりだ、人のこと、溺《おぼ》れた犬みたいに叩きやがって」

荒木田君はゆらゆらと立ち上がり凄んで見せたが、股間が痛むのか、前かがみになったままなので、あんまり迫力がない。

「ごめんなさい、てっきり変質者かなにかだと思ったものだから」奈緒ちゃんは謝っているようで謝っていない。「だって、まさか掃除道具のロッカーの中に荒木田君がいるとは思わないもの。ねえ、涼」

「そうそう。ねえ、荒木田君、なんでそんなところに隠れてたの？　そこはね、掃除道具を入れておくところなんだよ」

「知ってるよ！」荒木田君の声が裏返る。「入口のところに誰か人の気配がしたから、先公がきたのかと思って隠れたんだよ！」

「ふーん、つまり先公に——いや、先生に見られちゃまずいようなことを、してたってわけだね」僕は荒木田君の顔を正面から見詰めてズバリ尋ねた。「ひょっとして、タバ——」

「吸ってねーよ、煙草なんてよー、俺が煙草なんて吸うわけねーだろ」

荒木田聡史、嘘のつけない奴。そのどこまでも純粋な馬鹿さ加減に免じて、この場は見逃してやるか。そう思ったとき、僕らの背後からドラを鳴らすような大声が響いた。

「話は聞かせてもらったぞ。おい、荒木田！　貴様、煙草吸ってやがったな。校内での喫煙は停学処分だぞ！」

振り向くと、そこにいたのはジャージ姿の中年男。荒っぽい体育教師の中でも特に武闘派の異名をとる柴田幸三《しばたこうぞう》先生だった。体育倉庫での異変を察知して駆けつけてきたらしい。

まずいことになったな、と僕は舌打ちした。内々で事を済ませようと思ったけど、これで無理になった。生徒指導に熱心な柴田先生の目に留まったとなれば、荒木田君も逃れることはまず不可能。停学処分は決定的だ。

「じょ、冗談じゃねー」荒木田君は肩を怒らせて先生に猛然と迫った。「証拠があんのか、証拠が！　俺がここで煙草吸ってたっていう動かぬ証拠が・あ・る・ん・で・す・か！」

一説によれば、不良の敬語ほど教師を不愉快にさせるものはないという。実際、荒木田君の敬語は効果満点で、武闘派体育教師を本気で怒らせるのに充分だった。

「なんだあ、その態度は！　よし、そんなにいうんだったら持ち物検査してやる。ポケットの中のものを出せ。——これだけか？　まだなにか隠してないか。隠すと、ためにならないぞ」

柴田先生は荒木田君のポケットを検《あらた》め、だぶついた制服を容赦なくまさぐった。しかし、持ち物検査はアッサリと空振りに終わった。まあ、ポケットの中に煙草を隠し持っているなら、荒木田君がわざわざ先生を挑発するはずもない。これは想定の範囲内だ。

「持ってないってことは、この倉庫のどこかに隠したってことだ。おまえの煙草とライター、それを見つければ動かぬ証拠。そうだな」

　荒木田君の表情に一瞬、動揺の色が浮かぶ。しかし彼はすぐにそれを打ち消すように強気に顎《あご》を突き出した。

「いいぜ、捜せるもんなら捜してみやがれ」

「ああ、捜してやるとも。で、ちなみに聞くが、おまえの煙草、銘柄はなんだ」

「マイルドセブンだ。ライターはジッポー。金本《かねもと》の二千本安打達成の記念ジッポーだ」

「よーし、判《わか》った。絶対、捜し出してやる！」

　いや、先生、捜すとか捜さないとかいう前に、荒木田君、もう自白しちゃったんじゃないの？

僕と奈緒ちゃんは呆れた顔を見合わせる。しかし柴田先生はあくまでも証拠の品を捜すつもりらしい。まずは掃除道具のロッカーに顔を突っ込んでいった。

「おい、なにやっている。君たちも、ぼうっと見ていないで協力するんだ！」

「えー、僕らもですかあ」

　とんだ、とばっちりだ。こういう場合、先生の指図に逆らうわけにはいかない。かといってあまり本気で協力すると、不良男子の怒りを買うのでそれもまずい。仕方がないので、僕と奈緒ちゃんはいちおう先生のいうとおりにしていますよ、といった程度に行動する。物陰を覗き込んでみたりボールの入った籠をどけてみたり、と力の入らない捜索活動。そのせいか、煙草とライターはなかなか発見されない。最初は自信ありげだった柴田先生にも、次第に焦《あせ》りの色が見えはじめた。

「くそ、どこに隠しやがった。必ずある。ないはずがないんだ。——おい、霧ケ峰、そこの跳び箱は調べたか」

柴田先生は倉庫のいちばん奥を指差した。女子更衣室と体育倉庫を隔《へだ》てる壁。その壁際にピッタリくっつく形で古い跳び箱が置いてある。手前に置かれたマットや野球道具などが障害物になって、もはや倉庫から持ち出すことさえ困難だ。実際、最近は体育祭などの特別な行事のとき以外は使われていない。

「もう、何度も調べましたよ」と、いいながら跳び箱の最上段をひょいと持ち上げて、中を覗き込む。何度も調べました、といいながら、実際はいま初めて調べるのだ。跳び箱の底は床板が見えるばかりで、特に変わった様子もない。「なんにもありませんねー」

僕が残念そうな顔を上げると、奈緒ちゃんが不満そうに訴えた。

「もう、このへんでいいんじゃありませんか、先生。それとも、たかが煙草くらいで倉庫全体をしらみつぶしにするつもりですか」

たかが煙草とは、奈緒ちゃんにしては大胆な言い草。しかし実際、彼女のいうとおりだ。これではキリがない。柴田先生もそう悟ったのだろう。悔しげな表情を浮かべていたが、結局は奈緒ちゃんの言葉に従った。しかしあくまでも負けを認めたくないのか、柴田先生は虚勢を張るように顎を突き出して、捨て台詞《ぜりふ》。

「ちッ、仕方がねえ、今日はこのへんで勘弁してやらあ！　今度やったら承知しねえからな！　覚えとけ！」

どっちが不良だか判らない。

二

教室に戻ると、僕と奈緒ちゃん不在のまま、すでに帰りのホームルームは終了していた。担任の先生に事情を説明し、なんとか許しをもらって、ようやく僕らにも放課後が訪れた。

二人並んで校門へと向かう。話題はやっぱり体育倉庫の一件だ。

「結局、見つからなかったね、煙草。荒木田君、どこに隠したんだろ」

「そうね。彼のことだから、それほど複雑な隠し方をしたわけじゃないと思うんだけど」

「まあ、体育倉庫は狭いっていっても、隠し場所はいっぱいあるからね」

「そうよね。べつに頭悪くても、ちょっと工夫すればなんとかなるわよね」

奈緒ちゃん、荒木田君に対しては容赦ないなあ、と思っていたら、彼女の足が校門の手前でピタリと止まった。どうしたの、と彼女の横顔を眺めると、

「まずいわね」奈緒ちゃんは左側の門柱を指で示した。「荒木田君よ、あんなところで待ち伏せしてる。きっと、さっきの件であたしたちに因縁つけるつもりよ。どうする?」

見ると、確かに門柱の陰に身を隠すようにして、荒木田君がひとりで佇んでいる。立っているだけだから僕らを待ち伏せしているかどうかは判らないけれど。

「気にすることないよ。こっちは悪いことした覚えないもん。いこう」

僕はずんずん歩いて正面突破を試みる。奈緒ちゃんは、恐る恐るといった調子で後に続く。すると、やはりというべきか、僕が門柱の横を通り過ぎようとしたとき、荒木田君が鋭く僕を呼び

止めた。「ちょいと待ちな」

ちょいと待ちな——って、おまえはギターを持った小林旭《こばやしあきら》かよ。心の中で呟く僕に、荒木田君はさらに続けていった。「ちょっと付き合ってもらうぜ」

奈緒ちゃんが強がるように大きな声をあげる。

「あ、あたしたちをどうする気……あ、あんたに文句いわれる筋合いなんかないんだからね……あ、あたしは帰らせてもらうわよ……」

「ん、なんだ、高林か」荒木田君はいま初めてその存在を認識したかのように奈緒ちゃんを見た。「ああ、おまえはいい。おまえはさっさと帰れ。俺は霧ケ峰に用がある」

「なんですって——そ、そう、そうなの」奈緒ちゃんはくるりと僕のほうを振り返り、「じゃ、そういうことみたいだから、あたし帰るね。後のことは涼に任せた。大丈夫、あなたなら、なんとかできる。自信を持って。それじゃ、あたしはこのへんで！」

「あ、ちょっと、待ってよ、奈緒ちゃ……」

名前を呼ぶよりも早く、高林奈緒子のヤローは僕の前からぴゅーっと遠ざかっていった。ちぇ、女同士の友情なんて、所詮《しょせん》こんなものだ。ひとり残された僕は、不安な面持ちで不良男子の横顔を見やった。荒木田君はといえば、僕のほうを見ることもなく、低い声でひと言、

「礼はさせてもらうぜ」

礼って、いわゆるお礼参りってこと？　ひょっとして、拳《こぶし》で制裁を加えられたりするのかな。でも、なんで僕だけ？　不安を抱えながら、不良男子の横顔を見詰める僕。しかし、続けて彼が口にしたのは意外な質問だった。

「おまえ、好きなものはなんだ？」

好きなものは広島カープ。嫌いなものはジャイアンツ。阪神は最近嫌いになった。いや、たぶん荒木田君が聞いているのは好きなプロ野球チームのことではない。彼は僕の好物、つまり好きな食べ物を聞いているのだろう。なぜ彼がそんなことを知りたがるのか、まるで理解できないけれど、とにかく僕は自分の大好物を素直に彼に伝えた。「――ベーコン」

僕の答えは予想外だったらしい。荒木田君は「べ！」といったまま、歩きかけた足を止めた。

「べ、ベーコン⁉　パフェとかクレープとかいうのかと思ったら、ベーコンかよ。そりゃ確かにベーコンは旨《うま》いが、くそ、いきなり難題だな。待てよ、ベーコンベーコン……えぇい、考えろ、考えるんだ、荒木田聡史！」

いや、荒木田君、そんなに考え込まなくても大丈夫だよ。パフェやクレープだって大好きなんだから。そういおうとした瞬間、彼はついになにかを発見したように親指を立てた。

「よし、ベーコンだな。判った。ついてこい」


それからしばらくの後。学園にほど近い喫茶店『ドラセナ』の一隅。ボックス席に向かい合って座る僕と荒木田君の姿があった。僕の目の前にあるのは、初老のマスターが情熱と執念でもってなりふり構わず積み上げた究極の逸品。

上からパン、レタス、ベーコン、レタス、トマト、パン、レタス、トマト、ベーコンベーコン、レタスレタスレタス、ベーコンベーコンベーコン……

「すっごーい！　まるでベーコンとレタスのミルフィーユやぁ～～～」

僕はマスター特製ベーコンレタスバーガーを前にして歓声をあげる。

「くだらねーこといってねーで、さっさと食べろ」荒木田君は目の前の珈琲をひと口啜《すす》る。

「ほんとにいいの⁉　わーい！　いっただっきまーす」僕は顔全体が口になるほど大きく口を開き、目の前の餌にかぶりついた。「がぶううッ――れも、あらひたふん、なんへぼくひおごっへくへるほ？」

「食ってから喋れ、あるいは喋ってから食え！　口の中にものをいっぱい入れて喋るな！　ていうか、普通はそれ、ナイフとフォークで食べるもんなんだぞ！」

あ、そうだったんだ。僕は口の中のものを飲み込み、アイス珈琲で喉を潤《うるお》してから、もう一度さっきの台詞を口にした。「でも、荒木田君、なんで僕におごってくれるの？」

ひょっとして、愛の告白でもする気なのかな。だったら、ごめんね、僕はベーコンほどには君の事を好きじゃないんだよ。――そんなことを思っていると、意外なことに彼の口から飛び出したのは全然べつの答え。

「なんでおごってやるかって……そりゃさっきの件があるからよ……」

「さっきの件って、体育倉庫の話⁉　そうだ。あれってやっぱり、荒木田君、煙草吸ってたんでしょ。ずいぶんうまい場所に隠したよねえ。先生に見つかったら停学処分だよ。よかったね、見つかんなくて」

「いや、うまい場所ってわけでもねーけどよ、偶然目に入ったのが、あそこだったたから……とにかくだ、なんていうか、受けた恩は返すのが筋だしな……後になっていろいろいわれるのも嫌だしよ……さあ、いいから食え食え」

途切れ途切れに彼が呟く言葉は、途中からまったく意味が判らなくなった。体育倉庫の出来事について話しているのは判る。でも、受けた恩は返すのが筋ってなんのこと⁉　僕は間を取るように、もう一度巨大バーガーに食らいつきアイス珈琲をひと口してから、あらためて首を捻《ひね》った。

「なにいってんの、荒木田君⁉　僕、おごってもらうようなこと、なんにもしてないよ……ただ、普通にしていただけ……」

「そ、そうか。いや、それならいいんだ」いままで硬かった彼の表情がパッと明るくなった。

「おまえがそういってくれるんなら、俺も気が楽だ。霧ケ峰、おまえってなかなか男気のある奴だったんだな。気に入ったぜ」

そんな馬鹿な。こんな可愛《かわい》らしい少女に男気なんてあるわけない。気に入られても困る。

「いやあ、霧ケ峰が話の判る奴でよかった」

そう？　僕は君の話が全然判らないよ、荒木田君。なんでだろうね。

しかし、荒木田君はもうこの話は終わりとばかりにホッと大きく息を吐き、「さあさあ、食いな食いな」と、旅人に寿司《すし》を勧める森の石松のごとく、僕に巨大バーガーを勧めた。

僕はまだまだ彼に聞きたいことがあったのだけれど、ここで僕の携帯が着メロを奏でた。

発信は高林奈緒子。僕は席を立ち、店の洗面所にいって電話に出た。僕をひとり残して走り去った薄情な友人に文句のひと言もいってやらねば、そう思って携帯を耳に当てると、『涼～ッ、助けてよ～』いきなり彼女の泣きそうな声。『ピンチなのよ～このままじゃあたし帰れない～』

「ど、どうしたのさ、いったい！」

『それがね。あれからあたしひとりで駅前のファミレスに入ったの。それで結構いろいろ頼んだんだけど、お勘定しようとしてお財布見たら、中身が三百七十円しかなかったの。判る⁉　あたし、お金持たずに飲み食いしちゃったみたい。これじゃ無銭飲食だよ～』

「そうなんだ」全然、大したことじゃない。「だったらお店の人に事情を話して、後でお金持ってきますって――」

『嫌《いや》よ！　そんなの絶対、嫌！　あたし、そんな恥ずかしい真似《まね》できない！　そんなことするぐらいなら、いっそ黙って逃げ出して無銭飲食したほうが――』

「駄目だよ、奈緒ちゃん、早まらないで！　判った判った。それじゃあ、僕がお金持っていってあげるから、それまでドリンクバーでも注文して粘ってて。で、いくら持っていけばいいの？」

『二千円ぐらいだけど、涼、持ってる？』

「うん、持ってる持ってる。心配しないで」だけど、ハンバーグステーキ三百九十九円のファミレスで、なにをどれだけ注文すれば二千円の勘定になるの？　いくら安いからって食べすぎだよ、奈緒ちゃん。僕はやれやれと首を振りながら、「それじゃあ、なるべく早くそっちにいくから」

『うん、待ってる。早くきてね。信じてるよ、涼のこと。必ずだよ、必ずだか――』

はいはい、後でね。面倒くさそうに頷きながら携帯の通話を強制的に終える。

席に戻ると、荒木田君は退屈そうに椅子の上で伸びをしていた。僕は皿の上に残ったベーコンレタスバーガーを猛然と胃袋に収めながら、事情を大雑把に説明する。

「悪いけど、友達と約束ができたんだ。これ食べたら、僕、もういくからね」

「ん、そうか。ま、俺はどうでもいいけどよ」

荒木田君は本当にどうでもいいような投げやりな態度。可愛い女子と過ごすせっかくの時間が、いきなり終わりになるのだ。少しは残念そうな顔をするのが男子の礼儀だと思うが、彼にそれを期待しても無駄か。

結局、荒木田君は僕に制裁を加えるでもなく、愛の告白をするでもなく、ただ巨大バーガーを御馳走しただけだった。高校生にとってけっして安くはない御会計〆《しめ》て千三百三十円は彼がひとりで払った。店を出ると、彼は「それじゃーな」といってひとりで走り去っていった。よく判らないが彼は、成すべきことを成し終えたような、そんな感じに見える。

取り残された僕は、なんだか騙されたような気分だった。

三

判らないことはたくさんある。だがいまはとにかく友人の窮地を救うことが先決だ。僕はさっそく駅前のファミレスへ向かう道を歩きはじめた。するとそのとき、

「ちょっと待って、霧ケ峰さん」

背後から呼びかける声があった。華やかで澄んだ声には、なぜか聞き覚えがある。誰だろうと振り返った瞬間、僕は思わずアッと声をあげそうになった。鯉ケ窪学園芸能科三年、小笠原玲華《おがさわられいか》——本名は吉田《よしだ》さんだったと思うが——その、すらりとした姿が目の前にあった。長い手足に小

さな顔、頭上に天使の輪を掲げた美しいストレートヘアー、知性的なまなざしとやわらかく結ばれた唇。まるでスクリーンから抜け出してきたかのような――という喩えは、この場合的外れだ。実際、小笠原玲華はアート系の映画などでその演技を高く評価されつつある若手人気女優。正真正銘、スクリーンの中の美女なのだ。

そんな人が、この僕になんの用？

すると、こちらが尋ねる前に、向こうのほうから切り出してきた。

「ちょっと付き合ってもらえないかしら」

その瞬間、僕は奈緒ちゃんとの約束を意図的に忘れた。小笠原玲華と一対一で話をする機会など滅多にない。どちらが優先事項であるかは明らかだ。

それからしばらくの後。学園からほど近い場所にある、お好み焼きの店『カバ屋』の一隅。向かい合って座る僕と小笠原玲華。そして目の前の鉄板では、この店のカバに似たおばちゃんが渾《こん》身《しん》の力で焼き上げた奇跡の逸品、広島風お好み焼きがアツアツの状態だった。

上から、青海苔《のり》、ソース、小麦粉の生地、豚バラ、玉子、キャベツキャベツキャベツキャベツ、キャベツーッ、キャベツーッ……

「すっごーい！　まさにキャベツのスクワットコールやぁ〜〜〜」

「意味が判らないけど、喜んでもらえてよかった」人気女優は僕の正面で行儀よくオレンジジュースをひと口。「ベーコン入りのお好み焼きがあればもっとよかったんだけどね」

「それは邪道です。お好み焼きといえば豚バラ。それにベーコンはさっきいただきました」

「知ってるわ。さっき喫茶店で大きなハンバーガー食べてたわよね。わたしも同じ店にいたの。

あなたたちのすぐ近くの席にね」

「あれ、そうだったんですか。気づきませんでした」

なんとなく腑《ふ》に落ちない思いを抱きながら僕は、その場面をイメージした。大きな口を開けてベーコンレタスバーガーに食らいつく僕と、近くでそれを見詰める小笠原玲華――

「そもそも、今日って変なんですよね。さっきは不良の荒木田君がハンバーガーをおごってくれて、今度は人気女優、小笠原玲華さんからお好み焼きに誘われて。みんなして僕を太らせようという計画ですか」

「そんなんじゃないの。あ、だけどハンバーガーの後でお好み焼きはマズかったかしら」

「いいえ、全然平気です。ハンバーガーとお好み焼きは入る胃袋が違いますから」

「そう。変わった胃袋ね。ふふッ」

口許にかすかに微笑を浮かべる小笠原玲華。彼女はけっして大きな口を開けて笑ったりしない。そんなところが、おじさんたちのハートをきゅんきゅん直撃するんだろうなあ。

「とにかく、食べながら話しましょ」

小笠原玲華は目の前のお好み焼きを切り分けて僕に勧めた。僕はコテを手にして大胆に、彼女は箸《はし》を使って上品にお好み焼きを口に運んだ。

「実はね、霧ケ峰さん、あなたに聞きたいことがあるの。さっき、あなた喫茶店で荒木田君と話していたでしょ。そのことなんだけど」

「はふッ、はふッ……」

「あのとき、わたしあなたたちの会話を偶然、耳にしてしまったの。ごめんなさいね、べつに盗み聞きしていたわけじゃないのよ。ただ、聞くともなく聞いていていただけ」

「はうッ、はうッ……」

「それで、ちょっと気になったんだけど……体育倉庫で荒木田君が煙草を吸っていて……それが見つかりそうになったけど……」

「ほふッ、ほふッ……」

「それが、あなたのおかげで見つからなかった、ということかしら……」

「むはッ、むほッ……」

その瞬間、『カバ屋』に響き渡るカキーンという金属音。気がつくと、鉄板の向こうの小笠原玲華が、手にした箸で僕のコテをガッシリと摘《つま》んでいた。口許の寸前まで運ばれていたコテは、彼女の力で動きを封じられた。コテの上のお好み焼きがポトリとテーブルに落ちる。

「いい加減にしてね、霧ケ峰さん」小笠原玲華は射抜くような鋭い視線で僕を睨《にら》みつけ、迫力のある低音で呟いた。「少しは遠慮して、わたしの話に耳を傾けたらどう？　わたしを誰だと思ってるの？　若手ナンバーワンと業界で噂のニューヒロイン、小笠原玲華よ！　本当なら、普通科のあなたとのんびりお好み焼きなんか食べてる場合じゃないのよ、判る⁉」

「ま、まあ……そう怒らないで、吉田さん」

「こういうときだけ吉田さんって呼ばない！」

知的な清純さが売り物の小笠原玲華に、このような激しやすく高飛車な一面があったとは驚き。彼女に一喝されて、僕のハートは逆にきゅんとなった。ギャップが素敵だ。眸《め》をうるうるさせながら見詰める僕の前で、彼女は再びもとの冷静さを取り戻した。

「いい⁉　話を戻すけど、要するにわたしは体育倉庫での出来事を詳しく知りたいの。喫茶店でのあなたたちの会話からではよく事情が飲み込めなかったし、そもそもあなたと荒木田君の会話は、なんだか嚙み合っていなかったみたい。二人の間で認識に差があるというか、二人揃って馬鹿っぽいっていうか、そんな感じに見えたの。違うかしら」

「…………」さすがニューヒロイン、小笠原玲華。素晴らしい観察力と唸るしかない。「確かに、僕らの会話って、嚙み合っていなかったんですよね。よく判らないんですけど、荒木田君は僕に恩を感じていたみたい。ハンバーガーは彼なりの恩返しのしるしでしょう。でも、僕は彼になにかしてあげた記憶がないんですよね。むしろ、先生に協力して一緒になって彼の煙草を捜して回ったんだから、恨まれても仕方がないと思うんですが」

僕はあらためて体育倉庫での一件について、彼女に話して聞かせた。掃除道具のロッカーの中で荒木田君を発見した一幕からはじまって、彼と柴田先生のやりとり。先生が証拠の品を摑もうと奮闘し、僕らもそれに付き合わされたこと。しかし、結局煙草もライターも発見することはできなかったこと——

小笠原玲華は黙ったまま目を閉じて僕の話を聞いていたが、やがてすべてを見通したかのように薄っすらと目を開いた。

「ねえ、荒木田君はこう思っているんじゃないかしら。あなたは彼の隠した煙草を発見した。にもかかわらず、生徒同士ということで、あなたは彼の煙草を見なかったことにしてやりすごした。先生にもいわなかった。おかげで、彼は難を逃れることができた——」

「そんなはずありませんよ。僕は煙草なんか発見しなかったし、もし発見していたら先生にその場でいってましたよ。わざわざ隣のクラスの不良をかばったりしませんって」

「でしょうね。だけど問題なのは、あなたの知っている事実ではなくて、荒木田君がどう思っているかよ。少なくとも、彼は煙草の隠し場所が霧ケ峰さんにだけはバレたと、そう思い込んでいる。だから、あなただけにハンバーガーをおごったのね。感謝の意味と口止めの意味を込めて」

なるほど。そういえば荒木田君は奈緒ちゃんに対してはまったく無関心だった。それに僕が荒木田君の煙草を発見しながら沈黙を通したのだとすれば、その行為は彼の目には男気溢れる行動に映ったに違いない。彼の男気発言も納得がいくというものだ。

「ということは、どういうことなんです？」

「簡単なことよ。つまり荒木田君が煙草を隠した、まさしくその場所を、霧ケ峰さんは捜索したのよ。だから、彼はあなたにだけはバレたと思い込んだ」

「つまり、僕は惜しいところまでいきながら発見できなかったんですね。僕の目が節穴だったということでしょうか」

「その可能性もあるでしょうね。目の前にある物体を見逃すケースはゼロじゃないから。でも、もうひとつ可能性があると思うの」

そういって、小笠原玲華は鉄板の向こう側から身を乗り出した。

「ね、あなたが煙草を捜した場所って、どこなの？　具体的にいってみて」

尋ねられて僕は、思いつくままにいくつかの場所を並べた。ボールの入った籠の中、重ねられたマットの隙間、壁際の跳び箱の中、石灰の袋の陰……

僕の言葉を聞きながら、小笠原玲華の唇がかすかに動いた。

「そう、やっぱりそうだったんだ……わたしの睨んだとおりね」

四

「ありがとう。あなたの話、参考になったわ。ここは、わたしに任せてね」

お好み焼きと飲み物代、〆て千五百五十円の伝票を持って小笠原玲華が立ち上がる。

「駄目ですよ、そんなの」僕もいちおう財布を出す。しかし、中身を見ると小銭がチャリンチャリンと音を立てるばかり。僕はバツの悪い思いに顔を赤らめながら、「あれえ、おっかしーなー。えーと、あの、すみません、それじゃお言葉に甘えて御馳走サマで〜す」

「いいのよ。気にしないで」小笠原玲華は柔らかな笑みを浮かべながら、支払いを済ませて店を出た。「それじゃあ、わたしはちょっといくところがあるから、ここで」

「ちょ、ちょっと待ってください」僕は背中を向けた彼女を呼び止めた。「いくところって、ひょっとして体育倉庫ですか。そうなんですね。だったら、僕も一緒にいきます」

ハッキリとした考えがあってのことではない。ただなんとなく、もう少し彼女の傍《そば》にいたほうがいいような気がした。この時点ですでにファミレスの奈緒ちゃんのことは、もう僕の頭の片隅にすら存在していない。

「でも、一緒にきても、べつに面白いことなんかないのよ」

「面白くなくて構いません。こんなモヤモヤした気分じゃ帰れませんから」

「そう、判った。あなたには事実を知る権利があるかもね。ついていらっしゃい」

小笠原玲華は長い髪をなびかせるように踵を返し、学園への道を歩きはじめた。僕は黙ってその後に続く。謎《なぞ》はいくつかある。荒木田君は体育倉庫のどこに煙草を隠したのか。なぜ、僕はそれを発見できなかったのか。だが、いまや最大の謎は、べつのところにある。

小笠原玲華。この目の前を歩く美少女が、なぜ荒木田君の煙草にまつわる謎に、これほどの関心を払っているのか、それが疑問だ。生徒会の風紀委員だって、これほどまでに執念深くそれを追及したりはしないはずなのに。

「なぜ、わたしが不良の煙草にこだわるのか、疑問に思っているでしょうね、霧ケ峰さん」

「いえ～全然～そんなこと～思っていませんよ～」僕は誤魔化した（誤魔化せていない）。

「わたしだって、べつに不良の喫煙を咎《とが》めるために、こんなことしてるわけじゃない。これは、もうちょっと重大なことだと思うの。表に現れているよりも遥かに大きな問題よ」

「大きな問題、ですか……」

しかし、多くの名探偵がそうであるように小笠原玲華も真実を小出しにするタイプらしい。彼女はそれ以上のことを語らないまま、学園への道を急いだ。時刻はすでに夕方だが、学園の校門は開いていた。グラウンドでは野球部と陸上部がレベルの低い練習に大量の汗を流している。体育倉庫の入口に鍵《かぎ》は掛かっていなかった。

二人で中に入る。先ほどと比べて少し様子が違って見えるのは、陸上に使うハードルが持ち出されているからだろう。とはいえ大した差ではない。僕はそのことを彼女に伝えた。

彼女は小さく頷くと、まっすぐ奥の壁へと向かった。女子更衣室と体育倉庫を隔てた壁。そして壁際に置かれた古い跳び箱がひとつ。彼女は迷うことなくその跳び箱へと歩み寄った。十段ある跳び箱の最上部の一段を斜めに持ち上げ中を覗き込む。そして彼女は満足そうに頷いた。

「中になにかありましたか？　煙草とか」

「ううん、なにもないみたいよ」

しかし、なにもないにしては彼女の表情は満足そうに見える。本当はなにかあるんじゃないの⁉　首を傾《かし》げる僕に、彼女はいたずらっ子のような笑みを見せた。

「ね、霧ケ峰さん、仮にあなたが不良だったとするわね。不良のあなたは、授業をサボって体育倉庫で煙草をふかしていた。場所は、ちょうどこの跳び箱のあたり――ね、恰好だけやって見せて。あなた、煙草持ってる？」

持ってるわけない！

「じゃあ、このハンカチが煙草の代わりね。いい⁉　あなたは不良よ。なんならスケバンでもいいわ。役になりきるの！　学校なんかくそ食らえ！　先公なんか恐くねえ！　大丈夫、あなたならできるわ！」

僕は不良……僕はスケバン……学校なんか……先公なんか……

「いい⁉　いくわよ――ハイ、ヨーイ、キャメラ！　アクション！」

いきなりの掛け声。僕は不良がよくやるように股《また》を広げてしゃがみこみ、跳び箱にもたれかかって、煙草を吸うポーズ。

「はあ〜、やれやれ、かったるくって授業なんか、出てられるかってーの、フーッ、ああ、やっぱ授業をサボって吸う煙草は最高だぜ〜バリバリだぜ〜ブッちぎりだぜ〜」

「……なんか、あなたのイメージする不良って、八〇年代っぽくない？」演出、小笠原玲華は納得いかない表情。「まあ、いっか。荒木田君なら、実際、そんな感じだったかもしれないしね。さあ、そのとき体育倉庫の外に人の気配がする。やべえ、先公だ！　煙草を隠さなきゃ！　どこに隠そうか。目の前に跳び箱がある。あなたは咄嗟《とっさ》の思いつきでそこに隠そうとする。——さあ、隠してみて」

やべえ、先公だ。僕は荒木田君の気持ちになって、しゃがんだ恰好のまま跳び箱を眺めた。いくつもの穴が目に留まった。跳び箱の一段につき二つずつ開けられた細長い穴。それは跳び箱を持ち運ぶ際に左右の手を差し入れる、持ち手としての穴だ。煙草とライターを突っ込むにはおあつらえ向きの穴。おそらく、荒木田君の目にもそう映ったに違いない。

ここだ。僕は煙草代わりのハンカチを握りつぶし、跳び箱の一番下、十段目の穴のひとつに押し込んだ。これでいいですか、というような目で小笠原玲華のほうを見る。彼女は完璧《かんぺき》な演技を目の当たりにした巨匠監督のように、黙ったまま深々と頷いた。

僕はゆっくりと立ち上がり、スカートの裾《すそ》の埃を払った。それからゴホンと咳払いをひとつ。

「なんなんですか、この茶番劇⁉」

「茶番劇じゃないわ」人気女優は高らかに宣言した。「これはマジックよ！」

小笠原玲華。洒落《しゃれ》たことをいっているような、そうでもないような……

「これのどこがマジックなんですか」

「ここよ、ここ」彼女は跳び箱の最上段をポンと叩いた。「中を覗いてご覧なさい」

僕はいわれるままに跳び箱の最上段を斜めに持ち上げて、首を突っ込んで中を覗いた。跳び箱というものは大抵そうだが、中はがらんどうだ。なにもない。底の部分には体育倉庫の木の床が

見えている。なにもない。……なにも……あれ、ハンカチは⁉　さっき僕が跳び箱の中に押し込んだはずのハンカチは⁉

「ない……ハンカチが……なくなってる！」

一瞬にして消えたハンカチ。混乱する僕に、小笠原玲華が冷静に言葉を掛ける。

「落ち着いて、よく観察するの。跳び箱の底の部分に体育倉庫の床が見えるでしょう」

「ええ、見えます。床板の木目までハッキリ」

「ブーッ！　残念でした」と彼女の口から小馬鹿にするような不正解のブザー。「よく見なさい、霧ケ峰さん。それ、床板じゃないわよ」

「え？　えええ！」

僕は驚きのあまり絶句。跳び箱の中に飛び込みそうな勢いで、もう一度、箱の中を覗き込む。眼下に見える木目模様の床板。どう見ても体育倉庫の床に見えるこれが、実は床ではないというのか。

「判ったでしょ。それはべつの板に倉庫の床板と同じ木目模様を書き込んだだけの、偽りの床板なのよ。そして、その偽りの床板は跳び箱の九段目と十段目の間にあるの。でも上から覗き込んだだけじゃ、九段目とか十段目とか判らない。手が届かないから触って確かめることもできない。だから、それを見た人は目に入った偽りの床板を本物だと思い込む。そういう錯覚を利用したトリックなのよ」

「つまり、この跳び箱は二重底ってこと？」

「そういうことね」名探偵小笠原玲華はまっすぐ頷いた。「そして、この跳び箱が二重底だとすれば、荒木田君の一件も説明がつくわ。彼は確かにここで煙草を吸っていた。そこに人の気配があった。これが、あなたと高林さんね。慌てた荒木田君は咄嗟の判断で煙草とライターを跳び箱のいちばん下の段、つまり十段目の持ち手の穴から押し込んだ。いまあなたがハンカチを隠したのと、まったく同じように。そこにあなたたち、それから柴田先生が現れる。柴田先生が倉庫を調べはじめる。荒木田君はもうドキドキよね。いつ見つかるか、いつ見つかるかと、気が気じゃなかったはずよ。そして、とうとう問題の跳び箱に霧ケ峰さん、あなたが近づいた。最上段を持ち上げて箱の中を覗き込む。荒木田君は万事休すと思ったに違いないわ。けれど、そのとき奇跡が。なんと先生に味方すると思われていた霧ケ峰さんは、見つけたはずの煙草のことをおくびにも出さずに、先生には『なにもありません』と嘘の報告をした――少なくとも荒木田君の目にはそう映ったはずよ」

「そっか。だから、彼は僕に恩を受けたと思い込んだんですね。実際には、僕は二重底に気がつかなかっただけ。偽りの床板の上になにもなかったから、『なにもありません』っていっただけなのに」

「そう。彼はむしろこの二重底の仕掛けを作った人物に、ハンバーガーをおごるべきだったわね」

　確かにそうかもしれないが、そのハンバーガーは、すでに僕の胃袋の中だ。

「でも、誰なんですか。跳び箱にこんな仕掛けをした人物は？　いや、その前に、そもそもこんな二重底にどんな意味があるんですか。その人は荒木田君のピンチを救うためにこんな仕掛けをしたわけじゃないですよね」

「もちろんよ。荒木田君の一件は、偶然に起こったアクシデントみたいなもの。二重底を仕組んだ人物が誰かは、正直わたしにも判らない。けれど、その目的はだいたい判ってるつもりよ。たぶん、その目的は——」

「その目的は——」

いよいよ明かされる真実。緊張のあまりゴクリとツバを飲み込む僕。しかし名探偵は一転、明るい口調でいい放った。

「その前に二重底をひっぱがしちゃいましょ。それですべて判るはずだもの！」

「あ、そーですよねッ！」

深く考えるまでもない。普通、二重底というものは、人に見られてはならないなにかを隠すためのもの。大事なものは、二重底を剥《は》がしたその場所にあるはずだ。

というわけで、僕と彼女は跳び箱の両側に着き、九段目から上を持ち上げた。横にあったマットの上に下ろす。床の上には跳び箱の十段目だけが残された。

彼女の推理したとおりだった。問題の十段目には、ちょうど蓋をするような感じで薄いベニヤ板が貼《は》り付けられていた。ベニヤ板の表面には体育倉庫の床板とほぼ同じ質感と色合いを持った木目模様が繊細なタッチで描かれていた。誰が描いたか知らないが、これを描いた人物は相当な絵心のある人物に違いない。

僕はそのベニヤ板を眺めながら、「へー、よくできてるなー。こりゃー、僕が騙されるのも無理ないなー」と、精一杯の自己弁護。

「感心してないで、霧ケ峰さん。ここからが大事なところよ」小笠原玲華はそういって十段目を覆っているベニヤ板の端に指先を掛けた。「いくわよ！」

気合の籠《こ》もった声。小笠原玲華の指先に力が入り、問題のベニヤ板はメリメリと音を立てながら剥がれていった。ようやく僕らの目の前に姿を現した十段目。四角い木の枠に囲まれた空間に、いくつかの物体が転がっている。ついさっき、僕が穴から押し込んだハンカチ。そのハンカチとほぼ同じ位置に煙草とライター。煙草の銘柄はマイルドセブン。ライターは金本二千本安打達成記念のジッポー。間違いない。これこそ、荒木田聡史、体育倉庫にて喫煙の動かぬ証拠。だけど、そんなものはもう、どうだっていい！

僕の目をひきつけたのは、それらとはまったくべつの物体だった。それは黒い箱のようなもの。大きさは本でいうなら分厚い新書版くらい。箱からはまるで昆虫の触覚のような細い管が一本伸びている。管の先は、跳び箱の持ち手の穴を潜《くぐ》り抜けて、そのまま奥の壁に吸い込まれるように繋《つな》がっている。跳び箱と壁とがピッタリ接しているから、いままで気が付かなかった。この壁の向こう側は確か——女子更衣室。

「あ、ということは、もしかしてこれ！」

僕はその細い管を右手で摑み思いっきり引っこ抜いた。管はすぽりと壁から外れて、壁には小さな穴だけが残った。細い管の先端を確認する。思ったとおり先端にはレンズのような物体が見える。

「これ、カメラですよ。小型のビデオカメラ。盗撮とかに使うやつ」

唖然《あぜん》とする僕の横で、小笠原玲華がホッと溜め息をつくように呟いた。

「やっぱり、そうだったか……」

五

小笠原玲華は説明した。

「この体育倉庫と女子更衣室は隣接していて、たった一枚の壁で仕切られている。壁に小さな穴を開けて、そこから小型ビデオカメラで盗撮するなんてことは誰でも考えそうなこと。ましてこの学園には芸能クラスがあって、わたしのような有名人もいるのだから、なおさらだわ。女子更衣室が盗撮されているという話は、噂のレベルでは以前からあったし、わたしも気に掛けていたの。そんなときに、あなたと荒木田君の喫茶店での会話を偶然耳にしたってわけ。最初は、もしかしてと思っただけだった。でも、あなたから詳しい話を聞いて、ピンときたわ。荒木田君の煙草が消えた謎、荒木田君があなたに恩返しをする理由、あなたの体育倉庫での行動。そういったこと総合して考えるうちに、わたしには跳び箱の中が怪しいって思えたの。その跳び箱は体育倉庫の奥の壁にピッタリくっつく形で——つまり女子更衣室に接するように——置かれている。しかも普段は滅多に使われることがない。その底を二重にしておけば小型カメラぐらいは仕込めるし、ベニヤ板で蓋をしておけば上から中を覗かれても平気。盗撮犯にとっては理想的な状況だわ。確信を持ったわたしは、こうして確かめてみたってわけ。後は見てのとおりよ。わたしの思ったとおりだった。本当にこんな卑劣な真似がおこなわれていたなんて、すごく残念だけど——」

そうだったのか。僕には小笠原玲華があえて不良の煙草の在《あ》り処《か》にこだわった理由がようやく判った。煙草の在り処は、すなわち盗撮犯のカメラの在り処、そういう推理がこの名探偵の頭にはあったのだ。ん、でも待てよ。ということは……

黙考する僕の横で、小笠原玲華の推理は続く。

「犯人は水泳の授業のある時間帯を狙って、カメラを仕込み録画のスイッチを入れる。後は記憶媒体の容量が一杯になるまで、女子更衣室の風景が記録される。犯人は頃合《ころあい》を見てカメラを回収する。そんな手口でしょうね」

「ということは、このカメラには僕らのクラスの着替えシーンも映っているかも……」

「ええ、その可能性は高いでしょうね。許せない話でしょ。こんなものは放って置いたらロクなことにならないわ。先生や警察にだって恥ずかしくて見せられない」

そういって小笠原玲華は小型カメラを跳び箱の上に置き、倉庫の片隅に放り出してあった金属バットを手にした。「壊しちゃいましょ、徹底的に」

小笠原玲華はいうが早いか、さながら女剣士を思わせる凛々《りり》しさで高々とバットを上段の位置に構えた。気合もろとも振り下ろされるバット。だが、その先端はカメラを打ち据《す》えることはなかった。なぜか。彼女が振り下ろす寸前、僕が跳び箱を蹴《け》っ飛ばしたからだ。結果、彼女のバットは跳び箱の端っこを無意味に叩いただけだった。ガキンという金属音が狭い倉庫に響き渡り、彼女の手からバットが滑り落ちる。一瞬の静寂——

「な、なにすんのよ」小笠原玲華は痺《しび》れた両手をワナワナと震わせながら、僕に怒りに満ちた視線を向けた。「なんで、邪魔するの！　あんた、どういうつもり！」

僕はマットの上に落ちたカメラを拾い上げながら低い声で問いかけた。

「小笠原さんこそ、どういうつもりですか。あんな嘘をついたりして」

「う、嘘ですって――わたしがいつ嘘をついたというの！」

「喫茶店『ドラセナ』で僕と荒木田君の会話を偶然聞いたってところ。あれは嘘ですよね。違いますか？　それじゃあ聞きますけど、小笠原さん、『カバ屋』でいってましたよね。『ベーコン入りのお好み焼きがあればもっとよかったんだけどね』って。なんで僕の好物がベーコンだってことを、小笠原さんが知ってたんですか？　僕が『ドラセナ』でベーコンレタスバーガーをおいしそうに食べていたから？　でもそれだけじゃ普通はベーコン好きとは思いませんよね。『ああ、この娘《こ》はハンバーガーが好きなんだな』って、そう思うはずですから」

「そ、それは……」

「僕がベーコン好きであることを告白したのは校門での荒木田君との会話の中だけ。それを小笠原さんが知っているということは、小笠原さんもまた校門付近にいて僕らの会話を聞いていたということになる。つまり、小笠原さんは偶然、『ドラセナ』に居合わせたのではなく、校門のところから――あるいは、もっと前の段階から――僕らの後をつけていたんじゃありませんか？」

「………」小笠原玲華の美貌《びぼう》が一瞬苦しげに歪《ゆが》んだ。「馬鹿なこといわないで。なんで、わたしがあなたの後をコソコソ付け回さなきゃいけないわけ」

「そのわけは――」僕はここぞとばかりに決定的な台詞を口にした。「それはあなたがこの事件の犯人だからです」

　相手に最大の衝撃を与えるはずのひと言。しかし、この台詞は唐突過ぎたらしい。人気女優はむしろ半笑いになって悠然と反論した。

「わたしが犯人ですって⁉　馬鹿なことをいわないで。わたしが女子更衣室を盗撮したっていうの？　ああ、呆れた。あのね、霧ケ峰さん、女子更衣室を盗撮するような奴は、普通はモテない男子と相場が決まっているものよ。だいたい、わたしは芸能クラスなんだから、むしろ盗撮される側で――」

「盗撮した犯人だとはいっていません」僕は彼女の言葉を中途で遮《さえぎ》って、彼女の胸のあたりを突くように指差した。「あなたは盗みを働いた犯人です。あなた、僕たちの財布からお金を抜き取りましたよね」

六

「わ、わたしが、あなたたちのお金を⁉」さすがの小笠原玲華の表情にも狼狽《ろうばい》の色が浮かんだ。

「な、なによ、いきなり……なんの話かサッパリ判らないわ……」

「そうですか。よく判っているはずですけどね。――ところで小笠原さん、『ドラセナ』にいたとき僕に電話が掛かってきたのを覚えていますか？　あれはファミレスにいる高林奈緒子ちゃんが送ってきたSOSなんです。彼女、ファミレスでたらふく飲み食いしたあと財布を見たら、中身は三百七十円しかなかったそうです。それで僕に助けを求めてきた。ところが、さっき『カバ屋』を出るときに僕も財布を見たら、中身は小銭ばかり。少なくとも奈緒子ちゃんのお勘定を肩代わりするぐらいは持っていたはずなのに、なぜかお札は一枚もない。これって偶然でしょうか」

「……ぐ、偶然でしょ……」

「だとすると、僕ら二人揃って自分の財布の中身を勘違いしていたってことになります。それは確率としては低い。むしろ誰かが僕と奈緒ちゃんの財布から同時にお金を抜いたと考えるべきでしょう。だとすれば、それが可能なのはどのタイミングか。水泳の時間の女子更衣室が怪しい。おそらくは僕らの知らない間に女子更衣室に泥棒が入っていたんですね。被害者は僕と奈緒ちゃん、それから他にも同級生の何人かが被害にあっているんでしょう」

「か、仮にそうだとしても、その犯人がわたしだという証拠は――」

「いいえ、あなたです。さっき、バットを振り上げた瞬間のあなたを見て、僕はそう確信しました。ねえ、小笠原さん、なぜこのビデオカメラを無理矢理壊そうとするんですか？　どんな映像が記録されているか確かめようとは思わないんですか？　普通は興味を持つはずですよ」僕は彼女の目を見据えながら尋ねた。「それとも、あなたの見られたくないものでも映っているのですか？」

「……そ、そんなことは……」

小笠原玲華の唇がブルブルと震えている。その様子を見て、僕の確信はさらに深まった。

僕は名探偵のように今回の事件をなぞった。

「あなたにしてみれば、ちょっとした出来心、日頃のストレス発散、あるいは騒ぎになるのを楽しむ愉快犯みたいな心理だったのでしょう。あなたは僕らの水泳の時間に女子更衣室の中に忍び込んで、僕らの財布の中からお金を抜いた。そしてあなたは更衣室のすぐ近くにいて、騒ぎが起こるかどうか興味を持って観察していた。結局、被害にあった僕らはしばらくそのことに気がつかなかったから、その場で騒ぎにはなりませんでしたがね。

しかし、思いがけず騒ぎは体育倉庫のほうで発生した。荒木田君の喫煙容疑です。でも体育倉庫の外にいるあなたにはその騒ぎの顛末《てんまつ》がよく判らない。体育倉庫は女子更衣室のすぐ隣ですから、あなたにしてみれば非常に気になる。たぶん嫌な予感を感じたはずです。そこであなたはその騒ぎの渦中にいた女子生徒二人——つまり僕と奈緒ちゃんにさりげなく近づいて情報を得ようとした。あなたが僕らをコソコソ付け回していた理由はそれだったわけです。

しかし、ここで計算違い。あなたが声を掛けるより先に荒木田君が僕に声を掛けてしまった。奈緒ちゃんはぴゅーっと走っていってしまった。あなたは仕方なく僕らの後をつけて、僕らと同じ喫茶店に入った。そして、僕と荒木田君の会話を耳にした。偶然耳にしたのではなくて、真剣に耳を傾けていたはずです。そして、僕が店を出て荒木田君と別れるのを待って、ようやくあなたは僕に声を掛けた。偶然を装ってです。こうして、あなたは体育倉庫での出来事についての詳しい情報を得ることができた。

それからのことは、あなたがまるで名探偵のように芝居っけたっぷりに説明してくれたとおりでしょう。あなたは跳び箱の二重底を見抜き、隠しカメラの存在を見事に暴いた。荒木田君と僕の話を聞いただけで、そこまで推理したのだから、実際あなたは優れた安楽椅子探偵です。ただし、あなたが推理力を働かせたのは、あなたがいうような盗撮許すまじという正義感からではない。あなたは恐れたんですね。体育倉庫のどこかにあるかもしれない盗撮カメラの存在を。そしてそのビデオ映像の中に、女子更衣室で盗みを働く自分の姿が映っている可能性を——」

「違う！　わたしは泥棒じゃない。だいいち、わたしが泥棒なら、あなたをここに連れてきたりはしない。ひとりでこっそりここにきて、密かにカメラを処分したはずだわ！」

「普通の犯人なら、たぶんそうするでしょうね。しかし小笠原玲華は女優です。あなたは体育倉庫の事件について僕と会話を交わすうちに、次第に名探偵という役に入り込み、それを演じることに夢中になった。だから、あなたは僕を追い返すチャンスがありながら、結局この最後のシーンまで僕を連れてきてしまった。名探偵を演じるには、僕みたいな間抜けなワトソン役が不可欠だから。違いますか？」

「……違う……わたしは泥棒なんか……盗みなんかしないわ」

「じゃあ、このビデオカメラの映像は先生に見せても構いませんね。それじゃあ――」

勝ち誇った名探偵気分の僕は、カメラを手にしたまま悠然と体育倉庫を出ていこうとする。その瞬間、背後から小笠原玲華の声が響いた。まるで別人のような殺気を帯びた絶叫。

「冗談じゃない！　そんな真似、させるもんですかッ」

振り向いた瞬間、僕はギョッとなった。金属バットを握り締めた小笠原玲華が立っていた。その目は怒りに血走っている。彼女は僕に向かって二、三歩駆け寄ると、いきなり金属バットを右手一本でブンと振り回した。バットの先端が僕の鼻先五センチぐらいの空間を通り過ぎていく。彼女の豹変《ひょうへん》を予測できなかった僕は、悲鳴をあげながら壁際に追い詰められた。絶体絶命。

このような場合、どういう台詞を吐くべきか。僕はヤケになった犯人を説得する老練な刑事のように彼女に呼びかけた。

「落ち着いて、小笠原さん。あなたは若い。これからいくらでもやり直しが利くんだから――」

「下級生にいわれたくない！」まさに逆効果。彼女はもう一度バットを僕の目の前で振り回した。今度のは鼻先三センチだ。「畜生、あんたさえいなければ！」

駄目だ。完全に混乱している。説得の余地はなさそうだ。かといって、バットと素手では勝負にならない。万事休す。哀れ美少女探偵霧ケ峰涼はよりにもよって薄汚れた体育倉庫の塵《ちり》と消え去るわけか。ああ、どうせ死ぬなら探偵らしく滝に落ちて死にたかった。

観念して目を閉じかけた、そのとき——

悲鳴とも雄たけびともとれるような奇声が体育倉庫にこだました。続いて僕の目の前を通り過ぎる一陣の風。いや、風ではない。真横から飛んできた何者かが、バットを持った小笠原玲華の身体《からだ》をなぎ倒していったのだ。虚を衝《つ》かれた小笠原玲華は受身を取ることもできず、バレーボールの籠の中に頭から突っ込んでいった。彼女の手を離れたバットが、床の上でむなしくカランと音を立てる。すべては一瞬の出来事。気がつくと、小笠原玲華は『犬神家の一族』の湖の死体のように、籠の中で逆さまになってもがいていた。

「………」

なに、なにが起こったの？　呆然とする僕。その目の前で、彼女に渾身のタックルをお見舞いした人物が、むっくりと立ち上がった。意外や意外。荒木田聡史、彼だった。

「あ、荒木田君、僕を助けにきてくれたの！」ちょっと感動で、僕は泣きそうだ。

「いや、そうじゃねえ」荒木田君はあっさり否定。感動の涙は宙に浮いた。

「忘れ物を取りにきただけだ」彼はゆっくり跳び箱のほうに歩み寄っていくと、そこにほったらかされている煙草とライターを拾い上げた。「煙草はともかく、金本の二千本安打記念ジッポーは没収されたくねーもんな。それで体育倉庫にきてみたら、偶然おまえらがいたってわけだ。話は入口の外で聞かせてもらった。しかしまあ、小笠原玲華がコソ泥してたとは意外だったなあ」

「あ、そうなんだ。話、全部聞いてたんだ」それにしては荒木田君、飛び出してくるタイミング、遅くなかった？　僕の頭がホームランされた後で出てきても手遅れなんだよ。でもまあ、助けてくれたことには感謝するけど。「ありがとう。おかげで助かったよ」

すると、荒木田聡史は煙草とライターをズボンのポケットに押し込みながら、彼にしては爽やかな笑顔を向けて片手を振った。

「なに、礼には及ばねえ。当然のことをしたまでだ。けどまあ、いちおう参考までにいっておこうか。――俺の好物は鰻《うなぎ》だ。忘れんなよ」

忘れはしないけど――鰻かよ！


こうして奇妙な事件は幕を下ろし、僕の長い放課後にもケリがついた。

そしてそれから数日が過ぎ去り――

小笠原玲華こと吉田美由紀《みゆき》さんは、いつの間にか学園からいなくなった。彼女の窃盗が警察沙《ざ》汰《た》になったのか、内々で処分されたのか、僕はよく知らない。

例の盗撮カメラを仕込んだ不心得者は誰なのか。現在、柴田先生が中心になって真相究明中。でも、まだ見つかっていない。そのうち、モテない男子が捕まるのかもしれない。

ところで奈緒ちゃんは、あのとき僕が約束を破ったことを、いまでも少し恨んでいるらしい。無理もない。彼女はドリンクバーだけで四時間半も僕を待っていたのだ。

そして荒木田君はなんとか停学処分を免れて、いまも毎日元気に授業をサボっている。そんな彼を放課後、校門で待ち伏せした僕は、『ドラセナ』に連れていって約束の恩返し。

「おい、霧ケ峰」皿の上の見慣れぬ物体に眉《まゆ》を顰《ひそ》める彼。「なんだよ、これ?」

「鰻だよ」僕は胸を張って答えた。「マスター特製、鰻レタスバーガー」

霧ケ峰涼の屋上密室

一

それは夏の名残《なごり》も色濃い九月。金曜日の放課後。砂塵《さじん》巻き上がる強風の中、鯉ケ窪学園のグラウンドでは、不動の四番桜井《さくらい》が野球部の威信を賭《か》けた戦いに臨んでいた。バッターボックスに入るその表情は緊張気味。そんな彼を、グラブ片手にマウンド上から眺め下ろすのは、半袖のブラウスにミニスカートという夏服に身を包んだ美少女。それが僕、霧ケ峰涼。右投げ本格派の女子高生。好きな言葉は『一球入魂』。弱気は最大の敵』。所属は野球部ではなくて探偵部だ。

探偵部のなんたるかについては割愛するけれど、要するに、野球部の四番と探偵部女子との野球対決。ならば結果は歴然と見るべきだろうが、意外とそうではなくて現在ツーストライクスリーボールの好勝負。四番桜井苦戦の原因は、足を高く上げる僕の投球フォームにあるらしい。その瞬間、彼の視線は面白いほど泳ぐのだ。が、最後の一球を前に、さすがに彼の顔つきも勝負師のそれに変わった。万が一、三振でもしようものならチームメイトから袋叩きは確実。それは彼としても避《さ》けたいに違いない。

もちろん真剣勝負は望むところだ。こっちもとっておきの勝負球を披露するとしよう。

「でも、この球種、握り方が難しいんだよね……」と、グラブの中で複雑なボールの握りに悪戦苦闘していると、いきなり制服のポケットの中で携帯が着信音を奏《かな》でた。「ああ、もう、こんなときにいったい誰――」

文句をいいながら携帯を開く。相手は同級生の高林奈緒子ちゃんだった。はい、もしもし――

と、いきなりマウンド上で通話をはじめる僕を見て、バッターボックスの桜井は金属バットをブンブン振り回して、おいこら、てめー、霧ケ峰！　やる気あんのか！　もっと真面目にやれ！と猛抗議。僕は顔の前に片手をやってゴメンネと謝りながら、電話の向こうの友人に話しかける。

「どうしたの、奈緒ちゃん、こんなときに」

『え、こんなときって、どんなとき⁉　いま、普通の放課後よね』それもそうだ。当然のことだが、彼女は僕がマウンド上で真剣勝負の最中だとは知らない。『おいしいタコ焼きの店を見つけたから、一緒にどうかなって思ったんだけど、なんか、涼、忙しそうね――』

「ううん、全然！　忙しくなんか、ないない！　あと一球で終わるから、終わらせるから！」

『あと一球⁉　涼、なにやってんの？』しかし、奈緒ちゃんは深く詮索《せんさく》することはなく、『まあ、いいわ。それじゃあ、わたし、裏門のところで待ってるからね』

通話を終えると、僕は俄然《がぜん》やる気になって、あらためてバッターボックスの桜井を見据えた。この一球で彼を三振に切り捨て、それから僕は奈緒ちゃんとともに勝利のタコ焼きに酔う（？）のだ。そんな理想的な放課後を思い描きながら、僕はグラブの中で硬球に爪《つめ》を立てた。確かこんな握りだと、テレビの野球解説者がいっていたっけ――

見よう見まねでボールを握った僕は、大きく振りかぶって第六球目のモーション。高々と上げた足を大きく踏み出し、黄金の右腕を振り抜く。投じられた球は、緩《ゆる》やかな放物線を描きながらベース板の上へ。四番桜井が、「よっしゃ、絶好球！」とばかりに気合を込めてバットを振り抜く。しかし、球はまるで強風に煽《あお》られたかのように不安定な軌道をたどって、彼のバットの下を潜《くぐ》り抜け、捕手のミットに納まった。勝負あり。彼はバットを地面に叩きつけ、僕は手を叩いて、マウンドを駆け下りた。

「どう、桜井君！　見た、いまの！　ナックルボールだよ、ナックルボール！」

「嘘《うそ》つけ、どこがナックルボールだよ！　ただのスローカーブじゃねえか！」

「ナックルだってば。知らないの？　ナックルボールってのはね、風が強い日は特に大きく変化するんだから——ま、いいや。それより僕、用事ができたから、これでいくね」

「おいこら、てめー、勝ち逃げは許さんぞ、もういっぺん勝負しろ！」

やれやれ。どうやら鯉ケ窪学園の負け犬は「わん」とは鳴かずに「もういっぺん」と鳴くらしい。彼の遠吠《とおぼ》えを背中で無視しながら、僕はさっさとグラウンドを後にした。僕が去ったあと、四番桜井が袋叩きにあったか逆さ吊《づ》りにされたか、それは知らない。そんなことより、奈緒ちゃんとタコ焼きだ。

僕は裏門への道を急いだ。裏門は当然のことだが校舎の裏側にある。そこへ向かうためには、第二校舎の脇《わき》を抜けていくのが近道だ。ちなみに第二校舎は普通科の教室や図書室などが入った三階建ての校舎のこと。本館に対する別館みたいな存在の、小ぶりな建物だ。

そんな第二校舎へ向かおうとする途中、僕は髪の長い女性の後姿を発見。白いブラウスに細かいプリーツの入った紺色のスカートという装いに見覚えがある。こっそり背後から駆け寄り、気安く彼女の肩を叩く。

「——栄子《えいこ》先生、いまお帰り？」

いきなり呼ばれた彼女は、びっくりしたように背中を震わせ、こちらを振り返った。

「なんだ、霧ケ峰さんなの！　ああ、びっくりした——」

大きな目をパチクリとさせる彼女は、野田《のだ》栄子先生。先生とはいっても普通の教師ではない。彼女は大学の教育学部に籍を置く現役の大学生。いわゆる教育実習生だ。担当教科は国語。若くて美人なので男子たちの間では瞬《また》く間に人気になったが、女子の間でも評判はいい。

「わあ、名前、覚えてくれてるんですね。そんなに何回も先生の授業、受けてないのに」

「だ、だって、珍しい名前だもの、霧ケ峰涼って。それにわたしの実家、電気屋だったから」

エアコンと同じ名前で覚えやすかったと、そういいたいらしい。男子の発言なら尻《しり》を蹴《け》っ飛ばしてやるところだが、栄子先生だから今回は特別に許そう。先生の尻は蹴れない。

「それより霧ケ峰さん、結構帰り遅いのね。もう、四時半近い時刻よ。部活なの？」

「ええまあ、部活みたいなものですが……」野球部と勝負していました、とはなんだか恥ずかしくていいづらい。僕は咄嗟に話題を変えて、「あ、栄子先生も裏門から帰るんですね。じゃあ、一緒ですね。僕も裏門で友達と待ち合わせしてるんです。さ、いきましょ」

僕は適当に話を誤魔化し、彼女と肩を並べるように歩く。第二校舎の脇、すなわち校舎の側面の壁際を進む。そこは大きな椎《しい》の木が枝を広げているだけの、土の地面が広がる空間。そこを横切ろうとしたとき、事件は突然降ってきた。いや、べつに比喩でもシュールな表現でもなく、実際それは上から降ってきたのだ。

最初、僕は栄子先生の口から、悲鳴とも溜め息とも思えるような「はッ」という声が漏れるのを聞いた。なんだろうと思って彼女のほうに視線をやる。栄子先生はつつっと二、三歩前に歩を進めた。次の瞬間、頭上に感じる気配。突風で椎《しい》の木の枝葉がざわめいたような気がした。ふと頭上を見上げる。いきなり視界に飛び込んでくる物体。それは手足の生えた黒い影。人間だった。

危ない——

　だが、叫び声をあげる間はなかった。上空から落下してきた何者かは、僕のすぐ前にいた栄子先生の上に猛烈な勢いで覆いかぶさり、彼女の身体《からだ》を一瞬にして地べたに押し潰した。まるで、油断して背中を向けたジャンボ鶴田に対してトップロープから必殺のフライングボディアタックを敢行するミル・マスカラスのよう——そんな的確な喩えが不謹慎に響くほど、それは見る者を震撼《しんかん》させる光景だった。

「！」一瞬の間をおいて、「きゃあぁぁぁ！　せんせーいッ！」

　僕はようやく悲鳴をあげ、折り重なって倒れている二人の女性に駆け寄った。下敷きになったのが栄子先生。上になっているのが制服姿の女子。その女子の傍らの地面には、彼女のものらしき生徒手帳が転がっていた。

　ぐったりとなった女子の身体をゴロリと転がすようにしながら、栄子先生の身体から下ろす。女子の嵌《は》めている腕時計の針が、ぴったり四時半を示しているのが目に入る。それから二人の胸に耳を当てて安否を確認。大丈夫、栄子先生も制服の女の子も息は確かだ。一安心すると同時に、僕は制服の女子の顔に見覚えがあることに気付いた。

「加藤《かとう》さん——」

　隣のクラスの加藤美奈《みな》さんだ。だけど、なぜ彼女が自殺を——そんなふうに考えてから、僕は冷静に首を振った。いや、待て、まだ自殺と決まったわけじゃない。

　ビルから飛び降り自殺があったときなど、歩道を歩いていた無関係な歩行者が巻き添えを食うケースがある。今回の栄子先生の状況がまさにそんな感じに見えたものだから、ついつい早合点してしまいそうになるが、加藤さんが自殺と決め付ける根拠はない。誰かに突き落とされたという可能性だって充分に考えられるのだ。

僕は咄嗟に校舎の側面の壁を見上げた。その壁に窓はない。のっぺりとしたコンクリートの壁だ。離れた場所に非常階段とそれに通じる各階の非常口がある。もしも、加藤さんが誰かに突き落とされたのだとすると、その現場は屋上以外にあり得ない。では、犯人はまだ屋上に？　いや、そんなことより、いまは救急車を呼ぶのが先か――

屋上に気を取られながら携帯を取り出す。すると背後から誰かが駆け寄ってくる気配。

「どうしたの、涼？　なにがあったの――」

奈緒ちゃんだ。裏門で待っていた彼女は、僕の悲鳴を聞きつけて駆けつけてくれたらしい。僕は彼女の登場を渡りに船と考えて、彼女に自分の携帯を押し付けた。

「悪いけど、奈緒ちゃん、救急車呼んで！　僕、ちょっと、確かめたいことがあるから！」

「え、ちょ、ちょっと、涼――なにこれ!?　ちょっと、救急車って――」

「一一九だよ！」

「知ってるわよ。そうじゃなくて、わたし、救急車なんか呼んだことないって――」

奈緒ちゃんの抗議の声を背中で聞きながら、僕は駆け出した。コンクリート製の非常階段。これを上がれば屋上はすぐだ。派手な靴音を響かせながら一目散に階段を駆け上がる。

すると、二階と三階の間にある踊り場に、ひとりの男子生徒の姿を発見。しゃがんだ恰好で携帯ゲーム機を持って、一心不乱にプレイの最中らしい。すぐ近くで起こっている騒ぎに気付いていないのは、イヤホンからの大音量のせいだろう。僕はワイシャツの校章の色を見て、彼が一年坊主であることを確認してから、そのイヤホンを引っこ抜いた。

「ちょっと、聞きたいことがあるんだけど」

「わ！　な、なんだよ、いきなり」驚いて立ち上がる男子。「――誰だ、おまえ」

「おまえじゃなくて、二年生だよ」精一杯の先輩風を吹かせつつ、一方的に質問に移る。「そんなことより君、いまここを誰か通らなかった？」

「はあ⁉　なにいってんだ、誰も通っちゃいねえよ。通るわけねえじゃん」

「ごめん、よく聞こえなかったんだけど、いま一年生が二年生になんていったのかな？」

もういっぺんいってごらん、とばかりに片方の耳に手を当てて横目でギロリ。ついでに革靴の先で彼の運動靴のつま先をギュウッとしてやると、一年坊主も少しは先輩女子の恐さを思い知ったのか、背筋を伸ばして言葉遣いを改めた。

「は、はい、誰も通りませんでした！」

「そうそう、それでよし。――ちなみに君、いつごろからここにいたの？」

「ほんの十分前から。ええ、この十分間は、ずっとひとりでした」

「そう。じゃあ、君、ついでだから少し付き合ってくれるかな。名前はなんていうの？」

一年坊主は土屋《つちや》一彦《かずひこ》と名乗った。僕は土屋君においでおいでをしながら、階段をさらに屋上へ。すっかり従順な態度になった土屋君は、首を傾《かし》げながら僕に続く。

「屋上には誰もいませんよ。そもそも屋上は誰も入れないはずなんですから」

確かに彼のいうとおり、第二校舎の屋上は原則立入禁止。この非常階段もいちおう屋上まで通じてはいるが、階段と屋上とを隔てる扉は、常に施錠されている。

とはいえ、そこは屋根のない屋上のこと。その気になれば鉄製の格子扉をよじ登るぐらいは、女子だって朝飯前だ。実際、授業をサボってこの屋上に密かに侵入し、日のあたる場所でトランジスタラジオでスローバラードを聞きながらタバコをふかす、そんな歌に歌われたような不良も存在すると聞く。屋上に誰かがいる可能性は否定できない。だが――

「ほらね、誰もいないでしょ、先輩」

非常階段の最上部、格子扉越しに屋上の様子を見渡しながら、土屋君が指を差す。

「……いや、まだ判んないよ」

いうが早いか僕は大胆に格子扉をよじ登り、堂々と屋上に侵入を果たす。

「ちょ、ちょっと、いいんですか、そんなことして」土屋君も驚きつつ、後に続く。

だだっ広い屋上には、不審者が身を隠せる場所がひとつだけある。それは屋上の端っこにでんと存在する給水タンクだ。僕は給水タンクの背後を確認するべく、その周囲をぐるりと一周。だが、誰もいない。僕ら二人を除いて、屋上は完全に無人だった。

ホッとしたような、ガッカリしたような曖昧な気分。それでも何かないかと見回してみると、唯一、屋上の周りを囲んだ手すりの傍に、女子生徒のものらしき鞄《かばん》を発見した。

「これきっと、加藤さんの鞄だ――じゃあ、やっぱり彼女はここから地面に」

手すりから身を乗り出して下を覗き込む。だが、手すりは建物の縁から五十センチほど引っ込んだところにあるので、下の様子を直接見ることはできない。ただ、椎の木の枝の先端が見えているから、彼女の落下した地点が、この真下あたりであることは間違いない。

「屋上には誰もいない……鞄はここにある……てことは、やっぱり……」

「いったい、なにがあったんですか」

いまだに事情が呑み込めていない土屋君に、先ほど起こった悲劇を説明しながら、僕は無人の屋上を後にした。非常階段を下りながら、各階に通じる非常口の様子を確認する。一階から三階まで、三つの扉はすべて中から施錠されていた。犯人がいたとして、逃亡の経路に使えたとは思えない。これでもう完璧《かんぺき》だろう。

つまり、この屋上はいわば密室状態だったわけだ。

「え、じゃあ、密室殺人ってことっすか！」

「誰かが加藤さんを突き落としたのなら、確かに変形の密室殺人事件だね。だけど、そういう話にはならないと思うよ。要するに、これは普通の自殺みたいだから」

正確には自殺未遂。加藤さんが意識を取り戻した暁《あかつき》には、彼女自身の口から真相が語られるはずだ。探偵の出る幕ではない。

「なんだ、そうですか。じゃあ可哀相《かわいそう》なのは、巻き添えを食った教育実習生か……」

彼の呟きに重なるように、遠くで救急車のサイレンの音が響きはじめた。奈緒ちゃんは初めての一一九を無事にやり遂げてくれたらしい。僕は土屋君と一緒に、現場に舞い戻った。そこには奈緒ちゃんの他に、もうひとりの新しい人物が姿を見せていた。

厚ぼったいメガネをかけた真面目そうな横顔。新品の背広が体に馴染んでいない感じに映るこの男性は、八木広明《やぎひろあき》先生。野田栄子先生と同じ大学からやってきた教育実習の先生だ。確か教科は化学だ。騒ぎを聞きつけて、駆けつけてきたらしい。

「大丈夫か、野田さん、しっかりしろ。いま救急車がくるからな」

必死で実習仲間の栄子先生を励ましているが、気絶した彼女には聞こえていないだろう。

「あ、涼！　どこいってたのよ」奈緒ちゃんが、バタバタした動きで僕を手招きする。「ほら見て、加藤さんの意識が戻りそうよ！」

押し潰された栄子先生より、押し潰したほうの加藤さんのほうが、多少なりとダメージが軽かったようだ。僕らが見守る目の前で、加藤さんは「うーん」と唸《うな》って、薄っすらと目を開けた。

そして虚《うつ》ろな目を泳がせながら、「あれ……あたし……どうしたの……」

「あなたは自殺しそこなったんですよ」

と、隣の馬鹿《ばか》一年生がいきなり身も蓋もないことをいうので、奈緒ちゃんは唖然。僕は土屋君の延髄《えんずい》のあたりに手刀を叩き込み、無理矢理彼を黙らせる。しかし、彼の無神経極まりない発言は、加藤さんの口から思いがけない言葉を導き出した。

「自殺……いいえ、自殺じゃないわ……あたしが自殺するわけないじゃない……」

二

やがて救急車とパトカーが相次いで学園に到着。校内に居残っていた生徒たちも野次馬と化して、現場は一時騒然となった。加藤美奈さんは、気絶したままの野田栄子先生と同じ救急車に乗せられ病院へと運ばれていった。

そんな中、捜査担当として登場したのが、国分寺署の祖師ケ谷大蔵警部と烏山千歳刑事の通称《私鉄沿線コンビ》。その実態は、冴《さ》えない中年警部と若くて美人の女性刑事という格差コンビだ。

この二人組と僕とは過去の事件ですでに顔を合わせている。

二人は事件の概要を把握するに当たって、真っ先に僕から話を聞いた。事件をもっとも間近で見ていたのは僕だから、当然の成り行きだ。それから、刑事たちは奈緒ちゃんや土屋君の話を聞き、最後に八木先生に向き直った。八木先生は自分が野田先生の実習仲間であることを語ってから、さらにこう続けた。

「僕と野田さんは、ついさっきまで化学の準備室にいて二人で話をしていたんです。生徒の印象とか実習の苦労話とか、そんな他愛もない話でした。そんなお喋《しゃべ》りが一段落してから、彼女は部屋を出ていきました。その後で、まさかこんな事故に遭うなんて――」

「そうでしたか」と気の毒そうに頷《うなず》いてから、祖師ケ谷警部は何食わぬ口調で、「ちなみに聞きますが、お二人が化学準備室におられたのは何時ごろですか」

「午後四時ごろのことです」

正確には三時五十分ごろに栄子先生が準備室を訪れて、出ていったのは四時二十分ごろ、と八木先生は答えた。

「つまり、八木先生と別れた十分後に、野田先生は生徒の自殺に巻き込まれたのですな」

祖師ケ谷警部が軽々しく口にした「自殺」という言葉に、千歳さんが反応する。

「意識を取り戻した加藤美奈は、自殺ではない、といっていたそうです。彼女は何者かに突き落とされたのではありませんか」

そうだそうだ、と盛んに頷く僕。だが、中年警部はそんな僕を指差していった。

「彼女の確認した限りでは、屋上はいわば密室状態にあったそうじゃないか。加藤美奈を突き落とした犯人が仮に存在するとして、その犯人に逃げ場はない。それじゃ、犯人はどうやって屋上から姿を消したのかね」

「そうなんです。それが不思議なんですよね」僕は思わず一歩前に踏み出す。

すると、祖師ケ谷警部がそんな僕をあざ笑うように、大きく口を開いた。

「はは、馬鹿な。不思議なことなどない。答えは簡単。要するに加藤美奈が嘘を吐《つ》いているのだよ。なに、ときどきあることだ。自殺志願者が建物の屋上から飛び降りる。建物の下を歩いていた第三者が巻き添えを食う。死にきれなかった自殺志願者は、事の重大さに恐れをなして咄嗟に嘘を吐く。『自殺じゃない！　誰かに突き落とされたんだ！』とな。まさしく、今回のケースがそれに当たるというわけだ」

「なるほど、さすが刑事さんだ」と、感嘆の声をあげたのは八木先生だった。「確かに、そう考えれば、なんの不思議もありませんね」

「えー、そうかなあ。意識を取り戻して、すぐにそんな嘘を吐けるもんなのかなあ」

不満を口にする僕を、奈緒ちゃんが援護。

「そうよね。だいいち、目覚めた直後の加藤さんは、自分が栄子先生を押し潰したことすら、理解していなかったみたいに見えたけど」

「確かに、嘘を吐くにもそれなりに考える時間が必要だわ。加藤美奈は事実を口にしたのかもしれない」

と、千歳さんは僕らの意見に一定の理解を示す。現実感に溢れ、その分、想像力に欠ける祖師ケ谷警部よりも、こちらの若くて美人のお姉さんのほうが思考は柔軟らしい。

「だけど、加藤美奈が自殺じゃないなら、結局最初の疑問に戻るわね。――犯人はどうやって屋上から消えたのか？」

「ははは、烏山刑事、人間はそう簡単に消えたりはせんよ。それとも、怪人二十面相のように犯人はアドバルーンに摑まって空へと消えたとでもいうのかね。馬鹿げた話だ」

祖師ケ谷警部にいわれるまでもなく、現代ではこのやり方は流行《はや》らない。そこで土屋君がもう少し現実的な手段を提示した。

「屋上からロープを垂らして下りていくのは？　ロッククライミングの心得のある人なら、そう難しくないと思いますが」

鯉ケ窪学園にも山登りを趣味とする生徒はいるはずだ。そう思って期待したのだが、千歳さんがこれを冷静に否定した。

「確かに、ロープを使えば非常階段を通らずに済むわね。だけど、残念ながら無理よ。なぜなら、犯人は非常階段で土屋君が座り込んでゲームをしていることや、事件直後に霧ケ峰さんが屋上に現れることなどを、前もって予想できなかったはず。それなのに、犯人の手には逃走用のロープが用意してあった、なんてことはちょっと考えられないでしょ」

なるほど、この女性刑事は賢い。僕はそんな彼女を負かすつもりで、他の可能性を探る。すると、現場に高く聳《そび》える一本の樹木が、いままでと違う意味を持って僕の目に映った。

「ほら、この椎の木、使えませんか。逃走経路を絶たれた犯人は、一か八かで屋上から、あの椎の木に飛び移るんです。で、枝と幹を伝って、地上に下りていく――」

「駄目よ、涼」横から割って入ったのは、奈緒ちゃんだ。「この木を降りたところには、このわたしがいたのよ。すぐ傍にいる犯人を見逃したりしないわ。ね、八木先生」

「ああ、そうだな。僕が現場に駆けつけたとき、ここには倒れた二人と高林さんしかいなかった。他は誰も見かけなかったな」

「そっか。じゃあ無理みたいだね——」思わぬ凡ミスに、僕は頭を掻く。

誰かがあの木の幹を伝って下りてくれば、奈緒ちゃんか八木先生が絶対に気付く。逆に考えるなら、二人がいる限り、犯人は木の上から下りてこられない。すると、ここで土屋君が意外に豊かな想像力を発揮して、

「じゃあさ、ひょっとして、いまだに犯人は木の上にしがみついているんじゃねえの？」

そんな馬鹿な、と思いつつ現場の椎の木を見上げる僕らに、警部が哀れみの目を向ける。

「こらこら、そんなコアラみたいな犯人がいると思うかね。だいたい、一か八かで木に飛び移るなんて、いくらなんでも一か八かすぎるだろ。あり得ん話だ」

確かに祖師ケ谷警部のいうとおり、この発想は突飛すぎたようだ。僕は椎の木の利用を諦《あきら》めて、べつの可能性を探る。だが、もはやこれといった考えは浮かばない。屋上は広々として開放的な空間でありながら、そこからの逃走経路は意外なほど限られているのだ。

僕は根本的な発想の転換を試みる。

「もともと、屋上に犯人はいなかったのかも。屋上にいたのは加藤さんだけで、犯人は離れたべつの場所にいた——そういう可能性はありませんか、千歳さん」

「それで、どうやって屋上にいる加藤美奈を地面に墜落させることができるの？」

「さあ、飛び道具を使うとか……鏡を使って太陽の光を反射させるとか……」

「それで、屋上の加藤美奈がバランスを崩して、手すりを乗り越えて落下したというわけね。話としては面白いけど、あまり現実的じゃないわ。屋上の手すりは、大人の胸ほどの高さがある。彼女がどうバランスを崩したとしても、うっかり手すりを乗り越えて落下するようなことはあり得ないわ。そういう意味で、不慮の事故という可能性も低い。やっぱり、誰かが直接手を加えない限り、加藤美奈を墜落させることは無理でしょうね」

「やっぱり、自殺だ」

断固、自殺説を貫く祖師ケ谷警部。そして僕は警部の自殺説を覆《くつがえ》すような理論を思いつくことができない。だが、やっぱりなにかが変だ。僕は自分の胸にわだかまっていた疑問を、ようやく口にした。

「加藤さんはどうして栄子先生の頭上に落ちてきたんでしょうか」

「はあ、急になにを――」中年刑事が目をパチパチさせる。「そんなのは、ただの偶然にきまっとる。理由などあるわけがない」

「でも、それにしてはピンポイントっていうか、ドンピシャリっていうか、うーん、なんていったらいいのかなあ、まるで狙いすましたような感じに見えたんだけど……」

僕の曖昧すぎる意見に、千歳さんは真剣に答えてくれた。

「それは、加藤美奈の身体が野田栄子の真上に落ちる瞬間を、あなたが直《じか》に目撃したからそう感じるんじゃないかしら。それとも、これも犯人の計算したことだと？　でも、それはさっきのロープの話と同じ理屈で否定できるわ。野田栄子が四時半にこの場所を通ることを、犯人は予想できないはず。――そうじゃありませんか、八木先生」

いきなり名前を呼ばれた八木先生は、冷静に眼鏡の縁に指を当てた。

「確かに、そうですね。僕と野田さんのお喋りが長引けば、彼女は四時半にこの場所を通ることはなかった。やはり、彼女は偶然事件に巻き込まれただけだと思いますよ」

八木先生の言葉を聞いた祖師ケ谷警部は、うんうん、と頷いて、早々と結論を下した。

「要するに、加藤美奈は自殺未遂。巻き添えを食った野田栄子はツイてなかったというわけだ！」

三

翌日は土曜日で学校は休み。僕は午前中から奈緒ちゃんを引き連れて、加藤美奈さんが入院した病院へ向かった。要は、お見舞いという名の情報収集だ。

病室の扉を開けて、僕らが顔を覗かせると、パジャマ姿の加藤さんはベッドの上でびっくりしたような顔をした。顔色はよく、表情も明るい。少なくとも昨日自殺にしくじった女の子には見えない。

「やあ、加藤さん、具合はどう？　元気？　それなら、よかった。いやあ、昨日は心配したよ。ホントホント、だから今日は様子を見にやってきたってわけ。はい、これ花束ね」

僕はキョトンとする彼女にお見舞いの薔薇《ばら》を押し付けてから、「で、聞きたいことがあるんだけどさ、昨日の事件って、ホントはなに？　自殺？　事故？　それとも殺人——」

「こら、涼、そんなにがっつかないの！」隣の奈緒ちゃんが僕の暴走を抑え込む。「お見舞いにきたのなら、もう少しそれらしく振舞いなさい。探偵根性丸出しにしないの！」

そんな僕らのやり取りを聞いて、加藤さんは事情を理解したように笑みを浮かべた。

「いいのよ、ついさっきまで刑事さんたちにも似たようなことを散々聞かれていたから。でも、残念ね。ハッキリしたことは答えてあげられないの。実は記憶が曖昧で――」

「え、昨日のこと、覚えてないの？」

僕の問いに、加藤さんは手にした花束をじっと見詰めながら、ゆっくり頷いた。

「ええ。もちろん自殺じゃないわ。死にたいなんて思ったことないから、それは断言できる。でも、いつどんなふうに屋上から落ちたのかは、自分でも判らないの。墜落の前後の記憶が全然ないのよ。だから悪いけど、霧ケ峰さんや高林さんのお世話になったということも、わたしの記憶にはないのよね――」

「そっかあ、覚えてないんだあ。じゃあ、どうしよう。とりあえず薔薇の花束、返してもらおうか」

「なに、みみっちいこといってんの！」奈緒ちゃんは花束に伸ばしかけた僕の手をピシャリと叩く。「いいのよ、加藤さん、花束は受け取って。だって仕方がないもの。頭に強い衝撃を受けたような場合は、よくあるんでしょ、そういう一時的な記憶障害って」

「ええ。お医者様もそういってた。でも、記憶はないけど、多少判ったこともあるのよ」

「え、なになに？」僕は興味を惹かれて、彼女のベッドににじり寄る。

「実はね、わたしの制服のポケットの中に手紙が残っていたの。刑事さんが持っていっちゃったから文面は正確には覚えてないけど、要するに『放課後の四時に第二校舎の屋上にこい』っていう内容の手紙だった」

「わ、誰かの果たし状!?」

「果たし状なわけないでしょ！」加藤さんはキッと僕を睨みつけ、それから両手を胸の前で合わせて、夢見るようなうっとりとした目を天井に向けた。「違うのよ。サッカー部の倉橋《くらはし》先輩からのお誘いの手紙」

　サッカー部の倉橋先輩は、下級生に絶大な人気を誇るイケメンのストライカーだ。

「でも、残念。どうやら贋《にせ》手紙だったみたい。倉橋先輩自身がそんな手紙は知らないっていってるらしいし、警察の調べによると筆跡も違うんだって」

「要するに、加藤さんは倉橋先輩の贋手紙で屋上におびき出されたってわけだね」

「どうやら、そのようね。そういえば帰り際、下駄箱を覗いたときに手紙を見つけた記憶はあるのよ。だから、たぶんわたしは午後四時に屋上にいったはず。わたし、時間には正確だから。でも、その後のことは、よく判らないのよねえ」

「ふうん、そうなんだ。確か加藤さんが屋上から落ちてきたのは、午後四時半ごろだったよね。三十分間の空白がある。その間になにが起こったのか。それが問題だね」

　僕の呟きに答えるように、奈緒ちゃんが口を開いた。

「倉橋先輩とは違う誰かが屋上のどこか――例えば、給水タンクの陰とかに隠れていて――現れた加藤さんを背後から襲って屋上から突き落とした。そういうことかしら」

「それだと、わたしが墜落したのは午後四時ちょっと過ぎぐらいになるんじゃないの。でも、実際に墜落したのは四時半なんでしょ」

「うん、それは間違いない」僕が頷く。「ということは、加藤さんと誰かとは、屋上で顔を合わせて三十分ぐらい話をしたんじゃないかな。なにかこう、その、なんていうか、男と女のあーでもないこーでもない……」

「ドロドロした話⁉」

「そうそれ！　ドロドロした話！」僕は奈緒ちゃんの言葉を串刺《くしざ》しにするように指を立てた。「で、その話がもう、どうしようもないくらいドロドロでこじれにこじれて、相手の男はついに、あーもう、こんな奴！　とか思って加藤さんを屋上から突き落としたってわけ。——違うかな、加藤さん？」

「あなたたち、そろそろ帰ってもらえるかしら」加藤さんは唇の端を歪《ゆが》めて出口を指差した。「あたしが誰とそんなドロドロした話をするってのよ。勝手に想像しないでちょうだい。不愉快だわ」

加藤さんが機嫌を悪くするのも無理はない。どうやら、僕らは彼女の記憶が曖昧なのをいいことに、想像を膨《ふく》らませすぎたようだ。屋上密室の謎を解く手掛かりを求めて、見舞い客のフリをしてきたけれど、どうやらこのあたりが潮時か。そう思った僕は、「じゃあ、最後にひとつだけ」と前置きして、とっておきの危険な質問。

「加藤さんのことを殺したいほど憎んでいる人の心当たりとか、ないかな？」

「な——」

たちまち彼女の表情は激しく強張《こわば》り、花束を抱えた両腕はプルプルと震えを帯びた。どうやら予想通りの危険な状況だ。そう察知した僕らは目配《めくば》せしながら、ジリジリと出口へと下がってい

く。そんな僕らに向かって、

「そんな心当たり、あるかっつーの！」

罵声《ばせい》とともに、薔薇の花束が飛んできた。


逃げるように加藤さんの病室を後にした僕らは、白い廊下にある長椅子に腰を下ろす。投げ返された薔薇の花束を見詰めながら、僕は後悔のため息を漏らした。

「結局、加藤さんのこと怒らせちゃったね。あと、こんなことになるんだったら、花束は安い造花でよかったかも……」

「そういう考えだから、彼女を怒らせるのよ」奈緒ちゃんは、判ってるの、とばかりに僕の目を覗き込む。「それからね、加藤さんはあんなふうにいってるけれど、実は彼女のこと恨んでる人は結構いると思うわ。わたし、加藤さんとは同じ中学だったけれど、そのころは彼女、相当ワルだったから」

「え、そうなんだ！」意外な話に僕は目を丸くする。「そっかあ、加藤さん、中学時代はスケバンだったのかあ……」

人は見かけによらないねえ、としみじみ呟く僕の隣で、友人はズルリと尻を滑らせた。

「あんた、いつの時代に生きてるの⁉　ワルい女子＝スケバンって、八〇年代の感覚よ」

それもそうだ。最近、街を歩いていてもスケバンにカツアゲ食らうことはない。

「わたしがいってるのは、加藤さんがイジメっ子だったって話。彼女、演劇部ではちょっとしたスターで、その分、下級生いびりが酷《ひど》くてね、泣かされた女子が大勢いたって噂《うわさ》よ。中には退部したり、不登校になった子もいたとか。加藤さん自身は高校に入っておとなしくなったけれど、当時のことを恨みに思っている子は絶対いるはず。特に下級生にね」

「ふーん、ちなみに聞くけどさ、そのイジメられた下級生には、男子も含まれるのかな？」

「男子⁉　さあ、普通女子がイジメる相手は女子だと思うけど――なにがいいたいの？」

「今回の事件の関係者で下級生といえば、土屋君がそうでしょ。実際、彼が犯人ならば、屋上の密室の問題は解決するんだよね。だから、ちょうどいいなあ、と思って」

「ちょうどいいなあ、で犯人にされたんじゃ、土屋君が迷惑じゃないかしら――あら、もうこんな時間」

奈緒ちゃんは腕時計に視線を落として、慌てたように立ち上がった。

「ごめん、わたしこれからちょっと用事があるから、もういくね。悪く思わないで」

「あ、いいのいいの。全然構わないから――ちなみに、なんの用事？」

「テニス部の村上《むらかみ》先輩とデートなの。それじゃあ！」

「…………」逃げるように立ち去る奈緒ちゃんの後姿を、呆然《ぼうぜん》と見送りながら、「くそ、高林奈緒子め、悪く思ってやる！」と、小さく呟く僕だった。

だが、病院の廊下で友人を呪《のろ》っていても仕方がない。帰って昼寝でもするか、と長椅子から腰を浮かせたところで、突然聞き覚えのある声が僕の名を呼んだ。

「あら、霧ケ峰さんじゃない。お見舞いにきたのね。先生の病室なら、こっちよ」

見ると、白い廊下の向こうでパンツスーツ姿の烏山千歳刑事が軽やかに手を振っている。僕は一瞬キョトンとし、すぐに状況を理解した。先生とは野田栄子先生のことに違いない。つまり彼女もこの病院にいるのだ。これは願ってもないチャンス。僕は加藤さんに投げ返された薔薇の花束を胸の前に持ち、満面の笑みで千歳さんのもとに駆け寄る。

「そうなんです。僕、栄子先生のお見舞いにきました。ほら、薔薇の花束持って――」

「ええ、見れば判るけど――でも、この薔薇、ちょっとくたびれた感じ、しない?」

「………」それは、使い回しだから仕方がない。くたびれたって薔薇は薔薇だ。「結構、綺麗《きれい》じゃありません⁉ そんなことより、栄子先生の容態はどんな感じですか」

すると千歳さんは残念そうに首を振りながら、僕をひとつの病室に案内してくれた。個室のベッドでは、頭に包帯を巻いた栄子先生が、静かに目を閉じて横たわっている。まるで死んでいるかのような彼女の寝顔を見詰めながら、千歳さんは小さく口を開く。

「実は、まだ意識が戻らないの。たぶん、頭を強く打ったのね。だけど大丈夫。命に別状はないわ。骨折が数箇所あるけれど、重大なものではないそうよ。意識さえ戻ればすぐに元気になると思う」

「そうですか。早く意識が戻るといいですね」そう呟きながら、僕はがらんとした病室の中をきょろきょろと見回した。「先生の御家族の方とか、いないんですか」

「ええ。野田さんには身寄りがないのよ。何年も前に両親を交通事故で亡くしているの。妹さんがいたらしいんだけど、その子も今年の春に自殺したらしくて――」

「自殺⁉ ひょっとして、飛び降り自殺とか」

「それは――」と、いったん口を開きかけた千歳さんだったが、これ以上は喋りすぎと感じたらしく、唐突に口を閉ざした。「被害者のプライバシーだから、これ以上は勘弁してね」

いわれて僕は、それ以上栄子先生の私生活に踏み込むことをやめた。要するに、栄子先生は天涯孤独の身の上ということだ。ちなみに、病室は学校側が用意してくれたものらしい。事件のとばっちりを受けた教育実習生に対する、せめてもの補償なのだろう。

僕は空いていた花瓶に薔薇の花を活《い》けて、窓辺に飾った。病室は少しだけ明るくなった。それから僕は窓辺に立ち、千歳さんに昨日いいそびれたささやかな疑問を打ち明けた。

「墜落事件の直前、栄子先生が声をあげたんです。『はッ』っというような、小さな叫びみたいなものを。あれは、いったいなんだったのかなあ、と後になって気になったんです」

「小さな叫び!?　それは、屋上から落下してくる加藤さんの気配を感じて、『はッ』と声をあげたんじゃないの？」

「僕も最初はそう思いました。でも、よくよく考えるとタイミング的に合わない気がするんですよね。栄子先生が『はッ』と声をあげて、二、三歩ほど歩いてからドスンでしたから」

「野田さんが声をあげてから、加藤さんが落下するまで、若干の間があったのね。でも、その叫びが落下の気配を感じたものでないとするなら、彼女はなにに声をあげたの？」

「さあ――ひょっとすると先生は、あの場所でなにかを見つけたのかもしれません。『はッ』と思うような重大なものを」

「なんだか、曖昧な話ね。あの現場に、そんなに目を引くようなものがあったかしら」

千歳さんは昨日の現場の様子を思い出すように眉を寄せる。僕も記憶の糸を辿《たど》ってみるが、現場に落ちていたものといえば、加藤さんの生徒手帳ぐらいしか思い浮かばない。

「まあ、いいわ。野田さんの意識が戻ったら、わたしから確認しといてあげる。もっとも、彼女自身がその叫び声のことを記憶しているかどうか、ちょっと不安だけれど――」

確かにそうだ。加藤さんが一時的な記憶障害に陥《おちい》って、犯行時前後の記憶を失っているのと同様に、栄子先生も記憶が曖昧になっている可能性はある。覚えていなかったら、質問しても意味がない。そんなことを考えている、ちょうどそのとき――

千歳さんの口から「あ！」という小さな驚きの声。どうしたの、と振り向く僕。すると、ベッドの上には両目をパッチリ開いた栄子先生の姿があった。意識を回復しているばかりではない。彼女は何事もなかったように、すでにベッドの上で上半身を起こしている。肩に巻かれた包帯が痛々しいが、痛みを訴える様子はない。僕らは驚きと歓喜を露にしながら、彼女のベッドに駆け寄った。

「わ！　気がついたんですね、先生！」

「どうしたのかしら……わたし……」栄子先生は、ぼんやりとした視線を病室に巡らせながら、

「霧ケ峰さん……ここは、どこ？」

「病院ですよ、病院！　先生、判らないんですか！」

「駄目よ、霧ケ峰さん、彼女は気絶したまま運ばれてきたから、判らなくて当然だわ」

僕と千歳さんが早口で交わす会話を、栄子先生はうまく飲み込めない様子に見えた。

「……どうして病院に……わたしは、なぜベッドの上に……」

「あなたは事件に巻き込まれたんです。覚えてませんか、墜落事件のこと――」

千歳さんの言葉を聞いても、栄子先生の疑問は増すばかりのようだった。

「……そういう、あなたは、いったいどなた？」

「ああ、すみません。わたしは国分寺署の者で、烏山といいます」

「国分寺署の……刑事さん……ああ！」何事かを理解したような理性の光が、ようやく彼女の眸《ひとみ》に宿った。「では、事件の捜査で……」

「ええ、そうです。よかった。記憶にあるんですね、昨日の事件のこと。屋上から女子生徒が墜落した事件なんですが……」

「はあ……女子が墜落……それで、わたしは……」

「あなたはそのとき現場にいたんです。覚えていますか」

「現場に⁉　現場にわたしが……はッ」

その瞬間、栄子先生の表情に震え上がるような恐怖の感情が浮かび上がった。落下した女子生徒に押し潰された、そのときの恐怖がぶり返したのかと思った。だが、そうではなかった。栄子先生は激しく首を振り、大きな目を見開いて、震える口で訴えた。

「違います。それは違います！　現場にいたなんて、とんでもない。わたしはその時間、化学の準備室で八木君と一緒にいました。八木君に聞いてください。間違いありませんから！」

「……え⁉」

僕は思わず千歳さんと顔を見合わせた。栄子先生の発言の意味が理解できなかったからだ。千歳さんも怪訝な顔つきになって、考え込むように顎《あご》に手を当てた。

微妙な沈黙に包まれた病室。千歳さんは栄子先生の言葉を呪文《じゅもん》のように繰り返す。

「その時間、化学の準備室で八木君と……その時間……その時間……」

そして、女性刑事は初めて栄子先生を容疑者として鋭く睨み付け、静かに尋ねた。

「野田栄子さん、『その時間』とは、どの時間ですか？」

四

それからしばらくの後、僕は病院の中庭にあるベンチに座っていた。僕の見詰める前で、複数の警官たちが足早に病院の建物を出入する。祖師ケ谷警部の姿も見えるようだ。事件は急転直下、解決へと向かっているらしい。僕にはサッパリ意味が判らないのだが。

そんな僕に事情を説明するべく、女性刑事が中庭に現れたのは、お昼過ぎのことだった。刑事にも昼食タイムはあるらしい。あるいは昼食を食べられる程度に、事件は一段落したということか。千歳さんは僕の隣に座り、サンドイッチを片手にして、「まず、なにから知りたい？」と聞いてきた。僕は迷わず答える。

「結局、『その時間』とは、どの時間だったんですか？」

千歳さんは、「ああ、そのことね」とベンチの上で長い脚を組み、説明を開始した。

「さっきの病室でのやり取りを思い出してね。わたしは昨日の午後四時半に起こった墜落事件について野田栄子に話していた。彼女が午後四時半に現場にいて、落下してきた加藤美奈と衝突して気絶した。そのことを説明しようとしていたの。ところが、彼女はいきなりこういった。『違います。わたしはその時間、化学の準備室で八木君と一緒にいました』と。あれっ、と思ったでしょ」

「ええ、ずいぶん唐突な発言でしたね。先生が現場にいて事故に遭《あ》ったのは事実なのに」

「そうね。だけど、わたしたちは彼女の発言とよく似た内容の話を昨日聞いたはずよ。彼女と同じ教育実習生、八木広明の証言にあったわ。『僕と野田さんは化学の準備室にいて話をしていたんです』と。二人の証言は一致している。そして、八木広明の証言によれば、二人が化学準備室で話をしていたのは、『午後四時ごろ』だったはず。つまり、わたしが午後四時半の墜落事件の話をしているのに、野田栄子は午後四時の話をしているわけね。なぜ、彼女はこんな勘違いをしたのかしら？」

「さあ……なぜでしょうか」

「答えは簡単。野田栄子にとっての『その時間』は、午後四時なのよ」

「？」僕は訳が判らずキョトンとした。「墜落事件は午後四時半の出来事ですよ」

「霧ケ峰さんやわたしたちにとっては、そうね。だけど野田栄子にとっては、どうやらそうじゃないらしい。彼女が記憶している墜落事件は午後四時の出来事なのね。じゃあなぜ、わたしたちが四時半の出来事だと信じて疑わない墜落事件を、彼女だけが四時だと記憶しているのか。それは、加藤美奈が屋上から墜落した本当の時刻が午後四時だからではないか。そして野田栄子こそが加藤美奈を屋上から突き落とした真犯人なのではないか——それが、わたしの推理の出発点ってわけ」

「………」

犯人は野田栄子先生。ある程度は予想した結論だったが、やっぱり訳が判らない僕は、キツネに摘《つま》まれたように首を傾げる。

「えーと、それは、どういう意味なんでしょうか。栄子先生は墜落事件の巻き添えを食った被害者だったはずでは？」

「ところが、被害者と思われた彼女が、実は犯人だった。そういうパターンね」

「だって、加藤さんは栄子先生の頭の上に落ちてきたんですよ。これって、先生が犯人じゃないっていう、なによりの証拠じゃないですか。墜落が起こったとき、先生は屋上にはいなくて、地面の上に立っていた。これ以上完璧なアリバイはありません」

「そうね。実際、このわたしもついさっきまで野田栄子をこの事件の容疑者とは見なしていなかった。けれど、その思い込みが間違いの元だった。屋上から突き落とされた被害者が、真犯人の頭の上に落ちてくる、そんな奇跡もあり得るのよ」

そんな馬鹿な、と眉を顰《ひそ》める僕に、千歳さんは丁寧に説明した。

「順を追って事件を見ていくわね。まず昨日の放課後、犯人は加藤美奈を贋手紙で第二校舎の屋上に呼び出した。加藤美奈が屋上にやってきたとき、犯人は給水タンクの陰に身を隠していた。そして、犯人は隙を見て加藤美奈の背後に忍び寄り、そのまま一気に相手の身体を手すりの向こうに突き落とした。――これ、何時の出来事だと思う？」

「午後四時半、ですよね？」と、不安げに答える僕。

「うーん、まだ判っていないようね」千歳さんは、困ったわね、というようにこめかみのあたりを指で掻く。「あのね、霧ケ峰さん、これは午後四時の出来事なのよ」

「そんなことといったって、墜落が起こったのは午後四時半ですよ。加藤さんの身体が栄子先生を押し潰した直後に時計を見たから、間違いはありません」

「ええ、判ってるわ。加藤美奈の身体が地面に到着した時刻は、間違いなく四時半よ。でも、彼女が屋上から突き落とされた時刻は四時だったの。意味、判る？」

「判りません」と、僕は断固首を振る。「なんで、屋上から地上まで三十分もかかるんですか。そんな奇妙な墜落事件なんて、見たことも聞いたこともありません」

「確かにね。わたしだってべつに、加藤美奈が三十分もかけて空中をゆっくり落下していった、なんて思わない。当然、彼女の身体は三十分間、どこかに引っかかっていたはずだわ。屋上と地面の、その中間にね」

「え！　屋上と地面の中間——ええ!?」

僕は現場となった第二校舎付近の状況を思い描いた。窓のないのっぺりとした壁に、人の引っかかるような部分はない。だが、あの場所には大きな椎の木があって、見事な枝を広げていた。

ということは——

「ひょっとして、加藤さんは木の枝に引っかかっていた？」

「そういうことね」千歳さんはにっこりと微笑んだ。「もっとも、加藤美奈はそのときすでに木の枝で頭を打って気絶していたから、なにも覚えていないでしょうけど」

「………」

僕は意外な事実に愕然とした。屋上から突き落とされた加藤さんは、まっすぐ地面に落下したのではなかった。樹上でワンクッション置いて、三十分後に落ちてきたというのだ。

「犯人は——栄子先生は、そのことに気がついていたんでしょうか。自分が突き落とした相手が、木の枝に引っかかったことに」

「もちろん気付いていなかったはずよ。屋上から真下の地面は見えないし、椎の木の枝もてっぺん付近のものしか見えない。野田栄子は自分が突き落とした相手が、どこにどう落ちたかを自分の目で確認することはできなかった。しかし彼女は被害者の安否を確認するよりも、現場からの逃走を優先した。急いで非常階段を駆け下り、第二校舎を離れたのね。後は、地面に転がった加藤美奈の死体を誰かが発見してくれるだろうと信じて」

「ところが、誰も加藤さんの死体を発見してくれなかった」

「そう。加藤美奈は気絶した状態で木の枝に引っかかっているんだから、発見されないのも無理はないわ。だけど、そうとは知らない野田栄子は不思議に思ったはず。犯行から三十分近く経《た》っても誰も騒ぎ出さないし、救急車やパトカーのサイレンも聞こえてこない。不安に駆られた彼女は、意を決して現場の様子を見にいくことにした。その途中で彼女は霧ケ峰さん、あなたに偶然出くわしたのね」

僕のほうから先生の肩を叩いたのだ。びっくりした彼女の表情が印象的だった。

「野田栄子は『死体を偶然発見してびっくりする教育実習生』の役を、霧ケ峰さんの前で演じることにした。そのほうが自然に見えると思ったんでしょうね。なにも知らない霧ケ峰さんは野田栄子と一緒に第二校舎の脇を進んだ。そこで、彼女の口から『はッ』という叫び声が漏れたのだけれど――」

「そうでした。じゃあ、あれは栄子先生が何かを見つけた叫び声じゃなくて――」

「ええ、その逆よ。彼女の叫び声は、そこにあるべき死体を見つけることができなかった。その驚きの声だったのね。ただし、地面の上に何もなかったわけじゃない。死体はなかったけれど彼女はそこに小さな物体を発見した。加藤美奈の生徒手帳よ。野田栄子は思わずその手帳に歩み寄った。ところで、その手帳は、なぜその場所に落ちていたと思う?」

「加藤さんは木の枝に引っかかっていたんですよね。だったら手帳は、彼女の胸のポケットあたりから滑り落ちたんじゃないですか」

「たぶん、そうだと思う。ということは逆にいうなら、手帳の落ちていた場所の真上あたりには、枝に引っかかった状態の加藤美奈の姿があったはずよね」

「そうですね。あ、そうか、それで――」

その光景を思い描きながら思わず僕は指を鳴らす。千歳さんは小さく頷いた。

「そう。野田栄子は加藤美奈の生徒手帳に導かれるようにして、知らず知らずのうちに彼女の真下の位置に立ってしまった。そこに幸か不幸か強い風が吹き、椎の木の枝を揺らした。――昨日は風が強かったわよね?」

「はい。ナックルボールがよく落ちました」

「ナックルって、なんの話？　まあ、いいわ。とにかく現場には強風が吹いた。枝の上に辛うじて引っかかっていた加藤美奈の微妙なバランスが崩れる。そして、ついに二度目の落下。加藤美奈の身体は、野田栄子の上に落ちて、その身体を地面に押し潰した。まるで、狙いすましたかのようにね」

「…………」

そういうことだったのだ。栄子先生と加藤さんの衝突は単なる偶然ではなかった。二人が犯人と被害者の関係だからこそ、起こり得た出来事だったのだ。そして僕はこの女性刑事の言葉にいっさい嘘のなかったことを思い知った。確かに彼女のいったとおり、屋上から突き落とされた被害者が、真犯人の頭の上に落ちてくる、そんな奇跡もあり得るのだ。

そして、千歳さんは今回の事件の最大の謎——と、僕が勝手に思いこんでいた例の謎について、ようやく答えを出した。

「ここまでくれば、霧ケ峰さんがいっていた屋上密室の謎については、もう解けたも同然ね。午後四時半に墜落してきた加藤美奈を見て、あなたはすぐさま屋上に犯人の姿を捜した。しかし、そこには誰もいなかった。だけど、これは当然のこと。実際の犯行は、その三十分前に終わっていたんだから、屋上に誰もいるわけがない。これで納得してもらえるかしら、霧ケ峰さん」

確かに屋上密室の謎は完璧に解けた。納得だ。だが、なんだろうか、この徒労感と屈辱感は。結局、屋上密室の謎にこだわっていた僕は、ひとりカラ回りしていた気がする。

そんな僕を慰めるように、千歳さんは明るく僕の肩を叩く。

「霧ケ峰さんは現場を目の当たりにした分、真相から遠ざかってしまったのよ。誰だってあの状況を見れば、加藤美奈が屋上から墜落したと早合点するわ。校舎の屋上から飛び降りる女子高生はいても、木の上から落っこちてくる女子高生なんて、滅多にいないものね」

その滅多にないような現象を、アッサリ見抜いたこの刑事さんは偉いと思う。

犯人が明らかになり屋上密室の謎も解けた。残るは動機の問題だが、それについて千歳さんは「いまはまだ、想像の段階だけれど」と前置きしてから、こう語った。

「野田栄子のたったひとりの妹がこの春に自殺したって話はしたわよね。あなたが想像したとおり、実は飛び降り自殺だったの。生きていれば高校一年生だったはず。でも、その妹さんは中学時代の後半はずっと不登校だったらしいのね。そのことと、加藤美奈に対する殺意とは、なんらかの関連があるのかもしれない。二人は同じ中学に通っていたらしいから」

おそらく、その見立ては正しい。僕は奈緒ちゃんから聞いた噂話を目の前の女性刑事に語りたい衝動に駆られたが、結局やめておくことにした。それは犯人である野田栄子先生の口から直接語られればいい話だ。

さて、これでもう、すべての謎は明らかになっただろうか。あたりを点検するような気持ちで事件を反芻《はんすう》する僕。すると、ひとつ意外に大きな見落としがあることに気がついた。

「あれ⁉　ちょっと待ってください、千歳さん。屋上での犯行時刻は午後四時なんですよね。だったら、昨日の八木先生の証言。あれは、なんですか。午後四時に化学準備室で栄子先生とお喋りしていたという例の証言は」

「ああ、あれね。あれはもちろん野田栄子と八木広明がでっちあげた作り話よ。二人で口裏を合わせただけの、安直な贋アリバイ。つまり、八木広明は今回の事件の共犯者ってわけ。いまごろ、彼のもとにも捜査員が向かっているはずよ」

「な、なんですって！」僕の声が思わず裏返った。「ふ、二人はデキていたんですか！」

「驚くポイント、そこ⁉」落ち着いて、というように彼女は僕の肩をぽんと叩く。「八木広明が彼女に協力した理由は、調べてみないと判らないわ。もちろん、二人がデキていた可能性もなくはないけど。――そんなことより、これって皮肉な話だと思わない？」

「皮肉⁉　なにがです？」

「だって、あなたがいったとおり、野田栄子には完璧なアリバイがあったのよ。被害者が墜落してくるとき、まさにその真下にいたという、ちょっと考えられないような難攻不落のアリバイがね」

「あ、そっか。二人のでっちあげた贋アリバイは、まったくの無駄だった！」

「無駄どころか、完全な蛇足だったわね。こっちは、お陰で助かったけれど」

「助かったって、どういうことです？」

「さっきの病室での会話を、もう一度思い出してね。墜落事件の話をしながら、わたしは野田栄子に向かって、『あなたはそのとき現場にいたんです。覚えていますか』って聞いた。そのとき、彼女が急に恐怖に震え上がったのを見たでしょ」

「ええ、確かに見ました。そうそう、あれはいったいなんだったんですか？」

あのとき、栄子先生はいったいなにに恐怖を感じたのか。千歳さんは最後の謎を解いた。

「あれは『現場』という言葉の捉《とら》え方の違いだと思うの。わたしは野田栄子のことを墜落事件の巻き添えを食った被害者だと思っている。だから『現場』という言葉を、墜落事件の被害者にとっての現場、すなわち地上の意味で使った。しかし犯人である彼女はそれを犯人にとっての現場、すなわち屋上という意味で理解した。つまり、『あなたはそのとき現場にいたんです』というわたしの言葉を、『あなたは午後四時に屋上にいたんです』という意味に変換して彼女は聞いた。どう、この台詞《せりふ》？　真犯人ならぞっとする台詞でしょ」

「ああ、確かに！」

午後四時の屋上。それはまさしく犯行時刻と犯行現場だ。

「栄子先生は、自分が刑事から疑われているような、アリバイ調べを受けているような、そんな錯覚に陥ったんですね」

「おそらく、そうね。それで彼女は震え上がった。そして、記憶の中にあった贋のアリバイを反射的に口にした。『その時間、化学の準備室で八木君と一緒にいました』ってね。彼女にはもうすでに完璧なアリバイがあって、誰も彼女のことを疑っていないのに!」

謎解きを終えた千歳さんは、大きく両手を広げて、どう思う? というような身振り。

「うーん、そうか――」

僕は思わず唸った。眠っている間、完璧なアリバイに守られていた真犯人は、目覚めた途端、安っぽい贋アリバイを口にしてしまい、墓穴を掘ったわけだ。

なるほど、これは皮肉な事件だと、僕は溜め息を吐くしかなかった。

霧ケ峰涼の絶叫

一

足立駿介《あだちしゅんすけ》は鯉ケ窪学園の陸上部に所属する男子。幼少のころより身体能力に優れる彼は、聞かれもしないのに、「俺、ガキのころ、徒競走で負けたことは一度もなかったぜ」と真顔で豪語するツワモノだ。そのわりに「僕、昔、彼と駆けっこして勝ったけど」と小声で呟《つぶや》く関係者も数多いのだが、真相は藪《やぶ》の中――。いや、高校の陸上部に入った途端、彼が短距離走を捨て、走り幅跳びに鞍《くら》替えしたところを見ると、もともと傑出したランナーではなかったのだろう。

ちなみに高校二年生になった最近の彼は、もっぱら「ガキのころ、走り幅跳びで負けたことは一度もなかったぜ」と豪語しているらしい。まあ、走り幅跳びで対決するガキは滅多にいないから、この自慢話は当分有効だろう。彼はいい種目を見つけたものだ。

ところで、そんな彼が所属する男子陸上部に激震が走ったのは、この五月。数少ない三年生たちが受験のために相次いで部活を辞めてしまったのだ。二年生の誰かが部長の重責を背負わなくてはならない非常事態。緊急の会議では、

「大平《おおひら》やれよ」「いや小仏《こぼとけ》やれよ」「いや大平が」「いや小仏が」

麗《うるわ》しい謙譲の美徳と醜《みにく》い責任逃れが場の空気を支配した。と、その間隙を突くように一本の手が高々と掲げられた。

「判った、この俺がやってやるぜ」

いうまでもなく足立駿介である。なああだった場の空気が一瞬で凍りついたことは想像に難

くない。結局その日、足立駿介は無投票にて新部長となり、翌日には大平と小仏の二人が無言のまま陸上部を去っていった。

そんな足立駿介が突然の悲劇に見舞われたのは、九月下旬のとある木曜日のこと。場所は彼の庭とも呼ぶべき空間――すなわち校庭の片隅にある砂場だった。


さて、その悲劇の顚末は、偶然事件と関わることになった僕自身の体験を交えて語るのがいいだろう。ちなみに僕こと霧ケ峰涼は名前のせいで男の子もしくは家電製品みたいな奴に思われがちだけど、その実態はごくごく普通の十六歳の女の子。決め球は胸元を抉《えぐ》る剛速球とハートを直撃する明るい笑顔、てね――ま、そんなことはどうでもいいか。

ともかく平凡な高校二年生である僕は、普段は遅刻寸前に教室に駆け込むのが日常。だが、その日に限って午前七時半というあり得ない時刻に学園の門をくぐった。来週に控えたクラスマッチ、その早朝練習のためだ。種目はバスケ。体育館にはもうすでにクラスメイトたちが集まり始めているはずだ。

「急がなくちゃ」小走りに体育館へ向かおうとする僕を、聞き覚えのある声が呼び止めた。

「あれ、涼ちゃん、おはよう。――でも、なんでこんな時間に？」

クラスメイトの宮下綾乃《みやしたあやの》ちゃんだった。黒髪のロングヘアーを頭の後ろで束ねた女の子。日焼けした肌に橙色《だいだい》のランニングシャツが鮮やかだ。黒の短パンから伸びた脚は驚くほど長い。見た目が示すとおり綾乃ちゃんは女子陸上部員。そんな彼女は体育館を目指す僕に向かって、気の毒そうな顔で衝撃のひと言を放った。

「バスケの練習なら、明日だよ」

「え！」目の前で巨大なものがガラガラと音を立てて崩れていく。「そ、そーだったっけ」

綾乃ちゃんがまっすぐ頷く。どうやら、迂闊《うかつ》な僕は日にちを間違えたらしい。

「ま、まあ、遅刻するよりはマシだよ」綾乃ちゃんは慰《なぐさ》めるようにいうと、踵を返して校庭のほうを向いた。「それじゃ、あたし陸上部の朝練があるから」

綾乃ちゃんは気まずい空気を払うように片手を振ると、僕の前から走り去った。惚《ほ》れ惚《ぼ》れするようなスピード感溢れるフォームだ。

そのとき彼女の背中を追い越すように、上空を一機のヘリコプターが通り過ぎた。


こうして結果的に早く登校しすぎた僕は、やることがない。教室には誰もいないだろうし、図書室はまだ開いていない。途方に暮れる僕は、ぼんやりと校舎の玄関付近にある花壇の端に腰を下ろした。

すると数分後、校庭のほうから校舎に向かって猛然と駆けてくる人の姿を発見。背筋の伸びた綺麗なフォームは、遠目からでも綾乃ちゃんだと判る。脇目も振らず花壇の前を通り過ぎようとする彼女を、僕は咄嗟に呼び止めた。「綾乃ちゃん！」

瞬間、彼女はランニングシューズから「キーッッ」というブレーキ音が聞こえそうなぐらいの急停止。僕のほうを向くと息を弾ませながら、「あ、涼ちゃん、ちょうどよかった！」

彼女は問答無用で僕の手を取ると、校庭のほうにぐいぐいと引っ張って、

「足立君が大変なの、あたしひとりじゃ無理、手伝って！」

僕は引っ張られるままに校庭へと進みながら、「え、足立君って、アノ足立君？」

「そうよ、ソノ足立君よ。足立駿介。新時代のスーパーヒーロー、十年にひとりの超新星、鯉ケ窪学園の陸の王者――って全部自分でいってる、アノ足立君よ」

「………」足立駿介、キャッチフレーズが多い。「で、彼になにがあったの？」

「砂場で倒れてるの。命に別状はないけど、頭に怪我してる。誰かに殴《なぐ》られたんだって。出血はないけど、ひとりじゃ動けないみたい。保健室に運ぶの手伝って！」

早朝から事件発生。怪我した彼には悪いけど、これで退屈せずに済む。さっそく僕らは事件の現場となった砂場に駆けつけた。

砂場は校庭の隅にある。まあ、校庭の真ん中に砂場がある学校は、全国どこを捜したってないと思うから、要するにうちの砂場は普通だ。サイズは縦が八メートル横が四メートルと結構広い。通常、体育の授業で使われる以外は、陸上部が幅跳びや三段跳びの練習に使うか、あるいは暇な生徒が落とし穴を掘って遊ぶか、そのような使われ方が主流である。

そんな砂場のほぼ中央にひとりの男子がうつ伏せで倒れていた。真っ赤なランニングシャツに真っ赤な短パン。間違いない。赤い彗星《すいせい》だ。いや、足立駿介だ。

「足立君！」名前を呼びながら砂場に入ろうとする綾乃ちゃんを、僕は咄嗟に押し留《とど》めた。

「待って、綾乃ちゃん！」僕は砂場の縁に立ち、慎重に砂の状態を確認した。「そういえば昨日の夜に雨が降ったよね。僅《わず》かな雨だったから校庭の土はもう乾いている。だけど砂場の砂はまだ湿っている。人が歩けば足跡が残る状態だよね。足跡は二つあるみたい。ひとつは長方形の砂場を縦に進んで、そのまま倒れた足立君の足元まで続いている。あれは間違いなく足立君の足跡だよね」

「ええ、確かに足立君の足跡みたい……」

「待って。もうひとつの足跡は、砂場を横切る恰好で足立君のところまで進み、それからUの字を描くようにして、また砂場の外に続いている。こっちは綾乃ちゃんの足跡？」

「そう、あたしがさっき残した足跡だけど……そんなことより」

「ふーむ」僕はなんだか奇妙な胸騒ぎを感じて黙り込んだ。この状況は変じゃないだろうか。いや、変じゃないか。いやいや、変だろ。いやいやいや、やっぱり変じゃないか……

唸りながら考え込む僕の隣で、綾乃ちゃんがおどおどした声で訴えた。「あ、あのさ、涼ちゃん、もうそろそろ足立君、助けてあげない？　万が一ってこともあるし、ね？」

「え⁉　ああ、それもそっか」ごめんごめん、と頭を掻きながら、僕は自ら進んで砂場に足を踏み入れた。横たわった男子に駆け寄りながら、「うわあ！　どーしたの足立君、しっかりして！　いますぐ保健室に運ん――」

「遅いんじゃ、おまえらぁーッ！　ごちゃごちゃいうまえに助けろやぁーッ！」

足立駿介は突如砂の上からむっくり起き上がって、拳を振り回しながら不満を叫んだ。なんだ結構元気そうじゃん。心配して損した。だが、そう思った瞬間、彼は再び力尽きたようにヘナヘナと砂上に崩れ落ちた。

「すまん……やっぱ保健室まで頼む……頭を殴られて……力が出ねえぜ……」

二

仕方がないので、僕らは足立駿介を保健室に運んだ。両脇を二人の美少女に抱えられながらヨタヨタ歩く彼は、一見辛《つら》そうに見えて、でもちょっと嬉しそう。保健室では美人校医の真田《さなだ》先生に応急処置を受けデレデレと頬《ほお》を弛ませる。手当てを受けた後は、真剣な顔で鏡を見ながら、頭に巻かれた包帯の恰好いい角度を捜している。基本、足立駿介は判りやすい男である。

そんな彼の様子を男子陸上部の顧問、ジャージ姿の門脇《かどわき》先生三十六歳が苦い顔で見詰めている。門脇先生は「足立駿介死す」の怪情報を耳にして大喜びで——いや大慌てで保健室に駆けつけたのだ。

「で、さっそく聞きたい。いったいなにがあったんだ、足立。状況を詳しく話せ」

門脇先生の問いに答えて、足立駿介は鏡を見たまま口を開いた。

「今朝の俺は朝練のために普段よりも早く登校した。日曜日の多摩《たま》地区大会を控えて一本でも多く練習したかったんだ。部室で着替えた俺は、さっそく俺のステージへと向かった。ステージに足を踏み入れた俺は、まっすぐステージの中央まで進んで、それから——」

「待って」いちおう確認しておこう。「『ステージ』ってなに？　ひょっとして砂場？」

「砂場っていうな！」足立駿介は抗議する目で僕を睨んだ。「砂場っていうのは公園にあるガキの遊び場。校庭にあるアレは俺のステージだ！　男同士の戦いの舞台だぜ！」

ちなみに砂場に続く助走路のことは『花道』と呼ぶらしい（こいつ本物の陸上馬鹿だぜ！）。

「話を戻すぞ。といっても、俺が正確に記憶しているのはステージの中央に進んだところまでだ。その後のことは、正直いって曖昧《あいまい》だ。後頭部にガツンという衝撃を受けて、目の前に火花が散ったような気がする。硬いもので殴られた感じだ。で、急に前が暗くなったっけ。それから、どれぐらい時間が経ったか判らない。ふいに誰かが俺の名前を呼んでいる気がして意識が戻った。目を開けると宮下綾乃がいて、心配そうに俺を抱いていた――」

「抱いてない抱いてない！　抱くわけないだろ、この馬鹿ぁ！」綾乃ちゃんは彼女らしからぬ口調で、彼の言葉を全力で打ち消した。「肩のあたりを揺すっただけだろ！　誤解を招くようなこというなっての！」

どうやら足立駿介の妄言よりも彼女の話のほうが信憑性が高そうだ。僕は彼女に聞いた。

「綾乃ちゃんが足立君を発見したのは、どういう状況だったの？」

「えと、あたしは涼ちゃんと別れてから、まっすぐ校庭に向かったの。軽いウォーミングアップのつもりで走っていたら、砂場――じゃなかったステージ？」

「砂場でいいぞ、宮下」咳払いをしながら門脇先生が断言。「あれは正真正銘の砂場だ」

「砂場で誰かがうつ伏せに倒れているのを見つけたの。駆け寄って近くで見たら足立君だった。肩を揺すって呼びかけたら、彼はすぐに目を覚ました。『どうしたの？』って聞いたら、『誰かに後ろから殴られた』って。見たら、頭にコブができてた。それであたし、迂闊《うかつ》に動かさないほうがいいと思ったから彼には『そのまま寝てたほうがいいよ』っていって、それから人を呼びにいったの――」

「それで、校舎に引き返してきて僕と一緒になったって流れだね。なるほど」

綾乃ちゃんの話に不自然な点は見当たらない。足立駿介の話も誇張された部分はあるにせよ、いちおうの事実を伝えているはずだ。だが、そうなるとやはりあの現場の状況は不自然ではないだろうか。足跡の数が、ひとつ足りないような気がするのだ。

もし誰かが足立駿介の背後から忍び寄って、その後頭部を硬いもので殴ったとする。現場は湿った砂の上なのだから、当然、砂場には犯人の足跡が残る。だが僕の見る限り、現場に犯人のものと思《おぼ》しき足跡はなかった。犯人は広い砂場の中央で、自分の足跡を残すことなく、どうやって彼を殴ることができたのか。これは謎だ。

もっとも、現時点でこの謎に注目しているのは僕だけらしい。僕はいったん謎を保留にして、門脇先生を保健室の隅っこに手招きした。耳打ちするような小声で質問する。

「先生、男子陸上部で足立君に殺意を抱くような人って、心当たりありませんか」

「はは、馬鹿なことを。我が陸上部に足立駿介を殺したいほど憎んでいる奴なんて、ひとりもいない」胸を張って断言した先生は、しかしすぐに僕より小さな声になって、「だがまあ、『アイツ気にいらねえ、いつか一発ぶん殴ってやる』と、その程度に憎んでいる奴は、確かにいるな。二十人ぐらい、いる」

二十人。結構多いじゃないか。

「ちなみに男子陸上部の部員数は？」

「二十一人だ」

なるほど。では被害者本人を除く部員全員が容疑者か。これは手強《てごわ》い事件になりそうだ。

そんなことを考えながら僕は保健室の中央に戻る。そこでは足立駿介が舌なめずりするような表情で僕らを待ち構えていた。

「へへ、全部聞こえてたぜ、先生たちの話――」

一瞬、僕らは顔を見合わせる。その様子を眺めながら彼は続けた。

「アイツぶん殴ってやる――俺のことをそう思っている奴は確かにいる。ならば話は簡単だ。そいつらの誰かが、その願望を実行に移しただけの話。すなわち容疑者は二人だ！」

「え、二人⁉」二十人って話をしてたんだけど、十分の一しか聞いてなかったの？

「おい待て。二人って、誰のことをいってるんだ？」門脇先生が尋ねると、

「決まってるだろ。俺が部長に選ばれた途端、なにが不満か知らないが、陸上部を出ていったあの腰抜け二人組だ。名前は三日で忘れちまったけどな」

「どういう記憶力だ、おまえ」門脇先生は呆れ顔で、「大平と小仏だろ。だが、あの二人がそんな卑怯《ひきょう》な真似をするとは思えん」

「そういう奴が危ないのさ」そういって、足立駿介は唐突に僕のほうを向いた。「ところで霧ケ峰、小耳に挟んだんだが、おまえ探偵部なんだってな。しかも肩書きは副部長――」

瞬間どきり、と僕の胸が高鳴った。確かに彼のいうとおり、僕こと霧ケ峰涼は鯉ケ窪学園探偵部所属である。探偵部とは探偵小説研究部などという軟弱な部活動の意味ではなく、学園で起こる奇怪な現象に自ら首を突っ込み、探偵として事件を解決に導くことを旨とする、実践的な部活動。要するに素人探偵たちの集まりだ。そんな中、僕は副部長の重責を担っている。実際、解決に関わった事件も、ひとつや二つではない。

「だったらちょうどいい。探偵部副部長の力量を見込んで、男子陸上部の部長である足立駿介か

ら、ひとつ依頼したいことがある」

「え、ちょっと待って」僕は急な展開にうろたえた。「いきなりそんな——」

「いいだろ。これもなにかの縁だし、実際おまえがいちばん適任だ。な、このとおりだ」

このとおり、というほどには頭を下げないまま、彼は僕に依頼した。「頼む、霧ケ峰。今回の事件のワトソン役になってくれ！」

「いやいや、だから僕は探偵っていっても素人なわけで……は⁉　ワトソン役ぅ⁉」

目の前で頷く足立駿介。僕はしばし呆気《あっけ》に取られて言葉を失った。探偵役を頼まれることは想定できても、ワトソン役は想定の範囲外だ。そもそもワトソン役って、他人に依頼するような役なのか。いや、その前に確認すべき重要事項がひとつ。僕は恐る恐る目の前の彼に尋ねた。

「あのー、ワトソン役が僕だとすると、探偵役はいったい——誰よ？」

彼はその問いを予想していたのだろう。迷わず右手を持ち上げると、親指の先を自分の左胸に三度押し当てながらいった。

「探偵役なら目の前に・い・る・ぜ！」

三

そして放課後。僕は校庭の砂場で彼を待った。彼、すなわち今朝から探偵役となった足立駿介のことだ。彼は赤いランニングシャツの上に赤いジャージを羽織った恰好で、ツツジの植え込みの陰から悠然と姿を現した。包帯の角度は斜め十五度で落ち着いたらしい。

「さてと、『新時代のスーパーヒーロー』足立駿介と『ボクっ娘ワトソン』霧ケ峰涼の新世紀探偵コンビが、いよいよ活動開始だ。まずは事件の謎ってやつを聞かせてもらおうか」

「ボクっ娘ワトソ……ン⁉」変なキャッチフレーズの巻き添えは勘弁してほしい。

僕は苦い顔をしながら、例の足跡にまつわる不思議を話して聞かせた。三十分もかかって、ようやく謎の本質を理解した足立駿介は、考える時間一分でいきなり結論に達した。

「よし判った。犯人は宮下綾乃だ！」

「………」この三十一分探偵め。もう少し真剣に考えろ。「確かに、砂場に残っていた足跡は足立君のと綾乃ちゃんのだけ。足立君が被害者なら、綾乃ちゃんが犯人っていう考えは普通だね。でも今回の事件では、それはないと思うよ。足跡の方向が違うから」

「足跡の方向って、なんのことだ？」

「犯人は足立君の背後から忍び寄って、砂場の中央でいきなり襲撃した。だとすれば、犯人の足跡は足立君の足跡に沿うように、この縦長の砂場に対して縦方向の足跡が残るはず。でも綾乃ちゃんの足跡はそうじゃない。彼女の足跡は、足立君の歩く縦方向に対して直角に交わるように横から伸びていた。もし綾乃ちゃんが犯人なら、彼女は足立君に横から接近していって後頭部を殴ったことになる。そんなことしたら足立君だって綾乃ちゃんの姿に気がつくはずだよね。彼女がそんな馬鹿な真似すると思う？　しかもその直後に第一発見者のフリをするなんて……」

「ま、あり得ないな」すべてお見通しとばかりに彼は頷いた。「そもそも宮下綾乃には俺を殴る理由がない。俺は男子には嫉妬や逆恨みを受けやすいが、基本、女子には評判がいい」

けっしてそんなことはないのだが訂正していたらキリがない。

「で、どうするの？」

「結局、最初の考えに戻るだけだ。例の腰抜け、大平と小仏だ。あいつらを問い詰めてみるのが先決だな。ちなみにあの二人、いまじゃ弱小野球部にもぐりこんで立派に補欠を務めているんだとよ。いい気なもんだ」

そういって彼は憎らしげに校庭の対角線上を睨んだ。じめじめした砂場から最も遠い位置にある、日の当たる場所が野球部のグラウンドだ。

「――さっそく乗り込んでやるぜ」


今年の夏は猛暑で、九月といえども残暑は厳しい。だが我らが弱小野球部の夏は例年どおり七月の西東京大会一回戦で終了。二ヶ月経って夏の熱気はもはやない。新チームはいまだ明確な目標さえ定まらないまま、惰性でプレーを続けていた。バックネット裏で練習風景を眺めていた足立駿介は、「相変わらず下手《へた》だな」と珍しく僕と同じ感想を口にした。

「さてと、それじゃあ、新チームのキャプテンに御挨拶《あいさつ》しておくか」

足立駿介はバックネット裏を離れると大股で歩きだす。ぐっと胸を反らし肩で風を切りながらグラウンドに現れた超新星に対して、野球部員たちは異星人を見るような視線を送る。緊迫した雰囲気の中、足立駿介は悠々と歩を進めていった。

そのときバッターボックスで響く金属バットの快音。高々と舞い上がった打球に気を取られた足立駿介は、足元に転がった硬球を右足で踏んで足首を「――ぐぎッ」。さらにバランスを崩して、後ろ向きに「――ばたッ」。大の字になって転倒した。

緊迫した雰囲気は一瞬で吹き飛び、野球部員たちがいっせいに下を向く。笑いを堪《こら》えているのだ。僕はといえば、咄嗟に後ろを向き、息を止めながら両手で膝《ひざ》小僧をバシバシ叩いて——喜んだ。そりゃあ、喜ぶだろ、普通。

「くっそ、なんでこんなところにボールが転がってんだ！」足立駿介は八つ当たりするように硬球を地面に叩きつけて、「おい、そこの一年生、新キャプテンに伝えろ。陸上部の超新星がお出ましだってな」

命令された一年生はすぐさま駆け出し、ダッグアウトで笑い転げている二年生に駆け寄り、なにかを伝えた。口の動きを見る限りでは、『超新星が……』とはいわずに『変な人がきてますよ』と伝えたようだ。

二年生の新キャプテンは守りの要、正捕手の江藤憲次《えとうけんじ》だ。彼は二度三度頷き、目尻を指先で拭いながらダッグアウトから小走りに登場。親しげに男子陸上部部長の肩を叩きながら、

「よ、よお、新時代のスーパーヒー、ヒッヒッヒーロー、う、うふ、噂は聞いたぜ、今朝は酷い目に遭《あ》ったんだってなはっ、で、いっいったいなんのっ、なんの用だはっ！」

「笑うか喋るか、どっちかにしろ、てめえ」足立駿介は目を釣り上げて江藤憲次に詰め寄った。「だいたいボールの始末がなってねえぜ。玉拾いは一年生の仕事だろ。後輩の教育が甘いんじゃねえのか、野球部。うちなら、こんなヘマする一年生には容赦なしだぜ」

「はん、陸上部にいわれる筋合いはない。ま、確かに野球部は陸上部と違って、誰かがミスしたからって『連帯責任で校庭三十周！』——なんて馬鹿なお仕置きはしないがな」

「お仕置きじゃねえ。陸上部ならそれぐらいは当然の訓練だ。ふふん、もっとも同じ訓練を野球

部にやらせたら、部員が半分になっちまうだろうがな」

「なんだと、てめえ！」「やんのか、おら！」「表に出ろい！」「もう出てんだろ！」

砂場の番長とホームベースの番人が、見えない角を突き合わせる。だが、二人のユーモア溢れる睨み合いは数秒で終わった。

「まあいい。おまえが無茶してくれるお陰で、うちの部員が少し増えた。ありがとよ」

野球部キャプテンが皮肉たっぷりに背中を向けると、男子陸上部部長は思い出したように、

「そう、そのことだ。うちから移った『腰抜け二丁拳銃』はどこだ。奴らに話がある」

「彼らなら、あそこだ――ああ、でもいまはまだ話せる状態じゃないな」

キャプテン江藤が外野の一角を指で示す。そこでは玉拾いの一年生に混じって、二年生の二人組が身をよじるようにしながら延々と爆笑を続けていた。足立駿介の転倒は、彼らにとって痛快極まる出来事だったらしい。


キャプテン江藤に呼ばれて、外野から二人の男子が駆けてくる。片や、ひょろりと背が高くなで肩の男子。片や、背は低いながら筋肉質の体型をした男子だ。足立駿介は二人の姿を指差しながら僕に説明した。

「大きいほうが大平で、小さいほうが小仏だ。陸上部時代の得意種目は、大平が長距離走、小仏が棒高跳びだった。ま、得意種目といったって、もし俺が本気でやっていれば、奴らは俺の足元にも及ばなかったろうがな。どうだ、霧ケ峰、見るからに三日で忘れちまいそうな、なんとも華のない二人だろ」

「確かに華はないけれど……」でも、大きい大平君と小さい小仏君は三日ぐらいじゃ忘れない名前だと思う。「少なくとも、悪い人たちには見えないね。本当にあれが容疑者？」

やがてダッグアウトに到着した二人は、警戒心を剥《む》き出しにして仇敵《きゅうてき》と対峙《たいじ》した。

「なんの用だ、足立。俺たちはもう、おまえと話すことはないぞ」大平君がいえば、

「そうだそうだ」と小仏君も腕組みして頷く。「正直、顔も見たくない。帰れ帰れ」

「そっちに用がなくても、こっちには大アリなんだよ」そういって足立駿介は頭の包帯を指差しながら単刀直入に切り出した。「俺が今朝、砂場で傷害事件に遭ったたって話、おまえらの耳にも届いてるよな。そこで聞きたい。俺が暴漢に襲われたとき、おまえらはどこでなにをしていた？さあ、答えろ」

「…………」「…………」

二人の容疑者はキョトンとして顔を見合わせた。無理もない。この質問に即答できたら、そいつこそ間違いなく犯人だ。僕はゴホンと咳払いをして、横から口を挟む。

「あのさあ、足立君。アリバイ調べはいいと思うんだけど、いまの質問は零点だよ。だって足立君が何時何分に暴漢に襲われたのか、彼らはそれを知らないんだから。いくら聞かれたってアリバイの示しようがないよ」

「そうだ、霧ケ峰のいうとおり、答えようがない」と大平君が頷けば、

「やい足立」と小仏君が意地悪な質問。「犯行時刻は何時何分何秒だ。いってみろよ」

「な、なんだと、くそ！」思わぬ窮地に素人探偵の顔が歪む。「んなことといっても、俺だって殴られた正確な時刻なんて知るかよ。時計見ながら歩いていたわけじゃねえし。だがまあ、だいた

い七時半ごろだ。それは間違いない。それから、そう、ヘリコプター！」

「ヘリコプター⁉　ああ、そういや今朝、飛んでたね。僕も見たよ」

「俺が殴られたとき、ちょうど学園の上空をヘリが飛んでたんだ。うん、間違いない。ヘリが俺の頭上を通過しようとするその瞬間、俺は頭を殴られて気を失ったんだ。すなわち、この校庭にヘリの爆音が響き渡っていた時間帯が、まさしく犯行時刻ってわけだ」

へえ、にわか探偵にしてはマトモな見解だ。これでアリバイ調べはぐっとやりやすくなった。

足立駿介は手ごたえを感じた様子で、あらためて二人の容疑者に向き直った。

「今朝、ヘリが飛んでいた時間、おまえたちはどこでなにしてた？　朝練の最中か？」

すると二人は一瞬目配《めくば》せするように視線を合わせ、揃って同じ答えを口にした。

「ヘリの音なら、俺たち二人とも野球部の部室の中で聞いた。ミーティング中だったんだ」

「そうだ。新キャプテンはミーティングを重視するからな。今朝もそうだった」

大平と小仏、二人が堂々と示したのは、まさに鉄壁のアリバイだった。それを耳にした足立駿介は、「マジかよ……」と信じられない様子で呟くと、すぐさま背後にいた新キャプテンに確認した。「おい江藤、いまの話は本当か⁉　おまえって、そんなにミーティングが好きなのか⁉　嘘だろ、信じられんな……おまえがデータ野球かよ！」

「んなこと、俺の勝手だろ！　ていうか、おまえが聞きたいのは、それか！　それなのか！」

「い、いや違うような気が……ええと、なんだっけ、ワトソン君……」

出来損ないシャーロックは急に頭の傷が痛みだしたかのように、包帯を押さえながら僕に助けを求める。僕はイライラしながら、江藤憲次に二つのことを確認した。

「今朝のミーティングのとき、キャプテンもヘリの音を聞いた？　それから大平君と小仏君は、間違いなくそこに出席してた？」

「それなら間違いはない。ヘリが飛んでいたのはミーティングの最中だったし、その場に大平と小仏もいた。ミーティング中に部室を出ていく奴も入ってくる奴もいなかった」

きっぱりと断言したキャプテン江藤は、うんざりしたような顔を男子陸上部の部長に向けた。

「おい足立、もうこれでいいだろ。大平も小仏もおまえの事件とは無関係だ。おまえと彼らの因縁は俺も知ってる。だが、彼らはおまえを背後から殴ったりしない。殴るなら真正面から正々堂々二人がかりでぶん殴る。そういう気のいい連中だ。な、そうだろ？」

「ああ、確かにおまえのいうとおりかもな」

正々堂々二人がかりって——君たち、酷いいわれようだけど、怒らなくていいの？

僕が二人に目で尋ねると、大平君と小仏君は「仕方ない」というように肩をすくめた。

四

結局、砂場における足立駿介襲撃事件に進展のないまま、日曜日になった。多摩地区の高校陸上部による競技大会、通称「多摩陸」の日である。そもそも足立駿介は、この大会を目指して朝練に励《はげ》もうとしたところで、例の事件に遭遇したのだ。とすると砂場の事件は、今回の多摩陸となんらかの関係があるのかもしれない。例えば、ライバル校の嫌がらせの可能性。同じチーム内での選手同士の軋轢《あつれき》。往々にしてスポーツを巡る事件にはスポーツマンシップの対極にあるドロドロした人間関係が影を落すものだ。

　というわけで僕は、大会会場である立川《たちかわ》市の陸上競技場を訪れた。砂場の事件を解決する鍵は案外、多摩陸の会場に転がっているかもしれない。そんな予感がしたからだ。

　競技場の周辺には、観客と応援団、選手や関係者が溢れて、なかなかの混雑振りだ。そんな中、色とりどりのユニフォームやジャージに混じって、ひと際目立つ赤い移動物体を発見。足立駿介だ。真っ赤なジャージの上下に、真っ赤なキャップを被った彼は、僕の姿を認めるなり、嬉しそうに片手を挙げて、「よお霧ケ峰、応援にきてくれたのか」と、彼特有の勘違い。

「ううん、全然そんなんじゃないよ」僕が首を振ると、

「そうか、ありがとな、俺、絶対優勝するぜ」と、まるでこっちの言葉は通じていなかった。

　話にならないので、僕は彼を置き去りにしてひとり観客席へ。そこには鯉ケ窪学園の男子陸上部の面々がひと塊になって、代表選手たちに声援を送っていた。むくつけき集団から少し離れた席には、宮下綾乃ちゃん他十数名の女子の姿も見える。こちらは女子陸上部員だ。僕はジャージ姿の綾乃ちゃんの隣に陣取って、一緒に声援を送った。

　男子四百メートル決勝。鯉ケ窪学園二年木崎《きざき》君と龍ケ崎高校一年前田《まえだ》君の壮絶な七位八位争いに決着がついた直後、綾乃ちゃんが暇つぶしのように聞いてきた。

「ところで涼ちゃん、例の砂場の事件は、あれからなにか判ったの？」

「ううん、進展なし。判ったことといえば、足立君に探偵としての素質がゼロだってことぐらいだね。部活を辞めてった二人組を疑ってたんだけど、それも空振りだったし」

　そして、僕はいまさらではあるけれど、綾乃ちゃんに今回の事件における最大の謎について語

って聞かせた。例の足跡の問題だ。綾乃ちゃんは真剣な面持ちで話を聞き終わると、

「要するに湿った砂の上に犯人の足跡がないのが問題なのね」といって、彼女なりの見解を披露した。「それって、つまり足立君は飛び道具でやられたってことじゃないかしら」

「足立君が銃で撃たれたってこと⁉」

「だったら死んでる」と綾乃ちゃんは冷静に否定。「そうじゃなくて、例えば砂場の外から重たい石をぶつけられた、とかそういう話よ。これなら足跡は残らないでしょ。石は砂場に転がるけど、あたしたちは足立君に気を取られて気付かなかった――あり得ないかな」

「うーん、考え方は面白いけど、それはないと思う。あのとき、僕らは結構時間をかけて砂場の様子を観察したよね。大きな石が落ちてれば、たぶん気がついたと思う」

「そうか。じゃあ野球のボールとかは？　硬球って石みたいに硬くて、しかも反発力があるでしょ。犯人は足立君の背後から硬球を投げつけた。硬球は足立君の後頭部に命中し、彼は殴られたような衝撃を受けて気を失う。硬球は大きく弾んで砂場の外まで転がったから、あたしたちの目には留まらなかった。すなわち犯人は野球部員――って、駄目？」

「駄目じゃないけど、野球部の人たちは犯行時刻には全員部室にいて、キャプテン江藤の退屈なミーティングに付き合わされていたんだって。かといって野球部以外の人が、硬球を狙《ねら》いどおりに投げられるとも思えないし――そもそも野球部のエース近藤《こんどう》だって、狙ったところには全然いかないんだよねえ。やっぱり無理なんじゃないかなあ」

「そっか。意外と難しい謎だね。やっぱり、あたしの頭じゃ無理か」

「ううん、綾乃ちゃんの推理は悪くないよ。探偵としては足立君より全然上だと思う」

「それ、褒《ほ》め言葉になってないよ」

「逆に侮辱したみたいに聞こえるね。ごめん」僕は頭を掻き、誤魔化すようにグラウンドのほうを指差した。「ところでさ、いつの間にかはじまってるね、走り幅跳び」

僕らのいる観客席の目の前が砂場だった。そこではすでに走り幅跳びの熱戦が繰り広げられている。各校から選び抜かれた精鋭は十六人。鯉ケ窪学園の名誉を賭けて、この闘いに挑むのは――「足立駿介君、だよね?」

「しょうがないでしょ」溜め息混じりに綾乃ちゃん。「だって他にいないんだから」

不安な思いが僕らを包む。目の前では虎ノ穴高校の選手が見事な跳躍を見せ、観客席から歓声が沸きあがる。砂場の脇に陣取った整備員が道具を使って乱れた砂を綺麗に均《なら》すと、とうとう彼の出番がやってきた。

「――あ、出てきたよ、足立君!」

例のごとく胸を張って威風堂々と登場した足立駿介は、赤いランニングシャツに赤い短パン。頭に巻かれた包帯は、この日のための特別仕様なのか、やけに白く輝いている。

「でも頭の怪我なんて、もう治ってると思うんだけど――あの包帯いる?」

首を捻る僕に、綾乃ちゃんは冷静に解説する。

「あの包帯はきっと『頭の怪我を押して真剣勝負に挑む熱血陸上選手、走り幅跳びに青春のすべてを賭けた天才ジャンパー、足立駿介』を演出するための小道具ね」

「なるほどー、姑息《こそく》だねー」

だが、もちろん僕らの辛辣な会話は本人には届いていない。彼はただ助走路の端に立ち、肩を回したり屈伸したり、わざと包帯を触ってみたり。その姿は助走路に現れた競技者というよりは、花道に現れた演技者のよう。やはり彼の目には灰色の砂場が、檜《ひのき》の舞台として映っているに違いない。

そんな足立駿介はふいに動きを止めると、大きくひとつ深呼吸。そしておもむろに両手を頭の上に挙げてバンザイのような恰好。一瞬キョトンと静まり返る観客席。固唾《かたず》を呑んで見守る人々の前で、彼は掲げた両手をパンとひとつ叩いた。続けて、もうひとつパン。さらにパン――パン――パン、パンパンパンパン――。たちまち観客席がザワッとなった。

彼の真意を察した綾乃ちゃんが、驚愕のあまり顔を引き攣《つ》らせる。

「ててて、手拍子よ！　あの馬鹿、観客に手拍子を要求してるッ」

「どどど、どうしよう！　やんなきゃ駄目!?　やんなきゃ怒られるかなッ」

だが戸惑う僕らをよそに、観客席の男子陸上部員たちは大半が両手を挙げてパンパンパン――手拍子をはじめていた。無理もない。彼らの大半は一年生。部長の意向に逆らうという選択肢はあり得ない。砂場の番長に逆らって「校庭三十周！」なんて話になったら、自分が損をするからだ。結局、一年生男子の手拍子は女子にも広がり、最終的には僕と綾乃ちゃんも両手を挙げてパンパンパン――と、やるハメに陥った。

そうそう、その調子！　と、いわんばかりの足立駿介は、満足げに観客席を眺めている。

「ああもうッ」綾乃ちゃんが痺《しび》れを切らす。「跳ぶんなら早く跳べ！　恥ずかしいだろ！」

「そうだそうだ！」と僕も両手を打ち鳴らしながら叫ぶ。「さっさと跳べ！　いや、転べ！　この前みたいにぶっ倒れろ！」

だが僕らの罵声も彼の耳には熱い声援に聞こえていたのかもしれない。足立駿介はその場で軽くステップを踏んでから、ついに助走を開始した。待ってました、とばかりに手拍子をやめる一年生たち。観客席はたちまち静まり返る。そんな中、全速力で助走路を駆け抜けた自称スーパーヒーローは百点の踏切を見せ、空中に舞った。

彼の身体《からだ》は一瞬、砂上に真っ赤な虹を描き、やがて砂場に落ちた。飛び散る砂の粒子。沸き上がるそれなりの歓声。満足のいくジャンプだったのだろう、足立駿介は砂上から身体を起こすと、記録を確認するよりも先に、観客席の盛り上がりを確認した。いまだ、とばかりに一年生男子を中心に、捏造された拍手の嵐が巻き起こる。スタンドに向かって手を振って応える足立駿介。しかし次の瞬間——

「！」得意の絶頂にいたスーパーヒーローは、砂場の外で体育座りをして待機する整備員の足に躓《つまず》き、「うをおッ」——無様にひとつ叫び声。そのまま大の字になって転倒した。期待を裏切らない展開に、観客席はこの日いちばんの大歓声に包まれた。

さて、奇妙な出来事が起こったのは、そんな走り幅跳びの熱戦が終了した直後のことだ。

観客の間では、なおも話題の中心は足立駿介で、彼らは口々に「超新星が流れ星だ」とか「スターがスターダストに」など、スポーツ新聞的な表現で先ほどの場面を語り合っていた。

そんな中、僕はひとり席を立った。

「喉が渇《かわ》いたね。なんか飲み物買ってくるよ。綾乃ちゃん、なにがいい？」

綾乃ちゃんは「あたし、コーラ」といって小銭を差し出す。僕はひとりスタンド裏の通路にある自販機に向かった。缶コーラ二本を購入して観客席に引き返す。すると途中の通路で、いきなり僕の名前を呼ぶ声があった。

「霧ケ峰先輩、ちょっと……」

驚いて振り向くと、目の前に見知らぬ男子。スラリとした長身に日焼けした肌。スポーツ刈りがよく似合っている。シャツのデザインでうちの高校の陸上部員だと判る。僕を先輩と呼ぶのだから一年生なのだろう。

「あの、実は先輩にお聞きしたいことが……」一年生はオドオドした態度で周囲を見回すと、

「ま、ま、とにかく座りましょう」と、人目を憚《はばか》るように近場の席に僕を誘った。

訳も判らず腰を下ろした僕は、とりあえず相手の名前を尋ねる。すると男子は、陸上部一年岡《おか》崎正志《ざきまさし》と名乗った。知らない名前である。

「――たぶん初対面だよねえ、君」

「はい。でも先輩の噂はよく聞いています」

「え、本当？」興味津々の僕は思わず岡崎君ににじり寄る。「なに、どんな噂？　ひょっとして二年生に超可愛《かわい》い女子がいるとか？」

「いえ、そんなんじゃなくて、ただ霧ケ峰先輩は足立部長とお付き合いされていると――」

「！」瞬間、僕は無意識のまま右手を一年生の頭に振り下ろした。「ガコン！」という妙な音が響いて、ようやく僕は右手に握った缶コーラに気付く。ふと見れば缶コーラで殴られた岡崎君は二列下の座席まで転がり落ちていた。「やあ、ごめんごめん。君があんまり変なことというから、つい――。で、僕と足立駿介がなんだって？　もう一度いってみて」

「い、いえ、なんでもありません！　嘘です、デマです！　僕も変だと思っていたんです！」

岡崎君は恐怖に怯《おび》えた目を虚空に泳がせながら、「わ、判ってます！　霧ケ峰先輩は足立部長と一緒に砂場の事件を解決しようと頑張っている。ただそれだけですよねッ」

「まあ、そうだね。それ以上でもそれ以下でもないよ。で、君が聞きたいことって？」

「はい、実は宮下綾乃先輩のことなんです。ひょっとすると霧ケ峰先輩と足立部長は宮下先輩のことを疑っているんじゃないかと……えと、つまり、話を聞いた限りでは事件の第一発見者は宮下先輩ですよね。で、こういう場合、第一発見者が疑われるというのは、ありがちな展開でしょう。だから……」

「だから、綾乃ちゃんが疑われているんじゃないかって？　なるほどね。確かに足立君は最初、綾乃ちゃんを疑っていたみたい。でも、その可能性は僕が論理的に否定しておいたから、いまはもう誰も彼女のこと疑っていないよ。綾乃ちゃんは完全にシロだね」

「なんだ、そうだったんですか」岡崎君はなぜかホッとしたように息を吐いた。

「あれ⁉」僕は彼の表情の変化に、むしろ驚きを覚えた。「ちょ、ちょっと、なんで綾乃ちゃんの容疑が晴れたら、君がホッとするわけ⁉　え、まさか君、そーいうこと⁉　君、綾乃ちゃんのことを好……わ、嘘⁉　よ、よし判った。大丈夫、落ち着いて、一年生！」

「せ、先輩こそ、落ち着いてください！」

「判ってるって。じゃあさ、どうしようか。そうだ、綾乃ちゃん、あそこにいるから、僕が呼んでこようか、呼んでこよう、呼ぶね！　で、後は若い二人にお任せしてと——」

「うわ！　そんな、やめてください先輩」

「いいから、お姉さんに任せておきなさいって。君の悪いようにはしないから」

無理矢理、恋のキューピッド役を買って出る僕の姿は、岡崎君の目にはおせっかいな親戚のおばさんのように映っていたかもしれない。結局、彼は恥ずかしさに耐えられなくなったのか、

「ああもうッ、こんな先輩と話するんじゃなかったあーッ」

後悔の言葉とともに席を立つと、一目散にスタンドを駆け上がり陸上部の男子集団の中へと戻っていった。あれぐらいで赤くなるとは、いまどき稀有《けう》な純情少年だ。好感は持てるけど、でもそんなんじゃ年上の彼女は振り向いてくれないよ。そんなことを思いつつ、僕は通路を歩いて自分の席に帰還した。

「へへへ、お待たせー」僕はにやけた笑顔で綾乃ちゃんに缶コーラを渡すと、「あのね、さっきそこでね」と先ほどの出来事の報告に移る。「でね……そんでもって……ってわけ」

「………」綾乃ちゃんは困惑した表情で、「へえ、そう」と案外薄い反応。

「うん、あの一年生、きっと綾乃ちゃんに惚れてるね。どう思う、綾乃ちゃん?」

「どう思うって」「嬉しい?」「べつに」「嬉しいでしょ?」「だから、べつに」「またあ」「本当だって」「嘘ぉ、嬉しいくせにぃ」「嬉しくないって」「本当は、嬉しいよね」「違うって」

馬鹿馬鹿しいほど中身のない会話。それがダラダラと続いた挙句、僕と綾乃ちゃんはほぼ同時に切れた。観客席に僕らの興奮した叫びが響き渡る。

「ああもう！　本当は嬉しいくせにぃ――ッ！」

「ああもう！　本当にうるさいっての――ッ！」

次の瞬間、叫びとともに振り回された綾乃ちゃんの右手が僕の後頭部を直撃。「ガコン！」と

いう聞き覚えのある音が、今度は僕の耳のすぐ近くで聞こえた。ふと気がつくと、僕は三列下の観客席でKO負けのボクサーのような体勢。

「な……なんで……綾乃ちゃん？」

頭を押さえながら見上げる僕の視線の先では、コーラの缶を右手に握った綾乃ちゃんが仁王立ち。怒った顔をプイッと横に向けて、「知らない！　関係ない！　涼ちゃんの馬鹿！」と拗《す》ねたような態度を見せる。

でも、そんな彼女は、なぜか耳まで真っ赤だった。

そんなこんなで多摩陸は無事に（いや、無事にでもなかったが）終了した。一見、馬鹿馬鹿しい出来事の連続のように見えて、案外と収穫の多い一日だった。少なくともこの競技場での出来事が、僕に閃《ひらめ》きを与えてくれたことは事実だ。それが証拠に、中央線の電車に揺られて国分寺に戻るころ、僕には砂場の事件の真相がはっきり見えていたのである。

え!?　多摩陸での足立駿介の成績は、結局何位だったのかって？

そんなことは事件の真相とはなんの関係もないから、知らなくてよろしい。

五

そして月曜日の放課後、事件はついに最終局面を迎えた。

場所は例の砂場。普段は足立駿介が「俺のステージ」と呼ぶこの場所も、今日に限っては探偵部副部長霧ケ峰涼が主役を務める「僕のステージ」というわけだ。

準備万端整った謎解きの舞台に、足立駿介は悠然と現れた。相変わらずの赤いランニングシャツ姿。頭に包帯は見当たらない。やはり昨日の包帯は演出のための小道具だったらしい。そんな彼は、砂場の端に佇む僕に堂々と歩み寄りながら、「よお、お待たせ」と軽く右手を挙げた。

「単刀直入に聞こう。事件の謎が解けたんだってな、ワトソン君」

「………」その設定、まだ生きてたのか。「まあね、事件の謎は解けたよ。聞きたい？」

「そのために呼んだんだろ。だったら聞かせてもらおうじゃないか。まあ、どうせワトソン役が語る推理なんて、噴飯モノの珍解答と相場が決まっているけどな」

判った。ならば珍解答か名解答か、判断していただくとしよう。僕は説明に移った。

「この数日間、足立君の傍《そば》にいて、いろいろ観察させてもらった結果、ひとつだけハッキリ判ったことがあるんだ」僕は彼の目を見据えていった。「足立君って、よく転ぶよね」

「はあ⁉」足立駿介はキョトンとした顔つきになった。「おいおい、俺は事件の話を――」

「事件の話だよ。足立君はよく転ぶ。でも身体に問題があるわけじゃない。問題は精神。要するに注意力不足なんだね。だから、いろんなものに躓く。木曜の放課後もそうだった」

「あの、野球部のグラウンドで転倒したときのことか？　あれは単なる偶然だ。あのときは高く上がった打球に目を奪われていて、足元への注意がおろそかになっていただけだ」

「それで硬球を踏んづけて転んだ。確かにそうだったね。じゃあ、昨日のあれはなに？」

「競技場で転んだやつか？　あれもたまただ。あのときは観客席の声援に手を振って応えていたから、やっぱり足元への注意がおろそかに……」足立駿介はふいに黙り込むと、不安げに眉をひそめた。「おい、いったいなにがいいたいんだ、霧ケ峰？」

「要するにね、『十年にひとりの超新星』足立駿介君は、下をキョロキョロ眺めながら慎重に歩くような男じゃない。胸を張って威風堂々と歩くのが足立君の流儀——だよね？」

「無論だな。スーパーヒーローには、それに相応しい歩き方があるぜ」

「その歩き方のせいで、もともと足立君は足元に注意が向きにくい。そんな足立君が高く舞い上がる打球やスタンドの声援に気を取られていれば、なおさらその注意力は上へ上へと引っ張られる。結果、足元への注意はさらに散漫になる。だから余計に転びやすくなる」

僕は畳み掛けるようにいった。「木曜日の早朝も、同じだったんじゃないかな」

「なにが同じなんだよ。俺があの朝、砂場で転んだとでもいうのか。冗談じゃねえ。砂場で転んだって、頭に怪我なんかしない。俺は誰かに殴られたんだ。だいいち、あのとき俺はまっすぐ前を向いて歩いていたんだから、昨日の俺みたいに転んだりするわけがない」

「足立君の記憶では、そういうことになっているかもしれないけれど、事実は違うと思う。足立君はそのとき前を向いてなかった。足立君は上を向いて歩いていたんだよ」

「なんでだよ。なんで、そう断言できるんだ。おまえ見てたわけじゃないだろ」

「見てなくても想像つくよ。だって足立君の真上を飛んでたんでしょ、ヘリコプター」

「え、ヘリコプター！」足立駿介は虚を衝かれたように目を見開き、「ああ、うん……そりゃまあ、確かに飛んでいたな……」と、記憶を呼び覚まされたような顔になった。「そういや、俺ヘリを見てたのかも……そしたら後頭部にガーンっていう衝撃があって……くそ、よく判らねえ、どうも記憶が曖昧だぜ！　畜生、よく思い出せ、頑張るんだ俺！」

足立駿介は芝居がかった台詞を吐きながら、もどかしそうに頭を抱える。僕は冷ややかな思いで彼の仕草を見詰めながら、ひとり砂場の中央に歩を進めた。おいでおいでをするようにして彼をその場所に誘う。

「ねえねえ、足立君、自分が倒れていた場所に立てば、なにか思い出すかもしれないよ」

「ん⁉　ああ、それもそうだな」足立駿介は頷くと、いわれるままに砂場に足を踏み入れた。

「確か、俺が倒れていたのは、砂場のちょうど真ん中あたり……」

「うん、だいたいこのあたりだね」いいながら、僕はふいに上空を指差した。「うわ！　見て見て、足立君！　向こうの空に羽根の生えた一万円札が飛んでるよおッ！」

「え、なに、嘘！」足立駿介は慌てて空を見上げ、二、三歩前に踏み出した。その瞬間——

砂の中から一本の鉄の棒が立ち上がった。棒の先端は円弧のような軌道を描き、そのまま勢いよく足立駿介の顎を正面から打ち据えた。砂場に響き渡るガツンという衝撃音。砂場の番長は声をあげる暇もないまま、弾《はじ》かれたように後方にぶっ倒れた。と同時に、鉄の棒もカランと乾いた音を立てて彼の足元の方向に転がった。すべては一瞬の出来事だった。

僕は倒れた足立駿介の傍にしゃがみこむと、ウーンと呻き声をあげている彼に聞いた。

「どう、思い出せた？　それとも、死んじゃったかな？」

「し、死んじゃいねえ」彼は驚くべき強靭《きょうじん》さで、むっくりと上半身を起こした。「だが、記憶にあるぜ、この感覚。顎と頭の違いはあるが、あのときの感じとそっくりだ。なんだ、なにが起こったんだ——霧ケ峰、おまえが殴ったのか！」

僕は「ううん、違う」と首を振り、黙ったまま彼の足元に転がった鉄の棒を指差した。

ただの鉄の棒ではない。人の背丈ほどの長い棒。その先端には、五十センチほどの幅のある板が横向きに取り付けられている。全体としては縦棒の長い「T」の形をした物体。

足立駿介は唖然とした表情のまま、自分をぶん殴った意外な「犯人」の正体を口にした。

「トンボ、か……」

昆虫の名前ではない。砂場を整備する際に用いる、お馴染みの道具のことだ。

「今回の砂場の事件、見た目上は『足跡なき殴打事件』のように映ったけど、真相は案外、こんなものだったんだよ。要するに一本のトンボが砂場にあったんだね。無造作に砂の上に転がっていたのか、それとも砂の下に隠れた状態だったのか、それはよく判らない。半分ぐらいは砂に埋まった状態だったのかもね。とにかく木曜日の早朝の砂場にはトンボがあった。そして、そこに足立君がやってきた。ただでさえ不注意な足立君は、そのとき上空を横切るヘリコプターに気を取られていて、足元にまったく注意が向いていなかった。足立君は不運にもトンボの先端の平たい歯の部分を足で踏みつけてしまった。その瞬間、トンボの持ち手の部分がテコの要領で勢いよく立ち上がり、足立君を打ち据えたってわけ。ちなみに、さっきの実験ではトンボの持ち手は足立君の正面にあったから、足立君は顎を打たれたけど、木曜日の早朝の場面では、持ち手は足立君の背後にあった。つまり足立君は持ち手のほうからトンボに近づき、しかし持ち手には触らないまま、先端の歯の部分を踏んだんだね。だからトンボの持ち手は、足立君を背後から襲った——」

「なるほど、そういうことだったのか」足立駿介は無表情に呟くと、痛めた顎を押さえながら、

「ひとつ質問していいか」といって、僕の顔にぐっと自分の顔を近づけた。「前もって砂場にトンボを仕込んだのは、おまえか？　おまえが事件解決の舞台として砂場を選んだのは、このためか？」

「まあね」

「まあね、じゃねえ！」足立駿介の怒りが爆発した。「死んだらどうすんだ。額がパックリ割れたら、どう責任取る。スーパーヒーローだって不死身ってわけじゃねえんだぜ！」

「だって、こんな真相、言葉で説明したって、足立君のことだから絶対認めないでしょ」

「当然だ。認められるか、こんなふざけた話」案の定、スーパーヒーローは往生際が悪かった。「そもそも理屈に合わないだろ。もしおまえの推理が事実なら、俺が目覚めたとき、俺の足元にはトンボが転がってたはずだぜ」

「そうだよ」

「そうだよ⁉」足立駿介は意外そうな顔で、「え、まさか、転がってたのか、トンボ？」

「たぶんね。だけど砂の上に倒れていた足立君は、自分のすぐ足元に転がっているトンボの存在に気がつかなかったんだと思う」

「いや、しかし霧ケ峰が砂場に駆けつけたときには、トンボはなかったんだろ」そこまで口にして、やっと彼はハッとした表情になった。「そうか、宮下綾乃！　彼女がトンボを目に付かない場所に運んだ。そうなんだな」

「ま、そう考えるしかないね」僕は渋々頷いた。「第一発見者である綾乃ちゃんは、『そのまま寝てたほうがいいよ』みたいな優しい言葉で、巧みに足立君をコントロールしたんだね。足立君はいわれるままにうつ伏せでじっとしていた。その隙に、綾乃ちゃんはこっそりトンボを手に取り、砂場の砂の乱れを軽く直した。それから、『誰か呼んでくる』といってトンボを手に砂場を立ち去った。彼女はトンボを適当な場所に隠した。一時的に隠すだけなら、植え込みや樹木の陰、隠し場所は校庭のいたるところにあるよね。トンボを隠し終えた綾乃ちゃんは、その直後に僕の前に現れ、『足立君が大変なの』とだけ告げた。僕らは一緒に砂場へ向かった――ってわけ」

「ふむ、筋は通っている。だが、なぜ彼女がそんな真似を？　彼女が俺を陥れるために、砂場にトンボを仕込んだのか――いや、それはない。俺は基本、女子からは受けがいい」

「………」まだ、その幻想から逃れられないの？

呆れる僕をよそにして、

「そうか判ったぜ！」いきなり彼は手を叩いて叫んだ。「宮下綾乃は誰かをかばっている。いわゆる事後共犯者ってやつだ。ならば、彼女がかばおうとするその誰かが、俺を陥れようとした真犯人だ。その正体は彼女を問い詰めれば明らかになる。おおかた宮下綾乃の彼氏とか、そういう奴だ」

「うーん、半分は正しいんだけど、半分は大間違いだね。確かに、綾乃ちゃんは誰かをかばおうとしたんだと思う。それは綾乃ちゃんの好きな人。付き合っているかどうかは判らないけれど、とりあえず陸上部の一年男子とだけいっておくね。だけど――」

「おい、ちょっと待て」聞き捨てならん、とばかりに彼が口を挟む。「誰だ、そいつは。宮下綾乃が好きな一年男子って誰だよ、武田《たけだ》か？　三島《みしま》か？　判った、大山《おおやま》だな！　なんだよ、霧ケ峰、教えろよぉ、気になるだろぉ、な、イニシャルでもいいから、な！」

「…………」こいつ、他人の恋愛話が大好物なタイプらしい。「絶対、教えてやんない！」

綾乃ちゃんがかばっている一年男子とは、もちろん昨日の競技場で話しかけてきた彼、岡崎正志君のことだ。だが彼の名を明かすことはできないし、その必要もない。

「なんでだよ。その一年男子が真犯人なんだろ。宮下綾乃はそいつをかばうためにトンボを隠した。だったら俺にはそいつの名前を聞く権利がある。違うか」

「違うね。今回の事件は足立君が勝手に砂場のトンボを踏んだだけの事故。真犯人なんて、どこにもいないんだよ」

「馬鹿いうな。真犯人はいる。宮下綾乃はそいつの名前を知っている。だから、かばってるんだろ。他にあり得ないだろうが」

「それがあり得るのが、今回の事件の特徴かもね。いい？　綾乃ちゃんの立場に立って考えてみて。綾乃ちゃんが砂場で足立君を発見したとき、彼女は足元のトンボの存在に気付いたはず。その光景を見れば、砂場でなにが起こったのかは見当がつくよね。当然、綾乃ちゃんはこれが砂場で起こりがちな事故であることを理解する。と同時に綾乃ちゃんの心配は足立君ではなくて、大好きな一年男子へと向かった――この意味判る？」

「判んねえな。ただの事故なら、俺を助ければいいだけの話だろ。なにを心配するんだ？」

「ま、判んないよね、足立君は男子陸上部の部長さんだもん」僕は皮肉っぽくいうと、自分の推理を続けた。「綾乃ちゃんは、こう考えたんだよ。足立君は誰かが前日に片付け忘れたトンボを踏んで怪我をした、ってね。じゃあ、トンボを片付け忘れるというヘマを犯したのは誰か。一般に運動部では道具の後片付けは一年生の仕事と相場が決まってるよね。当然、男子陸上部もそう。

つまりヘマをしたのは一年生。ただし一年生の誰がヘマしたのかまでは綾乃ちゃんにも判らない。でもね——」

僕は男子陸上部部長の目を見据えていった。「そもそも誰がヘマしたかなんて関係ないんだよ。だって男子陸上部は連帯責任なんだから、道具を仕舞い忘れた責任はすべての一年生にある。そうだよね？」

「……うッ」足立駿介の顔が歪む。

「もう判ったでしょ、綾乃ちゃんがなにを心配したか。彼女はね、大好きな一年生の彼が、まったく関係のない出来事を理由に『連帯責任で校庭三十周！』なんていう理不尽な罰を受けるんじゃないか、ってことを心配したんだよ。いや、心配というよりも、ほとんど諦めの気持ちだったと思う。なにしろ足立君は男子陸上部の部長だもの。気絶から目覚めれば、すぐにでも一年生全員を叱り飛ばすに違いない。綾乃ちゃんはそう思ったはず。ところが、そこに思いがけない幸運が舞い降りた」

「幸運——なんのことだ？」

「目覚めた足立君は、綾乃ちゃんになんていったか。『誰かに後ろから殴られた』そういったんだよね。つまり足立君は現実を正しく把握できていなかった。自分がトンボを踏んだという認識すらもない。だったら、トンボさえ隠すことができれば、一年生全員を校庭三十周の罰から救い出すことができる。それはすなわち、大好きな彼を救うことにもなる。そう考えた綾乃ちゃんは巧みな演技力を発揮して、密かにトンボを砂場から運び出した。で、その結果どうなったか——」

僕は目の前の砂場を見下ろしていった。

「砂場には、頭を怪我した足立君と、犯人の足跡のない砂だけが残ったってわけ」

こうして僕は事件の説明を終えた。足立駿介は目を閉じたまま沈黙を保っていた。彼なりにショックを覚えているのだろう。無理もない。この数日、彼は自ら探偵を名乗り、真犯人を追っていたはず。その結果が、これだ。いま彼は自らの不明を恥じ、惨めな敗北を噛《か》み締め、悔恨の情でいっぱいになっているに違いない。と、僕はそう思ったのだが――

「ふ、ふふ、ふふふ」なぜか足立駿介は唐突に芝居がかった笑い声を発しはじめた。「なるほど、実に面白い推理だよ、明智君」

「明智君って……」いつの間にか設定、変わってない？　ワトソン君だったはずじゃ……

「だが詰めが甘いな、霧ケ峰。なるほど確かにおまえのいうとおり、俺はトンボを踏んだようだ。そしてそのトンボを宮下綾乃が隠したことも事実だろう。だが、彼女がそのような行為に及んだ理由は、一年坊主のためなんかじゃない」

足立駿介は勝ち誇ったような笑みを浮かべて、自分の親指で自らの左胸を示した。

「――俺のためだ。どうやら宮下綾乃はこの俺に惚れているらしい。新時代のスーパーヒーロー足立駿介にな！」

「は!?」耳を疑う言葉に、僕は唖然とした。「綾乃ちゃんが、足立君に、惚れてる？」

「そうだ。考えてても見ろ。彼女の行動がなかったなら、いまごろ俺は学園中の笑い者だったはず。砂場の帝王が自分の庭でトンボを踏んで気絶したってな。だが、彼女の思慮深い行動のお陰で真相は隠され、俺は屈辱を逃れられている。それこそが彼女の真の目的だったと考えて、なんの不都合がある？　いや、なんの不都合もない！　そう、俺に密かな恋心を抱く彼女は、俺の最大のピンチに遭遇し、咄嗟の機転でその窮地を救ってくれたのだ。ふッ、宮下綾乃め——いじらしい奴だぜ」

「…………」僕は大いなる戦慄を覚えた。足立駿介、恐ろしい奴！

彼の推理は絶対確実に間違っていると僕は断言できる。だが、理論的に反論の余地がないことも事実なのだ。ここで彼に対して『綾乃ちゃんは足立君のこと、好きじゃないよ、むしろ嫌っているよ』といってみても、たぶん無意味。彼は余裕の笑みでこう答えるだろう。『それこそ彼女の秘めた恋心だぜ』と。かくして彼の勘違いは続く。彼は無敵だ。

「…………」僕の負けだ。いや、この男には勝ちたいとすら思わない……

「どうやら、納得してもらえたようだな」

足立駿介は僕の沈黙を勝手にそう解釈すると、校舎の大時計に視線をやった。

「おっと、もうこんな時間か。それじゃあ俺は部活があるから、そろそろいくぞ。なに、心配するな。『一年生全員で校庭三十周！』なんてことはしない。そもそも俺は時代錯誤の連帯責任なんて好きじゃないんだ。こう見えても、俺は合理的精神の男なんだぜ」

足立駿介はくるりと踵を返し、「じゃあな！」と片手を振って堂々と歩き出す。

僕は砂場に佇んだまま、遠ざかっていく真っ赤な背中をただ呆然《ぼうぜん》と見送るだけ——なんて、やっぱり無理！　積もりに積もったこの憤り、吐き出さずにはいられない！　僕は思わず両手でメガホンを作り、彼の背中に向かってこの数日間の鬱積《うっせき》した気持ちを全力でぶつけた。

「足立駿介、いい加減、目を覚ませーッ！　綾乃ちゃんがおまえに惚れるなんて、世界が三回滅びたってあるわけないだろーッ！　だいたいなんだ、昨日の競技会はーッ！　十六人中八位って、そんな平均点のスーパーヒーローなんているかっつーのッ！」

するど、僕が見詰める視線の先——

怒りの絶叫を背中に浴びた足立駿介は、なにもない校庭で躓いて転倒した。

霧ケ峰涼の二度目の屈辱

一

茶色ブレザーのポケットの中で、いきなり響くモーターの駆動音。僕は慌《あわ》てて携帯を取り出した。隠し見るように液晶画面を覗《のぞ》き込む。メールの差出人、森野美沙《もりのみさ》の名前を確認して、僕は思わず「またか」と小さく溜《た》め息。「美沙ちゃん、意外としつこいな～」

美沙ちゃんこと森野美沙は僕と同じ鯉ケ窪学園の二年生。いまは違うクラスだけれど、小学校時代からの古い付き合いだ。そんな彼女が最近、僕のところに頻繁《ひんぱん》にメールをよこす。用件はいつも同じで、「お願い、モデルになって！」。森野美沙は美術部の部長なのだ。

「そんなにモデルが欲しいんなら、鏡に映った自分を描けばいいのに……」

実際、美沙ちゃんは描く側よりも描かれる側にいるほうが相応《ふさわ》しい。スラリとした細身の長身に小ぶりな顔。日本人離れした長い手足。腰まで届く長い黒髪はサラサラというよりサラッサラ。切れ長の目はクールな雰囲気を漂《ただよ》わせ、その奥に光る眸《ひとみ》にはキラキラというよりキラッキラの星が輝く。僕に絵心があれば、きっと彼女を描くだろう。

しかし残念。僕にあるのは画家としての絵心ではなく、探偵としてのミステリ魂のみ。僕こと霧ケ峰涼は、鯉ケ窪学園にて探偵部副部長の肩書きを持つ十六歳。日夜新たなる事件と謎を求める、どこにもいるようでどこにもいないごくごく普通の女子高生だ。モデル体型ではないし、髪の毛サラッでも眸キラッでもない。だから〈僕を描いてもしょうがなくない？〉とメールで何度も断ったのだが、それでも諦めることなく美沙ちゃんのメール攻撃は続くのだった。

やれやれ、と首を振りながら文面を確認。案の定、飛び込んできたのは〈例の件、お願い！〉という哀願の言葉。続けて〈君ならできる！　いや君にしかできない！〉という熱烈な口説き文句。そして〈このとおりだから、ね！〉という文章の最後には、土下座を意味する絵文字まで添えられている。メールで土下座されてもね、と思わなくはないけれど、かといって心底思いつめた彼女が、あの綺麗なおでこを床にゴリゴリ押しつけて本物の土下座をしてきたら、それこそ気まずいことになる。

「仕方ない。いまのうちに折れてやるか……」

僕は溜め息まじりに意を決し、美沙ちゃんに冗談っぽく返信。

〈例の件、引き受けた。霧ケ峰涼、芸術のためなら脱ぎます！〉

すると間もなく、彼女から返信の返信が届いたのだが――

〈ありがとう！　それじゃ木曜日の放課後、四時ごろに美術室にきてね。脱ぐ覚悟で！〉

「……え⁉」まさか美沙ちゃん、僕の冗談を真に受けた⁉　本気でそういう絵を描くつもり⁉　でも考えてみると、彼女の僕を見詰める視線に熱いものを感じたことも過去に度々あったような気がしなくもない。

「……森野美沙、意外と百合《ゆり》願望アリなのかも……」

放課後の美術室には気をつけなくちゃ。妖《あや》しい胸騒ぎを覚えながら、僕は携帯を閉じようとしたのだが、そのとき突然、背後に感じる人の気配。ハッと思った瞬間――ゴン！　脳天に鈍い衝撃が走り、静かだった教室に小波《さざなみ》のような嘲笑《ちょうしょう》が広がった。

イタタッ……と頭を押さえながら涙目で振り返ると、そこには白衣を着た生物教師、石崎が丸めた教科書を片手にニッコリ笑顔で立っていた。
「授業中にメールしないように！」

そして訪れた運命の木曜日。放課後の鯉ケ窪学園では普段どおりの光景が繰り広げられていた。ブラスバンド部のホルンが豚の鳴き声のように鳴り響き、サッカー部が「ふぁいとー」の掛け声を発しながら校庭を走り回る。遠くのほうからは応援部の和太鼓《だいこ》が三三七拍子のお馴染《なじ》みのリズムを刻んでいた。

僕はといえば約束の時間にはまだ間があるので時間潰《つぶ》しに野球部の練習を見学。だが相変わらずのヘタさ加減に呆《あき》れ果て、「もう見ちゃいられない！」とグラウンドに乱入。新キャプテン江藤の金属バットを奪い取ると、一年生部員にノックの雨をお見舞いしてやる。
「おらおら、グラブが逆だ、逆！」「身体《からだ》で止めろ、身体で！」「諦めんな、飛び込め！」

結局、嵐のようなノックは小一時間も続き、ふと気がつくと時計の針は間もなく午後四時。僕はキャプテン江藤にバットを返しながら、「ごめん、僕、約束があるから、いくね」
「おう、そうか」彼は一年生を整列させて号令を響かせる。「鬼コーチに礼！」

元気が取り得の一年生たちは声を合わせて、「あ！」「ざっし！」「たッ！」と頭を下げた。「あ、雑誌だ！」としか聞こえないけれど、きっとあれは「ありがとうございました」の意味なんだろう、といちおう理解する。深々と下げられた坊主頭に向かって「大きくなれよ、坊やたち」と姉さん気取りの台詞《せりふ》を呟き、僕は鬼コーチから普通の女子高生に戻った。
「いっけない。約束の時間に遅れちゃう」

小走りに美術室を目指す。美術室は平屋建て校舎、いわゆるE館の一角にある。E館とは文字どおりアルファベットのEの形をした校舎のことで、その中は視聴覚資料室や理科教室等々の特別教室が占めている。僕はツツジやアジサイの植え込みに囲まれたE館の外観を眺めながら、ふと感慨に耽《ふけ》った。

「うーん、この校舎、すっごく久しぶりのような気がするけど……そんなわけないか」

このE館を舞台にして、奇妙な人間消失事件が発生したのは、この春のことだ。あれは僕にとって屈辱的な事件だった。そういえばあのときも放課後で、僕はひとりでこのE館を訪れたのだ。蘇《よみが》ってくる苦い記憶。しかしまさか、今日再びあのような事件が起こったりするなんてことは――「いやいや、ないない」

そんな話ありっこない、と首を横に振りながらE館へ。だが、いうまでもないことだが、ありっこない、というようなことが起こってしまうのがミステリというものだ。奇妙な事件はこの直後、確かに僕の身に降りかかってきたのである。

だが、そのミステリを語る前に、ここでE館の構造、特に廊下と玄関について説明しておく必要があるのだが、まあ事件も二度目だし、面倒くさいので春の事件のときにおこなった説明をそっくりそのまま書き写――いや、繰り返すとしよう。

まずEの字というものを書いてもらわなくてはならない。よっぽどのひねくれ者でないかぎり、横、縦、横、横の順に棒を引いたはずである。その書き順に従って、最初の横棒を①の廊下、次の縦棒を②の廊下、三つ目のやや短い廊下を③の廊下、そして四つ目の底辺にあたる廊下を④の廊下、としておこう。E館の廊下はまさしくEの形状をしており、教室はその廊下に沿って並んでいる。平屋なので、もちろん階段はない。出入口は三本の横棒のそれぞれの先端に三箇所ある。この三箇所をそれぞれ廊下の呼び名に対応させる形で①の玄関、③の玄関、④の玄関、と名付ければ完璧《かんぺき》だ。で、さらに完璧を期するために完璧な図面を添付しておくとして――ようやく話は秋の日の放課後へと戻る。

僕は①の玄関を通ってE館の中へ足を踏み入れ、そのまま①の廊下を直進する。美術室は①の廊下の手前側に位置している。夕暮れ間近の廊下は薄暗く、静かだった。先ほどまでうるさいほどだったブラバンの音色も三三七拍子も、いつの間にか止《や》んでいる。校舎の中には人の気配さえ感じられない。美沙ちゃんはまだきていないのだろうか――

と思った瞬間、ドシンという重量感のある大音響。と同時に一瞬廊下の床が揺れた気がした。僕はびっくりして首をすくめる。

「な、なに、いまの音？　地震？」

いや、地震ではない。いまの音、なんだか美術室の中から聞こえてきた気がする。

僕は美術室の引き戸を開けて、中を覗き込んだ。見える範囲に人の姿はない。恐る恐る室内に足を踏み入れる。油性絵の具の匂いが鼻をつく。教壇を中心にして扇形に林立するイーゼルと丸椅子。木製の棚には静物画の題材に使われる果物の置物や絵の具の類《たぐい》。部屋の一角には、デッサンの授業でお馴染みの石膏像《せっこう》――ダビデ像っぽいのやナポレオン像的なオブジェが並んでいる。だが変だ。これらのオブジェは普段、埃《ほこり》を被《かぶ》らないようにと黒い布で覆われているはず。それがいまは剥《む》き出しだ。それに、ここにはミロのビーナスの複製が置いてあったはず――

「うわあ！」

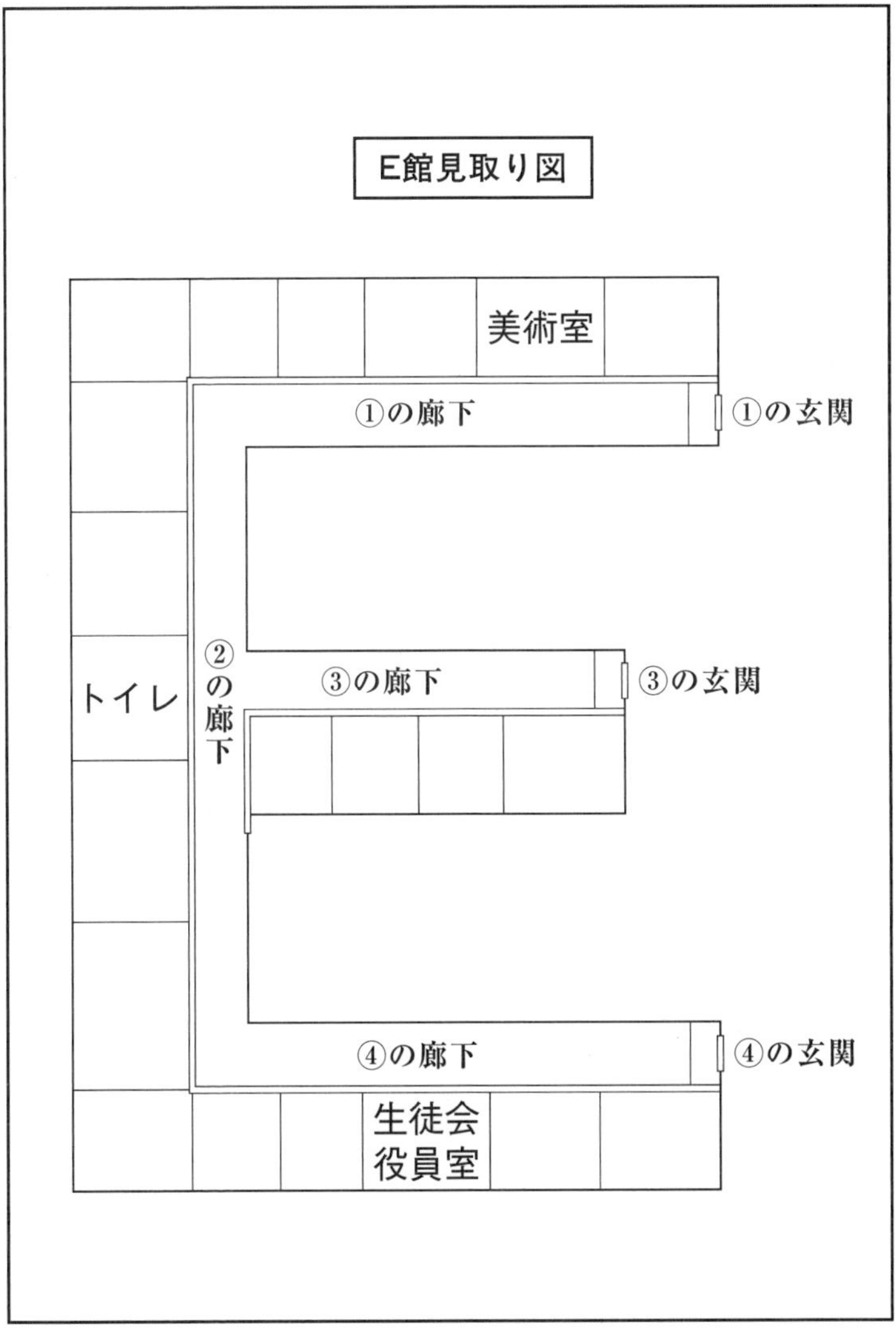
E館見取り図
美術室
①の廊下
①の玄関
②の廊下
トイレ
③の廊下
③の玄関
④の廊下
④の玄関
生徒会役員室

その一角に歩み寄った僕は、驚愕《きょうがく》の声をあげて立ちすくんだ。ミロのビーナスが床の上で横倒しになっていた。そしてビーナス像の真下には、ひとりの男子生徒が仰向《あおむ》けの恰好で下敷きになっている。カッターシャツに黒いズボン。意外なことに、見覚えのある顔だ。以前、僕にベーコンレタスバーガーを奢《おご》ってくれた不良男子、荒木田聡史だ。

「でも、なんで荒木田君が――はッ！」僕は息を呑んだ。倒れた彼の周囲の床はおびただしい量の赤い液体で染められていた。これが血液ならば、もはや命がないことは火を見るよりも明らかだ。僕は思わず絶叫した。

「きゃぁぁぁッ！　荒木田君が、死んでるぅぅぅッ！」

思い起こせば、この霧ケ峰涼、春に探偵部副部長に就任して以来、数々の事件に遭遇してきた。だが日ごろの行いが良かったせいか、いまだ僕の周囲で死者が出たことは一度もない。殺人はすべて未遂に終わっている。しかし、その強運もどうやら尽きた。僕の目の前についに転がった血まみれの死体。しかもそれが荒木田君だなんて――あんまりだ。彼、見た目よりかはいい人だったのに……

だが、悲嘆に暮れている場合ではない。これは事故？　いや違う。これは殺人だ。彼は殺人鬼の邪計に掛かり、命を落としたのだ。

「てことは、犯人はまだこの美術室に――はッ！」背後に人の気配。振り向いたときには、もう遅かった。「――う！」

視界に飛び込んできたのは黒ずくめの人影だった。男子学生服、いわゆる学ラン姿の怪しい人影は、僕の側面に渾身《こんしん》の体当たり。「きゃん！」蹴《け》られた犬コロのような悲しい叫びを発して、僕の身体は弾《はじ》き飛ばされ壁でワンバウンド。そのままの勢いでダビデ像をなぎ倒し、ナポレオン像を叩き割り、ビーナス像の上にお腹《なか》から落ちると、石膏でできた美の女神がなぜか「うげ！」と下品な呻き声を発した。だが、不思議がっている暇はない。

学ラン姿の賊は引き戸を乱暴に開け放つと、美術室から廊下へと駆け出していった。もちろん、僕も黙ってはいない。すぐさま体勢を立て直すとスカートを翻して犯人を追うべく、開け放たれた引き戸を飛び出した。ところが、次の瞬間――

「わあ！」「きゃッ！」

驚く僕と、悲鳴をあげるブレザー姿の女子。あやうく、おでことおでこで挨拶《あいさつ》しそうになる。目の前に立ちすくむのは美術部部長、森野美沙ちゃんだった。ちょうどいま①の玄関を入って美術室までやってきたところらしい。彼女は怯《おび》えたような目で、僕を見詰めながら、「どうしたの⁉」と、わけが判らない様子で聞く。だけど、詳しい説明は後だ。

「いま男子が逃げていかなかった？」

「うん、あっちに逃げてった……」

美沙ちゃんは①の玄関とは逆方向、②の廊下に向かう方角を指差した。すぐさまそちらに目をやるが、すでに犯人の姿はない。

「美沙ちゃんは、ここにいて！」

「え⁉　ここにって……ちょ、ちょっと、涼ちゃん、どういうこと……」

状況が飲み込めない様子の彼女を置き去りにして、僕はひとりで廊下を駆け出した。

二

①の廊下を走りぬけ②の廊下へ。前を向くと、すでに②の廊下にも賊の姿は見えない。だが、諦めず②の廊下を駆ける。途中、③の廊下との合流点に差し掛かったところで、僕は二者択一を迫られた。賊はどちらに逃げただろう？　このまま真っ直《ます》ぐ進んで④の廊下へ向かったのか。それとも角を曲がって③の廊下に向かったのか。判らない。ただ、現時点で③の廊下が無人であることは事実だった。ならば、④の廊下を確認したいと考えるのは当然の心理だ。僕は一瞬の判断で、②の廊下を直進するほうを選択した。再び加速しながら突き当たりの角を曲がり④の廊下へ入る。と、その直後――「わ！」「ひぃッ！」

――ごんッ！

廊下に響き渡る鈍い音。まだ夕方だというのに僕の視界は闇《やみ》に包まれ、そこに鮮やかな星が瞬《また》いた。今度こそ、おでことおでこが御挨拶した瞬間だった。僕は額《ひたい》に手を当て、ふらつきながら相手を確認。目の前で同じように額を押さえているのは小柄な男子だった。眼鏡を掛けた知的な顔に見覚えがある。隣のクラスの山浦和也《やまうらかずや》だ。すぐさま服装をチェック。制服の黒いズボンにカッターシャツ姿。上着は着ていない。つまり僕が見た学ラン姿の賊とは別物なのだが、状況が状況だ。事件と無関係と決め付けるわけにはいかない。

「イタタ……山浦君、なんでこんなところにいるの？」

「イテテ……なんでって、僕は生徒会の役員だからね」山浦和也は④の廊下に面した部屋のひとつを指差した。生徒会役員室だ。「部屋を出て廊下の角を曲がろうとする寸前に、突然君が現れたんだ。じゃあ、今度は僕の質問に答えてくれ。なにをそんなに慌てているんだい？　それともうひとつ――なぜ僕のシャツを摑むんだ？　皺《しわ》になるだろ」

僕は彼のシャツの袖《そで》をぎゅッと摑みながら、「だって、逃げられちゃマズイもん……」

「なぜ僕が逃げなくちゃならない？　いったい、なにがあったんだ？」

「なにって、サツジン……」答えようとする僕の視線の先には④の玄関。そこに誰かがいるような気がした。「あ、詳しい話は後で……ちょっときて！　いいからきて！」

え、ちょっと待て、おいコラ――戸惑いの声をあげる山浦和也。そのシャツの袖をぐいぐい引っ張るようにして、僕は④の玄関へ向かった。そこにいたのは学ラン姿の男子――ではなくて黒髪の美しい女子だった。丈を短くしたスカートに学校指定のカーディガン。胸のワンポイントの色で三年生と判る。犯人との遭遇を期待した僕は、多少の落胆を覚えながらも、彼女にすぐさま質問した。

「いまここを誰か通りませんでしたか」

「いいえ、誰も通っていないわよ」黒髪の三年生はそう答えて、逆に聞き返してきた。「どうかしたの、霧ケ峰さん？」

「あれ、なんで僕の名前、知ってるんです⁉」初対面の三年生にいきなり名前を呼ばれて、僕は大いに面食らった。しかし上級生は当然とばかりに、こういった。

「あら、あなた有名人だもの。二年生にちょっと変わった娘《こ》がいるって、結構評判よ」

「そう……えへ」僕は少し照れながら頭を掻く。「僕、そんなに変わってるかなあ……」

「変わってるわよ。だって『霧ケ峰』なんてエアコンみたいじゃない。おまけに『涼』だなんて、まるで温度調節の切り替えスイッチみたいだわ。超変わってる」

「あ……そーいう意味……」くそ！　上級生じゃなかったら、その黒髪を蝶々結びにしてやるところだ。でもいまはそんな場合ではない。「そう、美術室で事件が！」

「だから、さっきから僕が聞いているだろ」と横から口を挟んだのは山浦和也だ。「いったいなにがあったんだ。ちゃんと話せよ」

「だから、殺人だよ、殺人！　人殺し！　荒木田君が――不良の荒木田君が美術室で殺されちゃったの！　ビーナス像の下敷きになって！　犯人は学ラン着た男子生徒で――」

「なにい、荒木田聡史が殺されたあ」山浦和也の端正な顔が激しい動揺を示した。「あの荒木田が……嘘だろ……あの不良が……ふふ……死んだ……いひ……本当に死んだのか？」

「本当だけど、そんなに嬉しい？」どう見ても、喜びを隠し切れない表情に見える。

「ひひ……嬉しいなんて思わないさ……はは……ただ彼のような学園のゴミは、いつか始末されるときがくる……その予感が的中しただけさ……ふは、ふは、ぶはははははは」

堪《こら》えきれず哄笑《こうしょう》を放つ山浦和也。だが驕《おご》る平家はなんとやら。彼のご機嫌な笑い声も長続きはしなかった。いつの間にか彼の背後に忍び寄る巨大な影。伸ばされた太い腕が大蛇《だいじゃ》のように彼の喉もとに絡みつくと、笑い声は一瞬で苦悶《くもん》の声に変わった。「――んぐう！」

「てめえ、誰が学園のゴミなんだ、おら！」

チョークぎみに相手の首を締め上げていく彼こそは、この事件の被害者、荒木田君だった。どうやら死んでなかったらしい。むしろ死にそうなのは、うっかり彼の逆鱗《げきりん》に触れた山浦和也のほうだ。

「ぐぐ……き、霧ケ峰さん……だ、騙したね……」

「いや、べつに騙したわけじゃないけれど——ねえ、荒木田君、なんで生きてるの？　あんなに血だらけだったら普通死ぬはずだよ」

「だから血じゃねえ。床に落ちた絵の具のビンから赤い液体が流れ出しただけだ」

「あーなるほどねー」僕は彼のシャツにべったりと付着した赤い絵の具を指先で確認し、ようやく真実を悟った。要するに『荒木田聡史惨殺事件』はいかにも美術室っぽいベタな勘違いだったわけだ。「じゃあ、君がビーナス像の下敷きになっていたのは、なぜ？」

「そりゃあ、こいつが俺を狙ってやったんだ！　そうに違いねえ！」

荒木田君は勝手に決め付けて、なおも敵の首を締め上げる。山浦和也は息も絶え絶えに、「違う違う——ッ」と顔を振る。僕はなにが真実か判らなくなった。そんな僕らの喧騒《けんそう》と混乱を冷やかに見詰めながら、傍らの上級生は小さく溜め息を吐《つ》いた。

「なんだか、あんまり深刻な事件じゃなさそうね。じゃあ、わたしは予備校の補習があるから、これで失礼するわよ」

そういって踵《きびす》を返した三年生はアジサイの植え込みを回りこんで、その場を去っていった。僕は遠ざかるカーディガンの背中に向かって「お騒がせしましたー」と深く一礼。そして、小競り合いを続ける男子二名を建物の中に押し込むと、すぐさま鉄製の扉を閉めてシリンダー錠のツマミを回した。こうして④の玄関は中から施錠された。

「犯人がこの玄関を通っていないことは間違いない。美術室の前には美沙ちゃんがいるはずだから、誰か通れば目に入る。となると、他に確認するべきポイントは――」

Eの字の真ん中の横棒、③の廊下と③の玄関だ。僕は荒木田君と山浦和也を引き連れながら、足早にいまきた廊下を逆戻り。人気のない廊下を進みながら、二人の男子にいまの状況を大雑把に説明する。すると、荒木田君は山浦和也への疑念を増幅させたようだった。

「やっぱり犯人はこいつだ。他にいねえ」

「僕じゃない。だいいち僕は学ランなんか着ていないだろ」

「そりゃあ、逃げる途中で脱いだんだろ。脱いだ学ランは、そう、生徒会役員室！　おまえは廊下を走りながら学ランを脱いで、それを生徒会役員室に放り込んだ。それから何食わぬ顔で廊下を逆向きに歩き、バッタリ霧ケ峰と遭遇したフリをした。これで筋が通る」

おお、荒木田君にしてはまともな推理！　だが山浦和也も眼鏡の奥の眸を光らせて、即座に反論する。

「確かに、僕の学ランは生徒会役員室にある。だが、それは部屋の奥にあるロッカーの中に、きちんとハンガーに掛けた状態で吊《つ》るしてあるんだ。咄嗟《とっさ》の早業で放り込んだんじゃない。つまり君がいうようなトリックは不可能だ。嘘だと思うなら、調べてみるかい？」

ちょうど生徒会役員室の前だった。僕らは引き戸を開け、ざっと中を見回した。部屋の中は無人。目に付く範囲に学ランは見当たらない。山浦和也が素早く自分のロッカーに駆け寄り、その扉を開け放つ。そしてハンガーにぶら下がる学ランを示して、勝ち誇《ほこ》るような笑みを荒木田君に向けた。

「――ほらな」

「なにい」荒木田君は悔しげな視線を山浦和也に向けながら、

「へん、まだ無実と決まったわけじゃねえ」と往生際の悪い台詞を放つ。

僕らは生徒会役員室を出て②の廊下から、③の廊下へ。そこはまったくの無人だったが、③の玄関を出たところに、またしても女子の姿があった。運動部の所属だろうか、体操服姿の彼女は小柄で小麦色がかった肌。長めの髪をポニーにしている。知らない顔だがハーフパンツのラインの色で一年生だと判る。ツツジの植え込みをバックにして立つ彼女に、僕が尋ねた。

「君、ずっとここにいた？　いや、ずっとっていっても、ここ四、五分の話なんだけど」

「は、はい、それならわたし、ずっとここにいましたけど、なにか？」

「よかった。じゃあ聞くけど、いまここを学ラン着た男子が出ていかなかった？」

体操服の一年生はわずかに考える素振りを見せてから、きっぱりと首を横に振った。

「いいえ、誰も通っていません。制服着た男子も、それ以外の人も誰も……」

一年生の発言が終わらないうちに、荒木田君は再び山浦和也の首根っこを摑んでいた。

「ほら見ろ。やっぱりおまえしかいねえ」

「ち、違うって、荒木田君！」山浦和也は爪先《つまさき》立った体勢になりながら、僕に向かって助けを求める。「そうだろ、霧ケ峰さん！　僕が荒木田君を殺そうとするわけがないよな！」

「うーん、どうかなあ」山浦和也が荒木田君を嫌悪していたのは事実。でも学ラン姿ではないし
――「とにかく荒木田君は冷静にね。ほら、一年生がびっくりしてるからさ」

体操服の一年生は僕らの様子を交互に見やりながら「え、なに⁉　どういうこと⁉」と、わけ

が判らない様子で目を丸くしている。

「ああ、気にしないで。誰も死んでないから。美術室に賊が入って、荒木田君が殺されかけたっていう、それだけの話。——じゃあ、いったんこの扉、閉めさせてもらうね」

僕は、まだなにか質問したげな一年生を外に残したまま、扉を閉めて中から施錠した。


どうやら犯人は③の玄関から逃走したわけでもないらしい。ということは、どういうことになるのだろうか。僕らは③の廊下を後戻りしながら、残る可能性を探った。

「まだ犯人はこの校舎の中にいるってこと？　例えば、犯人はどこかの教室にいったん身を隠して、脱出の機会を窺《うかが》っているとか」

「いや、霧ケ峰さん、その可能性は低いと思うぞ。この時間だから、ほとんどすべての教室は施錠されている。鍵が掛かっていないのは生徒会役員室くらいのものだ」

「あと美術室も鍵は掛かっていなかったぜ。だから、俺も犯人も自由に入れたんだ」

「そういう君は美術室でなにをしてたんだ？　絵でも描く気だったのか？　ははは、まさかな。おおかた天井に向かって煙で輪っかでも描いていたんだろうが」

山浦和也の皮肉は、まさに図星だったらしい。荒木田君は迫力を欠いた声で「うるせえ、黙れ」と呟くに留まった。そうこうするうち、僕はもうひとつ鍵の掛かっていない空間が目の前に存在することに気がついた。

「そうだ、トイレがあるよ。犯人が身を隠すには、うってつけだと思わない？」

E館にトイレは一箇所しかない。それは②の廊下と③の廊下との合流点にある。僕らは真っ直ぐそこへ向かった。男子トイレを荒木田君と山浦和也が、女子トイレを僕が確認する。女子トイレの個室の扉はすべて全開で、誰も隠れていないことは一目瞭然《りょうぜん》だった。

「誰もいないみたいー、そっちはどーよ？」

大声で問いかけると、壁の向こうから山浦和也の声が答える。

「こっちもいないなー」

やはり空振りか。それでも一縷《いちる》の望みを託すように、トイレの奥にあるサッシの窓を確認。するとと窓のクレセント錠がオープンになっていることに気付く。そう大きな窓ではないが、人ひとりが通り抜けるには充分な広さだ。すぐさま窓を開けて、外に顔を突き出してみると、

「――お！」

窓の真正面にいる人物と、いきなり目があった。その人物は、ツツジの植え込みに身を預けるようにして、しゃがみこんだ体勢。身につけているのは、ほぼ全身が黒一色だ。ついに捜し求めていた学ランの男子を発見、と思ったのも束《つか》の間、しゃがんだまま顔を上げたその人物は、またしても女子だった。よく見ると、その装いは学ランではなく上は黒い長袖Tシャツ、下は黒いジャージ姿。そして彼女のしゃがみ方はいわゆる《ヤンキー座り》と呼ばれる独特のものだった。この学園には珍しいスケバン風の彼女は、僕にとっては見知らぬ人物。できればあまり係《かか》わりたくない相手だが、こういう状況なので仕方がない。

「あの……君、一年生？」どうか三年生じゃありませんように。祈りながら声を掛けると、

「はあぁ!? 一年生なら、どうだってんだ？ あたしに用でもあんのかよ」

いきなり鋭くガンを飛ばしてくる。相手が上級生だろうとお構いなしらしい。僕が少しビビっ

ていると、いきなり隣の男子トイレの窓が開いて、強力な援軍が顔を覗かせた。

「ぬわんだあぁ、てめーぇ、それが上級生に対する口の聞き方かあぁ、いい度胸してんじゃねえかあぁ、このクソアマがあぁ――ッ」

　荒木田君が不良番長の本領を発揮すると、ヤンキー少女は目の前に爆弾でも落とされたように数メートル吹っ飛んで、直立不動の姿勢になった。

「あ、あ、あ荒木田さん……」

「ほお、俺の名前を知ってるとは、いい心がけだ。そこだけ褒《ほ》めてやる。ところで、おめえ、便所の裏でなにしてた？　ふん、おおかた空に向かって煙で輪っかでも描いてたんだろ、ああん？」

「…………」仮にそうだったとしても、荒木田君に彼女を責める資格はないと思うが。

「まあいい。それより質問に答えろ。この便所の窓から誰か出ていかなかったか。ここ五分ほどのことだ。正直に答えろ。嘘ついたら、ユキ姐《ねえ》にいうぞ。なにされても知らねえぞ」

「は、はい。誰も出ていった奴は、いません。あたしは十分ほど前から、ここにいますけど、誰も見てません。だだだ、だからユキ姐さんにはいわないで！」

　どうでもいいけど『ユキ姐さん』って誰⁉　学園を牛耳るスケバンの親玉かなにかなの⁉

　気になることだらけだが、要するにトイレの窓から出ていった人物は、いないということらしい。ここも犯人の逃走経路ではないのか。僕らはヤンキー少女に「タバコは二十歳《はたち》になってから」と別れの言葉を告げ、窓を閉めてクレセント錠を掛けた。

三

結局、賊の行方は判らないまま僕らはいったん①の廊下へと戻った。美術室前の廊下には心配そうに佇《たたず》む森野美沙ちゃん。そして彼女の傍らには水色のジャージを着た強面《こわもて》が木刀を片手に立っていた。体育教師の柴田先生だ。僕はとりあえず先生を無視して、まずは美沙ちゃんに確認する。廊下の先にある①の玄関を指差しながら、

「この廊下、誰も通らなかった？　あの玄関から出ていった人とかいない？」

「うん、誰も通らなかった。柴田先生が入ってきただけ」

「騒ぎが起こっている気配を感じたんでな」柴田先生は木刀を杖《つえ》のようにしながら、僕らを見渡した。「話は森野から聞いた。学ラン着た男子生徒と霧ケ峰が荒木田を流血させて、怒った荒木田が血相変えて二人の後を追っかけていった——そうだな？」

「うわー美沙ちゃん、どういうふうに説明したのー。だいぶ間違ってるよー」

「いや、あの……よく判らなかったから、想像を交えてテキトーに……」

ごめんね、と顔の前で手を合わせる美沙ちゃん。だけど可愛《かわい》い女の子は得だねえ、文句をいう気にもならないよ。溜め息をつきながら、僕は体育教師にあらためて状況を説明した。美術室で荒木田君の死体（生きてたけど）を発見してから、犯人の逃走経路を一箇所ずつ潰していった経緯を残らず語る。

「——ん、ちょっと待て」話を聞き終えた柴田先生は不服そうに口を尖《とが》らせた。「それじゃあ、

結局のところ犯人はどこに逃げたんだ？　三箇所ある玄関は誰も通っていない。トイレの窓も駄目。教室には鍵が掛かっていて入れない。逃げ場がないじゃないか」

そうなんですよね、と僕らが首を傾げると、柴田先生は憤然とした面持ちで「そんなわけあるか、どこかに見落としがあるはずだ」といって、木刀を持つ手に力を込めた。「よし、この俺がもう一度念入りに調べてやる。すべての教室、窓という窓、全部残らずだ！」

「よろしくお願いいたします」と一同、礼。

「馬鹿あ！　俺ひとりにやらせる気かあ！　おまえらも一緒にこ――い！」

結局、僕らはあらためてE館全体の戸締りを確認する羽目になった。その結果、判ったことは、やはりE館には蟻《あり》の這《は》い出る隙さえも、というのは大袈裟《おおげさ》だが、男子が一名抜け出すほどの隙はなかった、という事実だった。予想されたとおり、生徒会役員室と美術室以外、すべての教室が施錠されていた。その生徒会役員室にも誰かが隠れている様子はなく、窓はすべて内側からロックされている。僕らが中から鍵を掛けた③と④の玄関およびトイレの窓も施錠されたままだった。僕らが美術室の前で話し込んでいる隙に、誰かが鍵を開けて出ていったわけではない。

僕らはまた美術室に戻り、あらためて荒木田君から事件の様子を聞いた。だが、彼の話は漠然としたものだった。放課後の校舎をぶらぶらしていたのは、「暇だったから」。美術室に忍び込んだのは、「鍵が掛かっていなかったから」。美術室でなにしてたんだ、という問いについては、

「なんだっていいだろ、俺は被害者なんだぜ」とキレて誤魔化した。

「とにかく、俺はひとりでそこの窓辺のあたりでしゃがんでいたんだよ。そしたらふいに背中のほうで気配を感じた。振り返ったらいきなりなんか重たいものが、俺の上にのしかかってきて

――それで頭を打って、それからちょっと気を失ったんだと思う。それからまた身体の上に衝撃を感じて、目が覚めた。そのとき初めて、自分が石膏像の下敷きになっているのに気がついた。頭にきて美術室を飛び出したら、そこに森野がいた」

「うん、いきなり『どっちにいった』って聞くから、わけも判らず『あっち』って答えたら、ものすごい勢いで廊下を走ってった」

なるほど。犯行時の状況はそんなところらしい。やはり想像したとおり、何者かが荒木田君目掛けて故意にビーナス像を倒したのだ。僕はビーナス像やその他のオブジェが林立していた一角に歩み寄った。一連の混乱の中で、ビーナス像は横倒しになり、ダビデ像は砕かれ、ナポレオン像は真っ二つになっていた。そんな中、僕は床に落ちていた黒い布を指先で摘《つま》み上げた。かつては暗幕として利用されていたもので、相当年季の入った代物だ。

「この黒い布、普段はこのオブジェたちの上に被せてあるよね。荒木田君が美術室に入ったときは、どうなってたの？」

「普段どおりだったな。オブジェの上に被せてあった。――そうか、誰かがその布の中に隠れてやがったんだな」

「そして、ビーナス像をドンと押して、荒木田君の上にわざと倒したのね」美沙ちゃんは、そういって腑《ふ》に落ちない表情を浮かべた。「でも動機はなにかしら？　犯人はなぜ荒木田君をビーナス像で押し潰そうとしたんだろ」

「そうだねえ、山浦君が犯人なら、動機は怨恨《えんこん》ってことでいいけど……」

「よくない！　確かに僕はこの男が嫌いだが、殺したいほど嫌っているわけでもない！」

殺したいほど嫌いじゃない、といわれた荒木田君は嬉しそうに微笑み、精一杯の感謝の気持ちを爪先蹴りで表した。男子たちの小競り合いを尻目《しりめ》に、美沙ちゃんがまた口を開く。

「そもそも、犯人に明確な殺意があったとは思えないわ。本気で殺す気なら、もっとマシなやり方があるはずだもの」

「確かに、森野のいうとおりだ。相手を石膏像の下敷きにするやり方は、ちょっと変だ――ん、待てよ、石膏像⁉　まさか、犯人の狙いは石膏像を壊すほうにあるのでは……」

柴田先生の視線が床の上の壊れたナポレオン像の上にピタリと止まる。すると彼はなにを思ったのか、持っていた木刀を両手でしっかり握り締めると、目の前のナポレオン像の脳天目掛けて振り下ろした。さらに追い討ちを掛けるように無抵抗のフランス皇帝を木刀で打ちのめす。唖然《あぜん》としたまま見守る僕らの前で、英雄は見るも無残に粉砕されていく。

だが、やがて柴田先生は無駄な努力と悟ったように、木刀を止めた。

「――違ったか」

「あのー、先生、ナポレオン像になにを期待されたのですか？」皮肉っぽく聞くと、

「いや、べつに、なんでもない。ホームズの真似をしたわけでもない」体育教師は誤魔化すような笑みを浮かべながら、木刀の先端に残る石膏のカスを払った。「それより、動機の話だったな。動機はアレだ、その、泥棒じゃないのか。美術室に泥棒が入ったんだ。そこに荒木田がやってきたものだから、泥棒は慌てて黒い布の中に身を隠した。そして目障《めざわ》りな荒木田にビーナス像をお見舞いして逃走した。どうだ、可能性のある話だろ。おい森野、美術室からなにかなくなったものはないか」

「いいえ、見る限りでは、べつに。そもそも美術室には盗みたくなるほどの高価なものなんて置いていいません。いちばん高価なものは、このミロのビーナスの複製かもしれませんけど、倒されただけですし……」

美沙ちゃんの言葉に導かれるように、一同の視線が倒れたビーナス像に集まる。今回の事件においては凶器としての役割を果たした石膏像。そのとき荒木田君が世にも重大な発見をしたように素《す》っ頓狂《とんきょう》な叫びを発した。

「あぁぁぁッ、判った！　犯人が盗んでいったもの——ほら、アレだよ、アレ！　アレがなくなってるじゃねえか！」

「え、なに⁉　なにがなくなってるの⁉」

僕の真剣な問いに、荒木田君は得意げな顔でこう答えた。

「腕だよ、腕！　このビーナス像、腕がなくなってるじゃねえか！　きっと犯人の奴が、盗んで持っていきやがったんだ——な！」

「………………」一瞬の白けた静寂。美術史を塗り替えるつもりなのか、荒木田聡史！

そして、彼を除く四人全員の想いは、ひとつの叫びとなって美術室にこだました。

「ミロのビーナスには、最初から腕なんてないんだあぁぁ——ッ！」

結局、僕らは犯人の行方を見失ったまま、それ以上の捜索を打ち切った。事件といっても被害は軽微。たかが不良男子が痛い思いをした程度のことだから、学校側も警察沙汰にはしない。荒木田君は荒木田君で警察沙汰になれば美術室での喫煙がバレてしまうので、学校側の対応に内心ホッとしたようだ。だが納得できないのは、この僕だ。

そんなわけで僕は事件の翌日の放課後、生物教室に石崎先生を訪ねた。先日、授業中に教科書で僕の頭を撫《な》でたこの人は、生物教師であると同時にいちおう探偵部の顧問である。この春に同じくE館で発生した人間消失事件を解決したのも彼だ。今回の事件は春の事件と類似性があるから、きっとなにかいい知恵をもたらしてくれるに違いない。

そう思って、昨日の事件の詳細を話して聞かせてみたところ、確かに先生は興味を引かれた様子だった。

「なるほど、面白い事件だね。ちょっと待ってて……」

いったん話を中断した石崎先生は、すぐさま机の上にアルコールランプと三角フラスコ、漏斗、ろ紙、ビーカーといった実験器具一式を用意。それらを用いて茶色い豆の粉末から褐色の液体を抽出すると、それをビーカーのまま僕に振舞った。怪しい抽出液の正体は、毒でも薬でもなく、一般にブラック珈琲と呼ばれる液体だ。

「まったく……相変わらず妙なものを飲ませてくれますね、先生」

そういえば、半年前にも同じようなものを飲まされたっけ。そう呟きながら、ビーカーに口をつける。だが、一口含んだ瞬間、口の中に広がるほろ苦いコクと旨み！　脳の記憶は薄れていても、舌はその鮮烈な味をしっかりと記憶に留めていた。

「うまい！　うますぎる！　このスッキリとした味わいは、まさしく『前田健太、無四球完封。栗原健太、決勝タイムリー』のスッキリ感です！」

「ああ、そう。君も相変わらずだねえ」

石崎先生は呆れたような口調でそういうと、いきなり僕の目をまっすぐに見詰めて、

「――で霧ケ峰君、結局、君は脱いだのかい？」

と、唐突すぎる問い。驚いた僕は、思わず「ごほッ」と珈琲にむせる。

「脱ぎません。脱ぐわけないじゃありませんか。美沙ちゃんのモデルになる件は、事件のせいで延期になりました。――さては先生、あのとき僕のメールを覗き見しましたね」

「自然と目に入ったんだよ。そもそも授業中にメールしていた君が悪い。今度やるときは絶対見つからない方法を考えることだね。教科書を盾《たて》にしてコソコソというのは昭和の早弁生徒の手口だよ。古い古い……」

石崎先生はニヤリと意地悪な笑みを浮かべる。さすが一筋縄ではいかない探偵部顧問だ。

「もうちょっとマシな質問はないんですか」

「よし、それじゃあマシな質問を。例の黒い布に穴なんか開いていなかったかな？」

「穴ですか。気がつきませんでしたけど、あったかもしれませんね。調べましょうか」

「うん、念のためにね」先生は僕に背中を向け、窓の外に目を向けると、「それから、もうひとつ」といって唐突に意外な質問を投げてきた。「近々、剣道部の試合でもあるのかい？」

「はい、明日――え、剣道⁉」

僕の裏返った声が生物教室に響く。その反応に気をよくした石崎先生は、ほら聞いてごらん、というように片耳に手を当てる。遠くから聞こえるのは剣道部の竹刀《しない》の音だ。

「普段より気合が入っているような気がしたんでね。やっぱり試合があるのか」

そういって石崎先生は満足そうに頷くと、また唐突にこんなことをいいだした。

「霧ケ峰君、明日の剣道部の試合、見にいってみないか？」

四

意味が判らないまま翌日の土曜日。僕は石崎先生とともに国分寺の外れにある鯨山高校《くじらやま》を訪れた。鯉ケ窪学園と鯨山高校とは因縁のライバル校同士で、特に運動部の実力は低い水準で拮抗《きっこう》している。剣道部もその例に漏《も》れず、お互いがお互いを『唯一のライバル』と認め合う仲だ。そんな両校だから対抗戦ともなれば戦いは常に白熱。反則とラフプレーの応酬に、応援席にまで殺気が漲《みなぎ》るのだとか。

「でも先生、剣道の試合と美術室の事件と、いったいなんの関係が？　ひょっとして事件の謎を解く鍵が剣道の試合にあるとか？」

鯨山高校の校門をくぐりながら尋ねると、石崎先生は無表情を装いながら、「おや、僕は関係あるなんていったかな」と受け流す。だが油断は禁物だ。春の事件のとき、先生は僕に野球の試合を見せることで、事件解決のヒントを密《ひそ》かに与えてくれた。今回もそういう趣向ではないのか。警戒を強める僕に石崎先生はいきなり聞いてきた。

「ところで、黒い布は調べてくれたかな」

「ああ、あの布ですね。確かに一箇所だけ穴が開いていました。十円玉ほどの小さな穴が」

石崎先生は「やはりそうか」と呟き、体育館への道を歩きながら淡々と語りはじめた。

「今回の事件を最初から考え直してみよう。まず木曜日の放課後、午後四時ごろ、美術室にて荒木田君が何者かの手によって襲撃を受けた。物音を聞きつけた君が美術室に飛び込むと、その君を突き飛ばして犯人は美術室から逃走した。犯人は学ラン姿の謎の人物。その犯人が廊下を逃げていく後ろ姿を森野美沙さんが目撃した。君は犯人の後を追いかけた。犯人の逃走経路として考えられるのは三箇所——③と④の玄関およびトイレの窓だ。だが、それらの出口にはそれぞれ三人の女子の姿があった。カーディガン姿の三年生、体操服姿の一年生、ヤンキー風の一年生だ。彼女たちは異口同音に、『誰も逃げてきた者はいない』と証言している。ならば、犯人はまだ建物の中にいるということになる。建物の中にいたのは山浦和也君がただひとりだ。しかし彼の学ランは生徒会役員室のロッカーの中に仕舞ってあった。彼がどんなに急いでも、脱いだ学ランをロッカーに仕舞う時間的余裕はなかった。よって彼は犯人とは考えられない。となると、これは変だ。閉ざされた空間の中で学ランを着た男子が煙のように消えたということになる。それはあり得ない。ならば、どう考えるべきか——君はどう思う？」

「三箇所の逃走経路、そこに居合わせた三人の女子がポイントですね。彼女たちの中に嘘をついている人がいるのかもしれません。例えば犯人の共犯者だとか」

「いい考えだ、霧ケ峰君。確かにその三人の中に嘘つき少女がいると見るのが、いちばん現実的だ。だが共犯者ではないね。なぜなら、犯人は本当なら美術室からいちばん近い①の玄関から逃げたかったはずだ。だが①の玄関からはちょうど森野美沙君が美術室に向かうところだった。慌てた犯人は咄嗟に方向転換して逆向きに逃げた。これは犯人にとっても想定外の行動だったはず。すなわち——」

「あ、そうか。あらかじめ犯人が逃走経路に共犯者を配置しておくことは不可能ってことですね。

つまり彼女たちは共犯者ではない。でも彼女たちの中に嘘つきがいる。ということは――判った！　彼女たちの中の誰かが善意で犯人をかばっているんですね。その人物は逃走する犯人の姿を目撃しながら、見なかったことにしてあげた。例えば、その女子が犯人の男子に好意を持っているとかで――」

「うむ、そういう可能性は確かにある。いわゆる事後共犯者というやつだね。だけど、考えてみてくれ。逃げてきた犯人とその逃走経路に居合わせた女子が偶然かばい合うような仲であるというのは、ちょっと出来すぎた偶然じゃないか。そもそも簡単にかばうというけれど、かばうためには犯人がどこでどんなことをしてきたか、それを知らないことには、かばおうという意思も生まれてこないだろう。玄関やトイレの窓の外にいた女子たちは美術室でどんな事件が起こっているか、知りようがなかったはずだ。これじゃあ、かばうにかばえない。つまり、君のいうようなことは、あり得ないことではないにしても、その確率はごく低いといわざるを得ない」

「ということは、問題の嘘つき少女は普通の共犯者でもなく事後共犯者でもなく、かといって善意の第三者とも思えない。じゃあ、その娘の役割はいったいなんなんですか」

「主犯、ということになるね。早い話が美術室で荒木田君を襲った張本人。だから嘘をついているる。そういうことなんじゃないかな」

「……主犯⁉」意外な言葉を突きつけられて、僕は一瞬キョトンとした後、「あ……ああ、やっぱりそういうことだったんですね……ぼ、僕も怪しいとは思っていたんですよ……」

「それにしちゃ動揺の色が見えるね、霧ケ峰君。まさか君、犯人は学ラン姿だから男子生徒に違いないなんて、短絡的な思考に陥っていたんじゃないだろうね」

「は、はは、まさか！　当然、学ランで変装した女子という可能性も頭の中にはありましたよ。口に出さなかっただけで。いや、ホントですってば――そ、それより問題なのはそんな奇妙なことをおこなったのが三人の女子の中の誰なのか。その一点ですよ、ね！」

「そう。この事件の最大のポイントだ」

石崎先生の言葉を聞きながら、僕はいまや最大の容疑者となった三人の女子に、頭の中で学ランを着せズボンを穿《は》かせてみる。カーディガン姿の三年生の場合はなかなかイメージしづらい。上はともかく下はスカートだ。ただし丈の短いスカートだったから、あの上からズボンを穿くことも不可能とまではいえないだろう。ポニーテールの一年生とヤンキー一年生はそれぞれ体操服とTシャツ姿だったから、その上から学ランを着てもそれほど違和感はない。あのヤンキー少女なんか、むしろ学ランのほうがしっくりくるぐらいだ。

そんなことを考えていると、石崎先生はこちらの思考を見透かしたように、

「誰に学ランが似合うとか、着やすいとか脱ぎにくいとか、そんな問題はこの際どうでもいい。誰だって、その気になれば学ランを着ることはできるし、それを脱ぐだけの時間的余裕もあった。脱いだ学ランは校舎周辺の植え込みにでも隠せば、一時的に追っ手を誤魔化すことは可能だ。そういったことは犯人を特定する決め手にはならない。問題はそこではなく、まったくべつのところにある。犯人はなぜ荒木田君を襲ったのかだ――」

「はあ、動機のことですか。でも先生、それこそ犯人を特定する決め手になりませんよ。なにしろ荒木田君はワルですからね。彼のことを嫌う人、憎む人、目障りに思う人は、それこそ山のようにいるはず。そこから犯人を絞り込むことなんて絶対不可能ですよ」

「君、荒木田君に対して遠慮ってものがないね。まあいい。僕も動機の面から犯人を絞り込めるとは思っていない。僕が疑問視しているのは、犯人の異常なコントロールの良さだ」

「異常なコントロール——というと⁉」

「木曜日の午後四時ごろ、美術室に荒木田君がやってきた。このとき犯人は黒い布を被って、オブジェの隙間に身を隠している。そうと知らない荒木田君は誰もいないと早合点し、おもむろにタバコを一服しはじめた。犯人は油断した状態の荒木田君を目掛けてビーナス像を倒した——だが、これは変じゃないか？　オブジェを覆った黒い布は、本来は暗幕として利用されていた。遮光性が高く、分厚い布だ。人ひとりが身を隠すにはうってつけだが、そんなものを頭から被っていたらあたりは真っ暗でなにも見えなくなる。その状態で犯人はどうして荒木田君目掛けてビーナス像を倒すことができたのか。答えはひとつだ」

「あ、そうか。黒い布には、前もって穴が開けられていた。つまり、僕が調べた十円玉ぐらいの穴は、犯人が開けた覗き穴⁉」

「そうだ。だからこそ、犯人は正確に荒木田君を狙うことができた。これで問題解決——だが、そうなると新しい疑問が湧《わ》いてこないか」

「新しい疑問——？」

「犯人は前もって黒い布に穴を開けて、オブジェの隙間に身を隠していた。このことは、犯人の行動が計画的なものであることを意味している。一方、美術室にやってきた荒木田君の行動はどうか。彼はただ校内をぶらぶらしているうちに鍵の掛かっていない教室を発見し、忍び込んだに過ぎない。いわば、いきあたりばったりの無計画な行動だ」

「ええ、そうです……そうか、確かにちょっと変ですね……」

「だろ。犯人のしていることは早い話が待ち伏せだ。犯人は美術室の片隅で息を殺しながら密かに誰かを待っていた。だが、その相手は荒木田君ではないはずだ。彼は偶然美術室に現れただけの無関係な第三者なんだからね。にもかかわらず、犯人はその無関係な荒木田君をいきなり襲撃した。ビーナス像の下敷きにするという形でね。これは、どういうことを意味するか、――薄々見当がついてきたんじゃないかな、霧ケ峰君」

「ひょっとして……荒木田君は誰かと間違われて……？」

「僕もそう思う。つまりこれは、ミステリでいうところのいわゆる『間違い殺人』というやつだ。もっとも、誰も死んでいないから『殺人』と呼ぶのは不正確かもしれないがね。では、犯人はいったい誰と荒木田君を間違えたのか。本来、午後四時に美術室を訪れるはずの人物は誰だったか。――それは君だ」

「…………」僕は無言で息を呑んだ。

「もう判っただろ、霧ケ峰君。そう、この事件の犯人は霧ケ峰君と荒木田君を間違えたんだよ。そしてその間違いに気がつかないまま、荒木田君のほうを襲撃してしまったのさ」

「僕と荒木田君を⁉」思いがけない真相を突きつけられて、僕は激しく動揺した。「う、嘘です！　あり得ません！　だって間違い殺人ってものは、二人の人間の顔かたちが似ていたとか、同じ服を着ていたとか、暗くて相手の顔がよく見えなかったとか、そういう特別な事情がある場合に犯人がうっかり間違った相手を殺してしまうことですよね」

「まあ、一般的にはそういうケースだね」

「だったら、今回の事件はまったく当てはまりません。現場は夕方とはいえまだまだ明るい美術室。しかも女子高生の僕と不良番長の荒木田君ですよ。間違えるわけないじゃありませんか。野に咲く可憐《かれん》なタンポポと工事現場のクレーン車を間違えるようなものです」

「可憐なタンポポねえ……」先生は指先で顎《あご》を撫でた。「まあ、いいけど……」

「それに、なんで僕だと決め付けるんです？　午後四時に美術室を訪れるはずの人物なら、森野美沙ちゃんも同じです。犯人は美沙ちゃんと荒木田君を間違えたのかもしれないですよ。そっちの可能性は考えないんですか」

「うん、それは考えなくていい。森野君と荒木田君では間違えようがない。森野君はどう考えたって可愛らしい女の子だからね」

「むか！　だったら僕だって――」と激昂《げっこう》寸前の僕を、石崎先生は軽くいなすように、

「見た目は確かにね。だが霧ケ峰涼という名前だけ見れば、男か女か判らないだろう。むしろ涼という名前は男子に多い名前だと思う。おまけに君は自分のことを『僕』と呼ぶ」

「だからって、ひと目見れば女の子だって、すぐ判るじゃありませんか」

「だから、ひと目さえ見ていないんだよ、この犯人は。むしろ、ひと目見たいという気持ちが犯人を今回の行動へと導いたといえる」

「……え⁉　どういうこと……」

「この犯人が、なぜ午後四時の美術室で待ち伏せできたか。それは君と森野君の午後四時の約束を知っていたからに他ならない。ではなぜ犯人は君たちの約束を知り得たか。君たちの約束は携帯メールで交わされた。ということは、犯人は君たちのメールの内容をなんらかの方法で知った

ということになる。おそらく犯人は森野君の携帯を盗み見たんだろう。その着信履歴には森野君がここ最近、ある人物との間で頻繁にメールをやり取りしていることが記録されている。その人物の名前は霧ケ峰涼。メールの中の主語は『僕』だ。それを見た犯人は嫉妬《しっと》の思いに震えながら当然のようにこう思う。森野美沙はいったいどんな《男》と付き合っているのか……」

「えーと、あれ、ちょっと待ってくださいよ」僕は激しく混乱しながら、先生の言葉を反芻《はんすう》する。「犯人は女子なんですよね。女子が美沙ちゃんの携帯を盗み見て、霧ケ峰涼の名前を知って、嫉妬に震えて、霧ケ峰って《男》はどんな奴かと思うってことは……」僕はひとつの可能性に思い至り俄然《がぜん》、興奮の度合いを高めた。「ゆ、百合ですね、百合！　その女子は美沙ちゃんに百合的感情を抱いているんですね！　そーいうことなんですね、むふ！」

「こら、鼻息荒くするんじゃない！」石崎先生は僕のはしたない振る舞いをたしなめて、「僕は教師をやっているから判るけれど、女子生徒が同性に対してそういう感情を抱くケースはよくあることだ。相手の携帯を盗み見て、付き合っている相手がいないかどうか確かめるぐらいは、少しも珍しくないね」

「うんうん、同感同感！」僕は腕組みしながら何度も頷《うなず》いた。「なんたって美沙ちゃんは眸キラッ髪の毛サラッの美少女ですもん。その魅力に心を乱される女子のひとりや二人いたって、全然驚きません。そうかあ、美沙ちゃんはやっぱりそうなのかあ、いやあ、ひょっとしてとは思ったけれど……」

「いや、森野君がそういうタイプかどうかは知らないよ。彼女を慕う女子がいるというだけで、むしろ片思いの確率が高い。いや、そんなことより、話を元に戻そう。メールの中に霧ケ峰涼という《男》の名前を見つけた犯人は、約束の時間前に美術室を訪れ、待ち伏せをおこなった。そこに現れたのが荒木田君というわけだ。黒い布の中、犯人は覗き穴から彼を見てどう思っただろうか」

「まあ、この人が霧ケ峰涼！　なんて柄の悪い男！　こんな野蛮そうな男がお姉さまのお相手だなんて許せない――とかなんとか」

「まあ、そんなところだろうけど――本当に君は荒木田君に対して容赦ないね。まあいい。とにかく犯人は目の前の荒木田君を自分の恋敵だと早合点してしまった。そして嫉妬に駆られた彼女は湧き上がる感情を抑えることが出来ずに、その場で短絡的な行動に及んだ」

「目の前にあったビーナス像をドンとひと押し。荒木田君をその下敷きにしてしまった、というわけですね。――で、そんな激情的犯行に及んだ女子とは誰なんです？」

ごくり、と息を呑む一瞬。果たして森野美沙を愛してしまった少女とはいったい！

「ここまでくれば簡単だ。犯人は霧ケ峰涼と荒木田君とを間違える可能性のある人物だ。では④の玄関にいたカーディガン姿の三年生にその可能性があるか。彼女は霧ケ峰君が名乗る前に、顔を見ただけで君の名前を呼んだそうだね。つまり彼女は霧ケ峰涼の顔も名前も知っていたわけだ。彼女が君と荒木田君を取り違えることはあり得ない」

「なるほど、確かに」

「じゃあトイレの外にいたヤンキー風の一年生はどうか。彼女は霧ケ峰君とは初対面だった。でもその代わり、荒木田君のことは顔も名前もよく知っていた。ならば彼女が荒木田君と霧ケ峰涼を間違えるはずはない」

「ということは、つまり――」

「残ったひとりが必然的に犯人となる。③の玄関にいた体操服姿の一年生、彼女こそが今回の事件の真犯人というわけだ」

石崎先生は、さらに説明を続けた。

「彼女の逃走経路をおさらいしてみよう。まず美術室を出て①の廊下から②の廊下へ。その途中で彼女はトイレに飛びこんだ。そうとは知らない霧ケ峰君は②の廊下を直進し、④の廊下で山浦和也君と衝突したり、④の玄関で三年生に質問したりして時間を費やしていた。その間に彼女はトイレの個室で学ランを脱いで体操服姿になった。そしてトイレの窓から外へと逃げるつもりだったんだろうが、生憎《あいにく》とそこにはヤンキーの一年生がいた。仕方なく彼女は脱いだ学ランを持って、③の廊下を通って③の玄関へと向かった。だが学ランを持って移動していると人目につく。彼女は玄関を出たところで学ランを植え込みの中に押し込むようにして隠した。ちょうどそこに君たちが犯人の姿を捜してやってきたんだな。彼女は偶然居合わせた第三者を装い、君たちの追跡をかわした――そんな感じだろう」

「なるほど。そういえばあのとき、体操服の彼女は事件の話を聞いて目を丸くしていました。あれは彼女の精一杯の演技だったんですね。事件についていま初めて知った、ということをアピールするための過剰な演技――」

「いや、それはちょっと違うね。彼女は確かに驚いたんだと思うよ。ただし、その驚きは美術室の事件に対する驚きではない。彼女はね、目の前で交わされている君たちの会話に心底驚いていたんだ。だって彼女がそれまで霧ケ峰涼だと思い込んでいた不良男子が『荒木田君』と呼ばれ、そして見知らぬ女子生徒が『霧ケ峰』の名前で呼ばれていたんだからね。このとき初めて彼女は自分の犯した間違いに気付き、愕然としたのさ」

「そういうことだったんですか。うーん、参りましたね」僕は石崎先生の推理に感服の意を表し、あらためて自らの失敗に思い至った。「先生の推理が正しいとすると、僕はとんでもないヘマをやらかしたってことですね。目の前にいた犯人をみすみす見逃してしまった。おまけに彼女の名前さえも聞いていない」

「でも、顔ぐらいは覚えているだろ」

「漠然とした印象なら。だけどウチの学校、一年生女子というだけでも百人以上いるんですよ。その中からひとりの女子をズバリ指名するほど確かな記憶じゃありません」

「いや、大丈夫。百人の中から捜し出す必要はない——お、やっと着いたようだ」

そういって石崎先生は目の前に忽然《こつぜん》と現れた鯨山高校の体育館を指で示した。館内ではいままさに熱戦の最中らしく、気合の入った掛け声や歓声、拍手などが漏れ伝わってくる。それを聞きながら僕は、まだ解かれていない大きな謎の存在にあらためて気がついた。

先生はなぜ僕を剣道の試合に誘ったりしたのか。結局、事件の解決に剣道のケの字も関係していなかったではないか。まさか先生、ただ単に剣道部の低レベルなド突き合いを観戦したいだけ？　いやいや、探偵部顧問の石崎先生に限ってそれはない……と思いたい。

期待と不安の入り混じる僕をよそに、石崎先生は真っ直ぐ体育館に向かいながら、

「ところで霧ケ峰君は犯人の女子が学ランを着ていたのを、単純に変装だと思っているようだね。

でも変だと思わないか。他人の目を欺くための変装なら、なぜそれを早々と脱いでしまうんだい。せっかく変装したのなら、しばらくその恰好のまま逃げるべきだろう。そのほうが捜査の攪乱《かくらん》になる。それにだいいち、女子が変装する場合、いきなり学ランなんか着ないだろ。普通は眼鏡を掛けるとか、髪形や化粧を変えるとかするはずだ。この犯人の変装は大袈裟すぎる。かえって目立つくらいだ」

「確かにそうですね。ということは？」

「学ランは変装ではないと思う。犯人は木曜日の夕方、たまたま学ランを着ていた。そして、その恰好のままで美術室に忍び込んだんだ。午後四時が迫っていたから、着替える時間がなかったんだろうな」

「たまたま学ランを着ていた⁉」僕は先生の言葉を必死で理解しようと努める。「つまり犯人は普段から男装癖のある女子だと……」

「違ぁ――う！　癖とかそういうんじゃない。学園の中で女子が普通に学ランを着て男装する。そんなケースがあるとするなら、それはなんだと思う？　演劇部か？　もちろんそれもあるだろう。でも、それよりもっとありそうなのは――あれじゃないかな」

そういって石崎先生は体育館の扉を開け、中を覗き込んだ。目の前ではこの日の何試合目かが終了したところらしく、いっとき歓声は収まっている。両校の監督が防具に身を固めた選手たちに熱い檄《げき》を飛ばしている。そんな中、突如として沸き起こる手拍子。そして館内を揺るがすような太鼓の響き。それに乗せてはじまったのは『君よ、五月の鯉となり遙《はる》かなる滝をのぼれ』――我らが鯉ケ窪学園の応援歌だ。こんな幻の名曲をそらんじて歌える一団といえば、彼らしかいない。

「鯉ケ窪学園応援部――あ！」

その一団に顔を向けた瞬間、僕の目に飛び込んできたもの。それは古典的な羽織袴《はおりはかま》姿で中央に構える応援団長ではなく、巨大な応援団旗を捧《ささ》げ持つ団員の姿でもない。むくつけき男の団員に混じって、か細い声ながら堂々と応援歌を歌う五人ほどの女子の姿だった。彼女たちはみな、男子と同様に凛々《りり》しくも勇ましい学ラン姿だったのだ。

「あれは応援部の女子だ。ミニスカートでポンポンを振りながら野球やサッカーの応援をしている姿を、君も見たことがあるだろ。でも武道の大会などではその手の応援は似つかわしくない。そんな場合は、彼女たちも学ランを着て男子に混じって応援に参加する。木曜日の美術室で事件を起こした学ラン姿の少女の正体、それは練習を終えた直後の応援部員ではないか。これが僕の推理だ。どうだい？　あそこにいる五人の女子の中に、見覚えのある顔はないかな、霧ケ峰君」

いわれて僕は学ラン姿の女子の顔を順に見回す。百人の女子の中から捜し出せといわれれば無理だったろう。だが五人の中から選ぶのなら難しくはない。

「いちばん右端の彼女！」

背中で手を組み、胸をグッと反らすような恰好で、懸命に声を張り上げている鉢巻姿の彼女こそは、木曜日の放課後に僕が出合った体操服姿の一年生だ。ついに見つけた学ラン姿の真犯人を眺めながら、「そっかあ……あの娘が美沙ちゃんのことをねえ……」と僕の口許《くちもと》はついつい弛《ゆる》みがちになる。おっと、しかし甘美な空想に浸っている場合ではない。

「ところで先生、これからどうする気ですか。彼女を警察に突き出します？」

「まさか。今回の事件は警察沙汰になっていない。処分があるとしても、学校内での内々の処分になるだろうね。だが彼女の犯した罪は罪だ。とりあえずは今回の事件の最大の被害者である荒木田君に対して、正直に罪を告白し、頭を下げてもらう必要があると思うね」

なるほど。それは必要な罪滅ぼしだ。しかし、それだけでは充分ではないと僕は思う。

「だったら、僕に対しても謝ってほしいですね。だって、酷《ひど》いじゃありませんか。彼女は僕と荒木田君を間違えたんですよ。こんなに可憐で愛らしい女子高生と、あのガサツで野蛮な不良を間違えるなんて。こんなの絶対許せません。僕はこんな屈辱を受けたの、生まれて初めてですよ――」

おや、二度目じゃないのかい？　そういって石崎先生は皮肉っぽく笑うのだった。

［初出誌］　月刊「ジェイ・ノベル」
霧ケ峰涼の屈辱　二〇〇三年六月号
霧ケ峰涼の逆襲　二〇〇五年一月号
霧ケ峰涼と見えない毒　二〇〇六年八月号「霧ケ峰涼の見えない毒」を改題
霧ケ峰涼とエックスの悲劇　二〇〇八年一月号
霧ケ峰涼の放課後　二〇〇九年二月号
霧ケ峰涼の屋上密室　二〇〇九年七月号
霧ケ峰涼の絶叫　二〇一〇年一二月号
霧ケ峰涼の二度目の屈辱　二〇一〇年五月号

[著者略歴]

東川篤哉（ひがしがわ　とくや）

1968年広島県尾道市生まれ。岡山大学法学部卒。2002年カッパ・ノベルス新人発掘シリーズ＜カッパ・ワン＞の一冊『密室の鍵貸します』でデビュー。主な著書に『学ばない探偵たちの学園』『殺意は必ず三度ある』『館島』『交換殺人には向かない夜』『もう誘拐なんてしない』『ここに死体を捨てないでください！』『謎解きはディナーのあとで』など、ユーモア本格ミステリーの気鋭として活躍中。

放《ほう》課《か》後《ご》はミステリーとともに

初版第１刷／2011年２月25日
初版第５刷／2011年３月17日

著　者／東川篤哉
発行者／増田義和
発行所／株式会社実業之日本社
〒104-8233　東京都中央区銀座1-3-9
電話［編集］03（3562）2051　［販売］03（3535）4441
振替00110-6-326
http://www.j-n.co.jp/
小社のプライバシーポリシーは上記ホームページをご覧ください。

印刷所／大日本印刷
製本所／ブックアート

ISBN978-4-408-53584-5（文芸）